小学館文庫

# こんなにも優しい、世界の終わりかた

市川拓司



小学館

# 目次

# こんなにも優しい、世界の終わりかた

## 1　いま、そしてあの頃

どうやら世界は本当に終わりを迎えるらしい。

なんだか信じられないけど、そしてどうしようもなく悲しいけど、それが真実だ。

終わりは驚くほど静かだ。想像していたのとはまったく違う。

青い光、それがぼくらを終わりに導く。いまだに、それがなんなのかちゃんと説明できるひとに会ったことはない。けれど、とにかくあの光に覆われたらもうお終《しま》いだ。ひとも獣も、鳥も木も、土も石も水も、なにもかもが動きを止め、そしてたぶんそれきりもう二度となにも起こらない。

すでにそうなったひとたちをぼくはたくさん見てきた。

柔らかな青い光に照らされた町に彼らは佇《たたず》む。みんななんだか幸せそうで、不思議なほどその光景は美しい。

町に入ったことのあるひとたちの話もずいぶんと耳にした。彼らの肌は誰もがみんなほんの少しだけ青ざめている。

ある若者は、住人たちはまるで生きているみたいだった、と言った。柔らかかったよ。それに温かかった。いまにも動き出しそうだったよ。けれど別の誰かは、いや、住人たちの肌はまるで大理石みたいにコチコチに固まっていた、と言い立てた。驚くほど冷たかった。

どっちが本当なのかぼくにはわからない（じつはぼくも、一度だけ青い光の中に身を置いたことがある。だけどそのときは、町にまったくひとの影がなかった）。

青く染まった土地に入るのは危険だと多くのひとたちが言っている。うかうかしていると取り込まれて逃げ出せなくなる。

ぼくはあえて危険を冒すタイプの人間じゃない。好奇心は旺盛だけど、いつだって心の秤《はかり》は危険を斥《しりぞ》ける方向に傾く。そんなぼくを臆病者だと呼ぶひともいるけれど、ぼく自身はこれはたんなる生き残りのための戦略なんだと思っている。

そんなわけで、ぼくは慎重に町を避けてきた。遠目に見る限り、その眺めはとても平和で、他のどこよりも安全そうに見える。すべての問題が解決してしまったみたいに、みんなすごく穏やかな顔つきをしている。

それは明け方に見る夢に少し似ている。青く着色された古いモノクロームの写真みたいになんだか妙に懐かしくて、見ているだけで切ない気分にさせられてしまう。まるで遠い昔に交わした約束のようだ、と言うひともいるし、あれはセイレーンの歌声みたいに危険なんだ、と言うひともいる。どっちにしてもあまり長く見続けないほうがいい。すごくおかしな気分になってしまうから。

凍った町（最初の頃はみんなそう言っていた）には薄霧がいつも漂っている。だから町の奥深くまで見通すことはできない。動く影があるとすれば、それはたいていが鴉《からす》や鳩《はと》や雀《すずめ》といった鳥たちで、彼らは町に食べられるものがなにもないとわかれば、また別の場所へと飛んでいってしまう。

この現象は触れたところからうつるのだと言われている。だから最後まで生き残るのは、きっとこういった空を飛ぶ鳥や虫たちなんだろう。それだっていつまでも飛んでいられるわけじゃないから、やがては彼らもどこか凍った森の中で羽を休めながら静かに青く染まってゆき、ついには二度と飛び立つこともなくなるんだろう。

この現象が始まってから、もう三週間が過ぎた。空が一面ぶ厚い雲に覆われた日が始まりってことになるなら、それはもっと前に遡る。もうかれこれふた月は経《た》つだろうか。

ある朝起きてみたら、見渡す限りの空がまんべんなくべっとりと鉛色の雲に覆われていた。世界中がそうだったらしい。

TVではずっとこのニュースばかりが流れていた。衛星からの写真も見ることができた。白くもこもことした地球の姿は、いつか動物園で見たユキウサギの丸い尻尾《しっぽ》によく似ていた。なんていうか、すごく愛玩的《あいがん》だった。

誰にも理由はわからなかった。あっという間に世界は冷えて、どこもかしこもが冬のようになった。

それでも不思議なことに雪は降らなかった。気象学者たちが気球や飛行機を飛ばして調べてみたけど、検出されたのはほとんどが水滴と氷晶ばかりで、それはつまるところあの雲に特別なところなどなにもないのだということを意味していた。

ならば、と誰もが思った。もうしばらく我慢すれば、また以前のように青い空を見ることができるようになるはずだ。止《や》まない雨がないように、明けない夜がないように、この雲だっていつかは——。

でも、みんな間違っていた。たしかに光は降り注いだ。けれど、それはちっとも温かくなかった。それはひとや獣や植物を凍らせる青く冷たい光だった。

何度か見たことがある。それはほんとに息を呑《の》むように美しくて神秘的な光景だ。厚い雲の隙間から地上に向けて幾条もの青い光が注がれる。例のヤコブの梯子《はしご》とかレンブラント光とか言われているあんな形の光だ（ずっと昔彼女から、正式にはこれを「薄明光線」と呼ぶのだと教えてもらったことがある）。

ほとんど垂直に立つ青い光の柱。見通しのいい場所から眺めると、多いときにはそれが数千本も立つのを見ることができる。あまりに壮大で、ぼくは初めて見たとき、興奮のあまり過呼吸の発作を起こしてしまったほどだ。あの青い梯子を伝って無数の天使たちが地上に舞い降りているのかもしれない――そのときのぼくはかなり本気でそう思った。そのぐらい神々しくて、とんでもなく大仰な眺めだった。

音はまったくない。ひっそりと、ごくしめやかに町は終わりを迎える。稲光も雷鳴も、誰かの悲鳴も、嘆きの声も、犬の遠吠《とおぼ》えも、サイレンの音もない。

終わりはいたってすみやかだ。ほんの数分で光の柱は消えていく。

あとに残った町は仄《ほの》かに青い光を放ち、その上空の雲も地上の色を映すかのようにうっすらと露草色に染まっている。

初めの頃は、みんなそこになんらかの法則性があるんじゃないかと考えていた。たしかに大きな都市ほど早いうちに光の洗礼を受けていたから、反対に人間のあまりいないところに逃げれば安全かもしれない――それで自分の町を離れるひとたちがかなり現れた。できるだけ人間のいない土地へ。

でもどうなんだろう？　TVやラジオの情報はすぐに途絶えてしまったからよくはわからないけど、ぼくの見る限り、この光はけっこう気紛《きまぐ》れなような気もする。ひとけのまったくなさそうな山や湿原が青く染まっているのを何度も目にしたし、逆に人口数千人の町がまだそのまま残されているのを見たこともある。

凍った町は少しずつ成長している。青い触手を伸ばしながら、アメーバみたいにちょっとずつまわりの土地を浸食していく。だとすれば、けっきょくは同じことなのかもしれない。どこに逃げようと、いつかは青い光に追いつかれて、そうなったらもう、ぼくらは息をすることも瞬《まばた》きすることもすっかり忘れて、街角に置かれた天使の塑像みたいに永遠にその場に佇み続けることになる。

けれど——それでも、この星のどこかにはお目こぼしに与《あずか》った場所というのがあって、そこでなら青い光に怯《おび》えることもなく安全に暮らしていけるかもしれない。祈りにも似たなんのあてもない願望だけど、誰だってそう願わずにはいられないはずだ。

とくにぼくのように恋をしている若者ならば、なお——。

☆

家を出てから十日が過ぎた。ほんとうならもうとっくに彼女のもとに辿《たど》り着いているはずだった。直線距離にして500キロ。自転車で国道を行けば一日に100キロは進めると踏んでいた。けれど、思っていた以上に多くの場所がすでに青い光に覆われていて、ルートは湿原を流れる川のようにくねくねと蛇行した。まだ行程の半分も進んでいない。

ぼくは彼女に会いに行くと約束した。どんなことがあってもそれは守らなければならない。

最後に電話で話したとき、彼女はとても怯えていた。

「お母さんの具合がすごく悪いの」と彼女は言った。

「でも、もう診療所には誰もいないし、薬局も開いていない。薬が切れてしまったんだけど、どこで手にいれられるかもわからないの」

彼女の母親は長いあいだ病気を患っていて、ここ半年ぐらいは家から外に出ることもできなくなっていた。彼女はそれをずっとひとりで看《み》てきたのだ。

怖いわ、と彼女は言った。

「もう、町には誰もいないの。みんな一緒に避難しようって誘ってくれたんだけど、いまの状態のお母さんを動かすことはとてもできそうにないし……」

彼女の声は不安に震えていた。

ならば、とぼくは言った。

「ぼくがそこに行くよ。そうすればもう怖くないよね？」

彼女はしばらく黙っていた。受話器の向こうから、何度か鼻をすするような音が聞こえてきた。

でも、と彼女は言った。

「お父さんは？」

「大丈夫。父さんはわかってくれてる。実はもう、このことは何度も話し合ってきたんだ」

「危なくはない？」と彼女は訊《き》いた。

「それはどこにいても同じだよ。この星にまったく安全な場所なんて、もうどこにもないんだからさ」

ほんとに、と彼女は言った。

「来てくれる?」

「うん、必ず行くよ。待ってて」

嬉《うれ》しい、と微《かす》かに呟《つぶや》くような声が聞こえて、それきり彼女は泣きじゃくって、なにも話せなくなってしまった。

これを最後に電話はまったく通じなくなった。むしろこのとき繋《つな》がったことのほうが奇跡に近かったのかもしれない。

☆

ぼくと彼女が出会ったのは、ふたりがまだ十四歳のときのことだった。

彼女はとても色が白かった。名前は白河雪乃《しらかわゆきの》。それを聞いたとき、ぼくはちょっとできすぎた話だなあ、と思った。あまりに似合いすぎてる。ずいぶんあとになって彼女に訊いてみたら、一月の雪の日に生まれたからそう名付けられたのだと教えられた。

生まれたときから色が白かったの?とぼくが訊《たず》ねると、そうよ、と彼女は頷《うなず》いた。

生まれたときからわたしは色が白かったの。

でも彼女の髪はとても黒かったから、初めて見たときはなんだか不思議な感じがした。

　彼女は転入生だった。ずっと北の方の町から来たのだと先生がぼくらに教えてくれた。

　彼女は色が白いだけでなくひどく痩せてもいた。首が長く顎が細く、おまけに指や爪までもが細くて長かった。彼女は背が低く胸もまったくなかったから、あまり十四歳の少女らしく見えなかった。奥手なんだな、とぼくは思った。きっと、まだこれからなんだ。

　彼女は眼鏡を掛けたり掛けなかったりした。そして眼鏡を掛けているときのほうが美人に見えた。レンズに覆われていないときの彼女の目は、あまりに無防備で、なんだか痛々しく感じられてしまう。いつも少し潤んでいて、それもちょっと心配だった。

　彼女は朗らかで優しくて勉強もできたから、みんな彼女のことが好きになった。すぐにクラスに溶け込んで、そのうちあまり目立たない中堅どころの大人しい女子のグループに収まった。もっと上の階級——優等生のグループとか、クラス委員長もいる活発なスポーツ女子たちのグループ——に行くこともできただろうけど、彼女はそれを望んではいないようだった。

　目立つことを嫌い、できるだけ普通でいようとする。彼女は転入生で、しかも左利きだったから、それがなにか関係していたのかもしれない。ただでさえ少数派なんだから、これ以上ひとと違うことをして目立ちたくない――そう考えたって、ぜんぜん不思議じゃない。

でも、やっぱり彼女は目立っていた。なんでだろう？　彼女の中のなにかがほかの女子とは違っていた。肩の高さで切り揃《そろ》えた髪をかき上げたり、なにかを考えるときにそっと小首を傾《かし》げたり、相手の目を見ながらゆっくりと瞬きをしたり、そんなごく普通の仕草の中にどうやらその秘密があるようだった。

やがてあるとき、ぼくはついに思いいたった。

リズムだ！

彼女はひとと違うリズムで生きている。つまりそれは、彼女の身体が奏でる音楽が、ほかのひとたちとは違ってるってことだ。彼女だけのリズム、音楽。

それがぼくを強烈に魅了した。

厳密に言えば、ぼくは彼女のリズムそのものよりも、その揺らぎ、緩急法に魅せられていたのかもしれない。とにかく、その妙に不安定な感じがぼくには不思議なほど心地よく感じられたのだ。

ぼくはもともと細部に惹《ひ》き付けられるタイプの人間だった。大まかな構造よりもニュアンスだとか、ほんのわずかなグラデーションだとか、そういったものに意識が向いてしまう。

そんなぼくの目の細かいセンサーが、彼女が放つシグナルに猛烈に反応していた。

もっとも、そんなことを抜きにしたって彼女はじゅうぶんに魅力的だったから、男子たちの多くが彼女に抜き差しならない思いを抱くようになっていた。

何人かが告白したようだったけど、詳しいことはぼくにもわからなかった。

ぼくはそういった話にはうとい人間だった。ぼくはクラスの連中からおみそ扱いにされていた。のけ者、仲間はずれ。

はっきりとした理由はわからない。気がついたらこうなっていた。なんでなのか深く考えてみたこともないけど、なんとなく思いあたるふしならいくつかあった。

ぼくがまわりのみんなとはちょっとだけずれていること（ぼくにはむしろぴったりと重なり合っていることのほうが奇妙に思えるんだけど）、運動がどうにも苦手なこと、ぱっと見がどことなく抜けているように映ること、ひとりだけ違う服装をしていること（ぼくの着ている服はどれも、父さんやお祖父《じい》ちゃんのお下がりだった）、それに臆病者だってこともたぶんそうだ。

ぼくは争いごとが死ぬほど嫌いだった。小学校の低学年ぐらいまでは、それでいつもお漏らしをしていた。誰かと誰かが口げんかをしてるのを目にするだけで、ぼくの下半身はどうにもしまりがなくなってしまう。

ぼくは生まれながらの平和主義者だった。もしかしたら自分は天国から地上に落とされた落第天使なんじゃないかしら、と思ったこともある。そのぐらい、ぼくはとびきり好戦的なこの世界に激しく適応不全を起こしていた。

やがて彼女は写真部に入った。すると、クラスにいる同じ部の男子のひとりが彼女に妙に馴《な》れ馴れしくつきまとうようになった。生徒会の書記もやってる優秀な男子だった。

クラスの連中はふたりをお似合いのカップルと見なしたようだ。みんなでふたりを囃《はや》し立て、ひやかした。ふたりでワンセットのあだ名が付けられ(もう忘れてしまったけど、ロミオとジュリエットとか、ミッキーとミニーとか、とにかくそんなやつ)、ことあるごとにふたりをくっつけようとした。

生徒会書記は、みんなに「やめろよ」みたいに言ってたけど、もちろん嬉しそうだった。

でもぼくは、きっと彼女は迷惑してるんだろうな、と勝手に思っていた。なんとなく彼女に彼は似つかわしくないように感じられたから。なんとなくだけど。

秋が来て二学期になると席替えが行われて、彼女とぼくは隣同士になった。すごく嬉しかったけど、ぼくはそうは見えないように平然としていた。こういうのがぼくはけっこう得意だった。平気なふり、悲しくないふり、傷付いていないふり——そして好きじゃないふり。

だからなのか、彼女はすごくくつろいだ感じでぼくと接してくれた。

そういうのってすごくわかる気がする。つまり、なんらかの期待（下心と言ってもいい）を持った男子と話をするとき、彼女のような女の子はすごく身構えてしまうんだと思う。堅いというか、幼いというか、とにかくそうなると彼女は会話を楽しめなくなってしまう。

でもニュートラルな相手となら、あるいは同性のような親密さであれば、構えることなく話をすることができる。

ぼくは少しも男っぽくなく、男らしく振る舞おうなんて気もまったくなかった。友だちになりたいとは思っていたけど、それ以上を望んだりもしていなかった（少なくともこのときは)。ぼくは自分の分というものをちゃんとわきまえていた。

隣同士になるまでほとんど言葉を交わしたことはなかったけど、ぼくらはすぐに打ち解け合った。

「よろしくね?」と彼女が言って、「うん、よろしく」とぼくは答えた。このとき彼女は小豆色《あずき》のセルフレームの眼鏡を掛けていた。悪くない感じだった。

ぼくらはともに色が白く、そしてふたりともすごく痩せていた。いつだったか、わたしたち姉弟《きょうだい》みたいね、と彼女が言ったことがある。なんだか、その言葉がすごく嬉しかったのをいまでも憶《おぼ》えている。

あるとき、ぼくらは机の上にたがいの腕を並べて色を比べ合った。同じぐらい白かったけど、彼女は少しだけ桃色がかっていて、ぼくのほうが少しだけ黄みがかっていた。腕の内側には、ふたりとも青い静脈がインクで描《か》いた系統樹みたいに透けて見えていた。

彼女はぼくの手首に人差し指を置いて脈を測った。病院の先生がやるような、すごく自然な仕草だった。おそろしく緊張していたけど、ぼくはそれをまったく表には出さずにいた。

けれど脈は別だ。それは怒り狂った鼓手が叩《たた》く太鼓みたいに、ものすごく派手にぼくの拍動を打ち鳴らしていたはずだ。

でも彼女はなにも言わなかった。ちらりとぼくの目を見て（思わずぼくはぶるりと震えた。たまにはこういった綻びが出ることもある）、それから指をそっと離し、最初と同じようにまた自分の腕をぼくの腕の隣に置いた。

ちょっと不思議な沈黙があって、それに促されるようにぼくはそっと手を上げ、人差し指の先で彼女の脈に触れてみた。きっとさり気なく見えたはずだ。けれど、ぼくの口の中はからからに渇いていた。

トク、トクと彼女の脈が指の先に感じられた。ずいぶん速いな、とぼくは思った。横顔をそっと盗み見してみると、彼女は真面目《まじめ》な顔つきで、じっとぼくの指先を見つめていた。あまりにも真剣なものだからちょっと不安になったほどだ。

ぼくが指を離すと、彼女はほっと溜息《ためいき》を吐《つ》いた。そして微かに笑みを浮かべ、なんか緊張しちゃった、と言った。

「うん、そうだね。なんだか病院みたいだよね」とぼくは言った。

彼女はなにも言わなかった。なんとなく気詰まりな感じがして意味もなく鼻をすると、彼女が「吉沢《よしざわ》くんの腕、すごく細いよね」と言ってぼくの手首を握った。冷たい指だった。

「ほら、かんたんに届いちゃう」

そうかな、とぼくは言った。ちょっとだけ声が震えているのが自分でもわかった。

ぼくは、えへん、と咳払《せきばら》いをしてから、でもさ、と彼女に言った。

「白河さんほどじゃないよ」

わからないよ？　と彼女は言った。彼女はぼくの腕を測った自分の指をもう一方の手首に回し、ほら、と言った。

「ほとんど一緒」

ほんとだ、とぼくは言った。そして彼女が差し出した腕をそっと握ってみた。

ぼくの指がつくった小さな輪の中を彼女の血がさらさらと流れていく。すごく不思議な気分だった。誰かの手に触れたことはあっても、こんなふうに感じたことは一度もなかった。

なんか、とぼくは呟いた。

「なに？」と彼女が小声で訊ねた。

でも、ぼくはそれを言葉で言い表すことができなかった。

ぼくは彼女から手を離し、自分の手首を握ると、もっともらしく頷いてみせた。

「たしかに」とぼくは言った。

「ほとんど同じだね」

そうね、と彼女が言った。

「わたしたちほとんど一緒なのね」

そうやってぼくらは親しくなっていった。それをよく思わない連中からは、相当露骨な嫌がらせを受けたけど（なに様だと思ってるんだよ。お前の出る幕じゃないだろ、うんぬん）、ぼくはそれをこの信じられないような幸運に対するちょっとした埋め合わせのようなものだと考えていた（運気の恒常性ってやつだ）。そんなの、いくらだって我慢できる。

彼女が写真部に入ったのには理由があった。

「雲が好きなの」と彼女は言った。

それはなにかの自習の時間で、教室の中はかなりざわめいていた。ぼくらはほんの少しだけ顔を寄せ合い、小声で言葉を交わし合った。

「雲って、あの空に浮かぶ雲？」

「そうよ」と彼女は言った。

「明け方の雲、真昼の雲、夕方の雲、月夜の雲。一度として同じものはないのよ。子供の頃からいつも飽きずに眺めてた」

ふうん、とぼくは言った。ぼくはこのときまで、あまり真剣に雲を眺めたことがなかった。

「夕焼けってきれいでしょ？」と彼女は訊いた。

「うん、きれいだね」

「でもあれだけじゃないのよ。朝焼けだってきれいだし、嵐の前の雲だってどきどきするぐらいすてきだし」

「すてき？　嵐の雲が」

「うん、そう思わない？」

「考えたこともなかったよ」

「なら、今度は考えてみて。空はおっきなキャンバスなの。雲は絵の具。白もあれば茜《あかね》色もある。紫だって黄色だって。巨人が空に絵を描くのよ。彼はひとを感動させる天才画家なの」

「じゃあ、巨人は男なんだね？」

たぶんね、と彼女は言った。

「そのほうがいいでしょ？」

「うん、そうだね」

「人間が描けるのは、せいぜい飛行機雲ぐらい」

でもそれでもね、と彼女は言った。

「夕空に浮かんだ飛行機雲がオレンジ色に染まるのを見るのはすてきよ。蛍光ペンで引いたアンダーラインみたいなの」

「飛行士って勉強家なんだね」

ぼくがそう言うと、彼女は嬉しそうに笑って小さく首を揺らした。彼女がこんなふうに戯《おど》ける姿を見るのもぼくは大好きだった。

次の日、いつものように一限に遅れて登校すると（ぼくは登校時の生徒たちで賑《にぎ》わう通学路が大嫌いで、いつもひとより遅れて家を出ていた。それは中学高校の六年間ずっと続いた）、彼女が意味ありげな視線を寄越し、ぼくの椅子をぽんぽんと叩いた。なんだかすごく嬉しそうだ。きっと早く座れって言っているんだろうと思い、ぼくは急いでバッグを机の脇に掛けると椅子に腰を下ろした。

しばらくのあいだ彼女は真面目に授業を聞いているふりをしていた。でも目は微かに笑っている。ぼくがバッグから教科書とノートを出し机の上に広げても、まだ彼女は前を向いたままだった。ぼくは教壇でしゃべる英語教師の姿をぼんやり眺めながら、彼女からのサインを待った。

そうやって一分か二分待ってみたけど、なにも起こらなかった。やがてぼくは待つことに飽きて、ノートにいつものイタズラ書きを始めた。

ノートはぼくのイタズラ書きで一杯だった。オリジナルな図案やものすごく凝ったレタリング、想像上の建築物、それからフリーハンドのスピログラフ——。

(スピログラフっていうのは、こんな図形のことを言う)

ぼくは対称性を心から愛していた。なぜだかはわからない。もとは左利きで、それを幼い頃に無理矢理矯正させられたからなのかもしれない。それ以来、ぼくの中に奇

妙な鏡像が居着いてしまった。ぼくは鏡文字を書き、漢字の偏とつくりをいつも間違えるようになった。ぼくはこの歳《とし》になってもまだアルファベットのDとEを（それに数字の5も）ちょくちょく逆向きに書いていた。そのことで、ぼくは実際以上に出来の悪い子供のように思われていた。

イタズラ書きに没頭していると、彼女が爪先《つまさき》でぼくの足を突いた。ぼくはノートから顔を上げ彼女を見た。彼女は顔を黒板に向けたまま、机の下でそっとぼくになにかを差し出した。受け取って膝の上で広げてみると、それは何枚かの写真だった。

写っていたのは雲だった。夕焼け雲。サックスブルーの夕空を背景に、赤というよりは紫に近いちぎれ雲がいくつも連なるようにして浮かんでいる。雲はどれも金色の帯で縁取られていて、こうやってきちんと眺めてみると、たしかにそれは美しかった（そこに対称性はなかったけれど）。

二枚目はちょっとおどろおどろしい渦を巻いたような灰色の雲で、そこからいく筋もの光が地上に降り注いでいた。じっと眺めていると、彼女がノートの切れ端になにかを書いてぼくに寄越した。

『薄明光線って呼ぶのよ。天使の梯子とも呼ばれている』

ぼくは写真を見つめたまま黙って頷いた（当たり前だけど、このときのぼくは、ずっとあとになってこの光をいやになるほど見ることになるなんて夢にも思ってなかった)。

三枚目は飛行機雲だった。茜色と深い青が入り混じる夕空を背景に、しゅっと一筆払ったような(左払いだった)琥珀《こはく》色の雲がたなびいている。なんとなくほうき星のようにも見えて、これも悪くなかった。

だからぼくはそう書いた。ノートの切れ端に『まるでほうき星みたいだね』と書き、その横にシャワーのような尾を曳《ひ》く五芒星《ごぼうせい》を描いて彼女にそっと渡した。

彼女の顔がぱっと輝くのがわかった。また彼女からメモが手渡された。

『でしょ? 本物はもっときれいよ。見せてあげたい』

ぼくも『そうだね、見てみたい』と書いて彼女に返した。

けれどぼくらは、なんの約束もしなかった。

ぼくらはそういったことに関しては驚くほど内気だった。ふたりがとくに意気地のない人間だったというわけじゃない(臆病者であることと、意気地なしであることはイコールじゃない。そのへんを混同しないでほしい)。ただ、ある状況においてだけ、どうにも押しが弱くなってしまうのだ。あきれるほど慎み深く、悲しいほど遠慮がちな人間に。

たぶん恋愛における自分の持ち玉の少ないことを本能的に知っていたからなのかもしれない。ぼくらに「当たって砕けろ」は通用しない。へたをすると、それで打ち止めってことだっておおいにありうるのだから。

そういうわけで、ふたりが一緒に夕焼けを見るのはもう少しあとのことになる。

『もっと上手に撮れるようになりたいの。だから勉強するために写真部に入ったの』

と彼女は書いた。

『一樹《かずき》がいつも一緒にいるよね？　あいつは上手《うま》いの？』とぼくは彼女に訊ねた。

一樹とは彼女にまとわりついている例の男子生徒の名前だった。

『上手いよ。いろいろと教えてくれる。でもね――』

でもね、の先になにが続くのか知りたかった。けれどそれを訊ねるのもなんだか厚かましいような気がして、ぼくはけっきょくなにも書かなかった。

彼女はすぐに『吉沢くん、絵が上手いね』と書いて寄越した。

ぼくは『絵画教室に通っているから』と彼女に書いた。

『ほんとに？　すごいね！』

『なんで？　誰だって通えるよ？』

『そうだけど。吉沢くん、絵を描くひとになるの？』

『わからないけど、絵を描くのは好きだよ』

そう書いて渡してから、ぼくはイラストでいっぱいのノートをそっと彼女のほうに押しやった。

そのとき、ふいに先生がぼくを名指しして、いまのページを読むようにと言った。

いまのページ？

「43ページよ。チャプター11から」と彼女がそっと小声で教えてくれた。ぼくが驚いて視線を向けると、彼女はなにごともなかったかのように平然と黒板を見つめていた。

ぼくは立ちあがり教科書を読んだ。場所はあっていたけど、知らない単語がいくつかあって何度もつかえてしまった。

先生は「とっくに習った単語だぞ。ちゃんと復習しとけよ」と言ってからぼくを解放してくれた。

「よくわかったね」と椅子に座ってからそう囁《ささや》くと、「だって教科書もちゃんと見ていたから」と彼女が小声で言った。

彼女はそういう子だった。ぼくとは違ってなにごともきちんとしていて、つねに努力を怠らない。

ふたりともひとりっ子だったけど、彼女はまるで弟や妹のいる、しっかり者のお姉さんのようだった。ぼくのほうが三か月年上なのに（ぼくは十月生まれ）、いつだって彼女はぼくを年下扱いした。

☆

まもなく日が暮れる。雲が世界を覆うようになってから日が暮れるのがすごく早くなった。季節はまだ秋だというのに、午後の三時にもなると早くも夕闇があたりに迫り始める。

西の空がなんだか不思議な色――赤や紫や黄色、それに血のようなカーマインや赤《しゃく》銅色《どういろ》――に染まっていて、これはこれでかなりの見ものだった。見てるだけで胸がどきどきしてくる。じっと目を凝らしていれば、もしかしたら渦巻く雲の中を走る死神の馬車が見えるかもしれない――半分ぐらい本気でぼくはそう思った。いまなら、なにが起こったって驚かない。

この辺は、鄙《ひな》びた農村地帯で、住人たちはもうずいぶんと昔に村を捨て去ってしまったみたいだ。家々の土壁は崩れ、瓦《かわら》は落ち、畑にはカヤツリグサやエノコログサといった雑草たちが生い茂っている。電柱や庭木はクズやツタで厚く覆われ、薄闇の中にそそり立つその姿は、まるで主人の留守を守る巨大な衛兵のようだ。

ぼくは夕飯をつくるために川に降りて水を汲《く》むことにした。家から持ち出した米がもうすぐ底をつく。一応お金は持ってきたけど、これから先食べ物を手に入れることはどんどんと難しくなっていくだろう。

ぼくらが生きられる世界は日ごとに小さく、そして乏しくなってゆく。出会うひとの数も減ってゆき、とうとう今日はまる一日誰にも会わなかった。

雪は降らないくせに雨はよく降る。昨夜も一晩中降っていた。裏山の斜面を縫うようにして下る泥道はひどくぬかるんでいて、ぼくは何度も足を滑らせ尻餅をついた。

川が見えてくると、ずいぶんと流れが濁っているのがわかった。昨夜の雨で増水したのかもしれない。なんとなく嫌な予感がした（だいたいこんなときの予感はよく当たる）。

案の定、川面近くまで下ったところで、いきなり足下の土が崩れた。声を上げる間もない。ぼくは濡《ぬ》れた地面を驚くほどの速さで滑り落ちた。必死で手を伸ばしたけど、摑《つか》んだのは柔らかな羊歯《しだ》の葉で、それは音もなく一瞬で千切れた。

足から川に飛びこみ、爪先が川底に着いたと思った途端、今度は激しい流れに脚を取られてぼくは水の中に倒れ込んだ。

水は信じられないほど冷たかった。一瞬で全身の筋肉が縮こまるのがわかった。肺の中に残った貴重な空気をぼくはすべて吐き出してしまった。慌てて息を吸い込んだものだから今度は気管支に水がどっと押し寄せてきた。激しく咳《せ》き込みながら、ぼくは必死で水を掻《か》いた。

流れはどんどんぼくを川の中央へと運んでいく。ここまで来ると足も届かない。なすすべもないまま、ぼくは下流へと流されていった。

あまり死のことは考えなかった。冷たさと息苦しさとで、それどころじゃなかったのだ。

やがて川の両岸を繋ぐ石の橋が見えてきた。水面からの高さは10メートルぐらい。夕闇を背にして、誰かが橋の中央に立っているのが見えた。水の中でもがきながら見てると、その人影がいきなり川に向かってダイブした。

一瞬、なにが起きたのかわからなかった。そのひとがぼくを助けるために川に飛びこんだのだとわかるまでにしばらく時間が掛かった。ぼくは力強い腕に引かれるようにして、少しずつ川岸に近付いていった。

やがて、「もう足が着くぜ」と言われ、確かめてみると、それは本当だった。ぼくは自分の足で立ち、流れに押されるようにして5メートルほど下流の岸辺に歩き着いた。

まだ咳は治まっていなかったけど、どうにか息をすることだけはできた。大きな岩の上に四つん這《ば》いになって懸命に肺に空気を送り込んでいると、その人物がぼくから少し離れたところに腰を下ろすのがわかった。

大丈夫か？　と彼は訊いた。

「大丈夫、です」とぼくは答えた。

「ありがとう」

ようやく息が楽にできるようになると、ぼくは岩の上に座り直し、あらためて命の恩人を眺めてみた。彼は縞柄《しまがら》のトランクス以外のすべてを脱いでしまっていた。すごく痩せている。ガンジス川で沐浴《もくよく》を終えたばかりの行者みたいだ。彼はぼくの視線に気付くと、あんたも服の水を絞ったほうがいいぞ、と言った。

「早く上に登って火を熾《おこ》そう」

はい、とぼくは答え、それから、なんで？　と彼に訊ねた。

「なんで助けてくれたんですか？」

なんで？　と彼は奇妙なものを見るような目でぼくを見遣《みや》り、そっと肩を竦《すく》めた。

「あんたがおれでもそうしただろう？　こういうことに理由はないさ」

実際にぼくが飛び込めるかどうかは大きな疑問だったけど（ぼくは金槌《かなづち》だった）、とりあえず頷き、もう一度、ありがとう、と彼に言った。

彼は面倒臭そうに手を振った。

「先に登ってるぞ」

そう言い残し、彼はトランクス姿のまま木立の中に消えた。

ぼくらは盛大に火を焚《た》いた。少しやり過ぎじゃないかと思えるくらい。炎はときに、ぼくの背の高さぐらいにまでなった。火にくべるための焚き木ならそこらへんにいくらでもあった。ぼくらは服を乾かし、湯を沸かすと、そこに彼はジンを、そしてぼくは角砂糖を落として飲んだ。

すっかり落ち着くと、ぼくらは火を挟んで向かい合うようにして座った。そこは農家の庭先で、山茶花《さざんか》の生け垣がまわりを囲んでいた。

彼の名は瑞木《みずき》といった。ぼくより五つ年上だった。二十九。顔立ちはそれよりもだいぶ老けて見えた。額がハートの形にずいぶんと後退している。頬にはうっすらと無精髭《ひげ》があった。すごく痩せていて背が高い。なんだか気難しそうで、それにちょっと小悪党的なところもあった。

話をしてみると、ほんとにそんな感じだった。彼は自分のことを、よた者と言い、ちんぴらと言い、ろくでなしなんだとも言った。彼はすごく語彙《ごい》が豊富だった。

「まあ、そういうことさ。生まれながらの外れ者なんだよ。まともな仕事に就いたこともないし、そのための努力をしたこともない」

そんな彼だったけど、今回だけはちょっと考えたんだそうだ。

「本当にこれで終わりが来るなら、最後にちょっくら本気になってみるのも悪かないかって、そう思ったのさ」

「本気って？」

「女だよ」

ああ、とぼくは呟くように言った。ちょっと意外な気がした。

「あんたも恋人に会いに行くんだって言ってたよな？」

恋人じゃない、とぼくは訂正した。たぶん。

「好きだけど、キスしたこともないんです」

「でも本気で惚《ほ》れてんだろ？」

ぼくは黙って頷いた。そのことについてなら自信がある。ぼくはもう十年間も彼女に恋し続けている。

なら充分さ、と彼は言った。

「世界の終わりに命をかけてでも会いに行きたい人間がいるっていうのは結構なことさ」

「はい」ぼくは頷いた。

「ぼくもそう思います」

だろ？　と彼は言ってにやりと笑った。目尻に深い皺《しわ》が走る。すごく人なつこい笑顔だった。

「絵里子《えりこ》っていうんだ」と彼は言った。

「その恋人の名前ですか？」

いや、と彼はかぶりを振った。

「こっちも恋人じゃない。正確にはな」

「じゃあ――」

「もと恋人さ。ガキの頃からの知り合いなんだよ。家が隣同士でな。うちはただの農家だったが、あいつんちは写真館をやっていた。しゃれてるんだ」

へえ、いいですね、とぼくは言った。

「きっと素敵なひとなんでしょうね」

ふん、と彼は笑って小さく肩を揺すった。

「えらく真面目な女でな。要領の悪いお人好《ひとよ》しさ。いつもまわりからつけ込まれてた。どこにだって貪欲で抜け目のない奴らはいるもんさ。お前さんのクラスにだっていただろ？　派手で男受けのする女たちほど、その辺はたくみなんだよ。ごめん、あれやっといてもらえる？　ありがとう、じゃあ、これもお願いできる？　ほんと感謝してるわ、てなもんさ。見ておれはいつもいらついてた。少しは逆らってみろよってな。いまあいつは地元の信用金庫で働いているんだ——いや、働いていた、だな。くそ真面目なあいつらしい堅い職場だよ。よた者のおれなんかと合うはずもない」

「そうなんですか？」

まあな、と彼は言った。

「それがわからずに何度か付き合ったこともあったが、そのたびにおれはいつもあいつを泣かしてた。金のこと、女のこと、仕事のこと、なんやかんやもろもろさ。あいつは少しばかりおれを買い被《かぶ》っていたんだな。いつかはきっとまっとうな人間になってくれるはずだと信じて、そうしちゃあいつも裏切られてた。可哀想な女だよ。おれなんかを相手にしたもんだから、ほかの男も寄ってきやしない。おれは喧嘩《けんか》っぱやいんで有名だったからな。手を出したら殴られるとでも思ったんだろうよ」

「じゃあ、絵里子さんはいまもひとりで？」

わからん、と彼は言った。

「ずいぶん前におれは町を出ちまったからな。最後に話をしたのは――電話でだが――もう半年も前のことさ。金の無心をしたのさ。だが、あっさりと断られたよ。こういったことに対しては、あいつは驚くほど頑固なんだよ。まるでロバみたいな女なんだ。まあ、あいつの言い分も当然なんだが……」

そうですね、とぼくは言った。

「ちょっと、彼女に同情します」

うん、と彼は妙に素直な声で言った。

「まったくさ。ほとほと自分が嫌になるよ」

でもな、と言って彼は炎で温められたズボンの臑《すね》をぽりぽりと掻いた。彼のズボンからはうっすらと湯気が立ち上っていた。

「手を染めた商売が軌道に乗りかけてたんだ。もう少し資金があればきっとうまくいくって確信があったんだよ」

「商売って？」

「まあ、一種のポルノ産業さ。この業界はいつだってインフレ気味なんだよ。過剰サービスってやつだな。だからおれはその逆を行ったんだ」

どういうことです？　とぼくが訊ねると、彼は、出張朗読、と言った。

朗読って、とぼくは彼に訊いた。

「本を口に出して読む、あの朗読？」

「ああ、そうだよ。それ以外にあるかよ」

「そうですけど。でも、どうしてそれがポルノ産業なんです？」

まさしくそこだよ、と彼は言った。

「はい？」

「ターゲットは古き良き時代の礼節をわきまえた老人たちさ。紳士すぎてこういった世界とは無縁に生きてきた連中だよ。露骨な誘いには眉をひそめる。だが、出張朗読って言葉は上品で知的だろ？　そうやって間口を広げといて、そっからぐいぐいと踏み込んでいくのさ」

「つまりはどういうこと？」

つまりはだな、と彼は言った。

「読み手は二十代、三十代の女たちなんだ。それが客の部屋で小説を読んで聞かせる。どの本を選ぶかは客の自由だが、女からちょっとした誘いを掛けることもある。そっち方面も――それはもちろんポルノってことだが――ぜんぜんOKですよってな感じで微笑《ほほえ》んでみせるんだな。なんなら、いま何冊か持ってきてますからお読みしましょうか？　そこでまんざらでもない顔をしたらな、そのじいさんはいい顧客になる」

ああ、とぼくは言った。

「そういうことだったんですね」

「そういうことさ。はじめは名簿に載ってる宛先《あてさき》にダイレクトメールを送るだけだが、いずれは客が客を呼ぶようになる。こういった話は黙っていられるもんじゃないからな」

「それで――実際はどうだったんです？」

「まずまずの出だしだった。もっと広い事務所を借りて、もっと人間も増やして、そうすりゃ客の呼び出しにも充分応えられるようになるはずだった――人手がなくて、かなりことわってたからな」

だが、と彼は言って、広くなり始めた額を長い指でさすった。

「それもすべて終わりだ。ようやっと人生面白くなり始めたところで、こんなことになっちまった。とびきりの女に粉かけられて尻尾振ってついてったら、いきなり肘鉄食らわされたようなもんさ」

ぼくは思わず笑ってしまった。

「でも、そのことを絵里子さんはどう思っていたんですか？」

彼は小さく肩を竦めた。

「あいつはこういうことにはまったく免疫がないんだ。潔癖すぎるのさ。おれが、これは一種の慈善事業なんだって言っても聞く耳を持たない。本気でそう言ったんだぜ。だってそうだろ？ 孤独な老人の独り身の切なさを若い女たちが優しい声で癒してくれるんだ（女房持ちが連絡してくることは滅多にないからな）。寿命だって延びるってもんさ。消えかけていた蠟燭《ろうそく》にもう一度でっかい火を灯《とも》すのさ。悪かないだろ？ あいつは固すぎるんだよ」

かもしれないですね、とぼくは言った。

ぼくは自分の恋人ではない女性のことを考えてみた。彼女ならなんて言うだろう？ おもしろい商売ね、わたしもやってみようかしら？ それとも眉をひそめてただ首を振るだけだろうか？

まあ、と彼は言った。

「それがあいつのいいところでもあるんだが……」

そして彼は大きくのびをすると、そろそろ寝るか、と言った。

ぼくらはありたけの焚き木を火にくべると、それぞれの寝袋に潜り込んだ。

そういや、と彼はふと思い出したように言った。

「あんた、下の名前はなんていうんだ？」

優《ゆう》です、とぼくは答えた。

「優しいって書いて優」

うん、と彼は言った。

「あんたらしい名前だ。少しも奇抜じゃない」

「そうですね。ぼくはすごくあたり前の人間です。ふつうの人生を望んでるんです」

ふつうの人生な。そう言って彼はふっと笑った。

「まあ、それが一番大事なことさ。いまのこの狂った世界では」

彼は火に背を向け、寝袋の上に掛けた防寒シートを頭まで引き上げた。

「おやすみ、よく眠れよ」

はい、とぼくは頷き、寝袋のチャックを顎まで引き上げた。

「おやすみなさい」

そしてすぐに眠りに落ちた。

☆

彼女は、ぼくがクラスの連中からひどい目に遭わされたときも姉のような優しさでもってぼくを慰めてくれた。

度を超えた平和主義というのは、むしろそのことによってまわりの人間の闘争心を掻き立ててしまうところがある。彼らにとってぼくらはどうやら、かぎりなくただの昼飯に近い存在に見えるらしい。決してやり返してこない相手を心ゆくまでなぶり者にするのは、なにか相当にとくした気分になるんだろう。生まれながらの無抵抗主義者たちは、いつだって彼らの恰好《かっこう》の憂さ晴らしの的なのだ。

ぼくはクラスのがさつで思いやりのない連中から、「お地蔵さん」とあだ名を付けられていた。別に赤いよだれかけを掛けていたからじゃない。なにをされても、やり返さずにいつもにこにこ笑っているから、その姿がお地蔵さんみたいに見えたというわけだ。

彼女に訊かれたこともある。なぜ、あんなひどいことされて笑ってるの？　って。

わからないけど、とぼくは言った。ずっと小さい頃からそうだったんだ。

ふうん、と彼女は言った。そうなんだ。

ほんとはちゃんとした理由があったんだけど、なぜだか彼女には言えなかった。もしかしたら恥ずかしかったのかもしれない。ぼくはそういう年頃だった。

ぼくはやり返せないことを残念に思ったことはない。そんなこと考えたこともない。たぶん、こういった状況は脳の設計の想定外なんだろうと思う。ぼくの基本行動セットは、もうちょっと違う環境でうまく働くようにできている。そこにはこういったひとたちはいないはずだった。とんだ梱包《こんぽう》ミスだ。

だから、ぼくは混乱する。ひとが苦しむ姿を見て悦《よろこ》ぶなんてどうかしている。なにかが間違っている。

でもきっとそう思うのは、ぼくのほうがどうかしているからなんだろう（そう、この世界では）。風紀の先生でさえもが、やり返さないぼくのほうに問題があるのだと言っている。がつん、と言ってやれ。そうすりゃ、あいつらだってもう手を出さなくなる。

いかにも体育教師らしい言い方だった。目には目を。例の抑止力ってやつだ。けれど、ぼくらはそのようにはつくられていない。ぼくらは誰かを殴るための拳を持って生まれてはこなかった。この手は、大事なひとの背中をさすったり、美味《おい》しいものを食べたり、美しいものをつくったりするためにある。

あるとき(たしか十月の終わりぐらいで、英語かなにかの自習の時間だった)、ひとりの男子生徒がぼくのキャンバス地の白いバッグにマジックでイタズラ書きをした。こんなときに中学生男子が書くような、ごくありきたりな卑猥《ひわい》な言葉だった。そしたら、それに気付いた他の連中がそれに便乗した。バッグはあっという間に持ち去られ、彼らの手から手へと回されていった。取り返そうとするぼくを彼らはチームワーク抜群のバスケットボールチームみたいに巧みなパス回しで翻弄した。

ぼくは自分の足に蹴躓《けつまず》き、机の角に顔をぶつけて鼻血を出した。けっこう本格的な出血だった。しかたなく級友たちの手で勝手にデザインし直されているバッグを諦め、ぼくはそのまま教室を抜けだし保健室に向かった。

保健室の若い女の先生は、ぼくの顔を見て「どうしたの?」と、ちょっと驚いたような声を上げた。

「転んだんです」とぼくは答えた。

「なにをやっていたの? 授業中でしょ?」

「はい。ああ、いいえ。自習中です」

「誰かに転ばされたの？」

いいえ、とぼくは言った。

「自分の足に躓いたんです」

まあ、と先生は言った。

「ずいぶん器用なのね」

そうでもないです、とぼくは答え、しばらくしてから、あれは冗談だったのだと気付いたけど、そのときにはもう遅かった（これもぼくが実際以上に間抜けに思われてしまうことの理由のひとつだった）。

先生はぼくの鼻の穴に脱脂綿を詰め、それからガーゼで頬の血を拭い、そこに消炎用の湿布を貼ってくれた。

鼻血が止まるまでそこで寝てなさい、と言われ、ぼくは上履きを脱いでベッドに仰《あお》向《む》けに寝転んだ。脱脂綿を詰めていないほうの鼻も詰まっていたのですごく苦しかった。ぼくは天井を見上げながら陸に上がった魚みたいに口を丸く開け、息苦しさが治まるまで何度も深呼吸を繰り返した。

ぼくのバッグはどうなるんだろう？　と思った。うちはお金がないから、そう簡単に新しいバッグを買うことができない。父さんの困った顔が目に浮かぶようだった。

やがて休み時間になると、誰かがドアを開けて保健室に入ってきた。先生に「ベッドで寝てるわ」と教えられ、その誰かはカーテンを開けてぼくに声を掛けた。

「大丈夫？」

彼女だった。

「うん、大丈夫だよ」とぼくは言った。

「なんだか、痛々しいけど」と言って彼女は自分の頬を指さした。

「平気平気。大袈裟《おおげさ》なんだよ」

そうなの？と言って彼女はちょっとだけ笑った。そして、これ、と言って彼女は後ろ手に持っていたバッグをぼくに差し出した。

「一樹くんが取り返してくれたの。でも、そのときにはもう――」

そうなんだ、とぼくは言った。

「ありがとう……」

バッグには赤、黒、黄色のマジックでいろんな言葉が書き散らされてあった。なんだか思いきり品のない寄せ書きのようにも見えた。

「それでね」と彼女は言った。

「家庭科の先生からベンジンを借りてきたんだけど」

「ありがとう」ぼくは言った。

「試してみるよ」

次の授業をさぼってぼくは屋上に上った。ひと目に付かず風通しのいい場所というのがここしか思いつかなかったからだ。予想外だったのは、彼女がぼくに付き合うと言ったことだ。サボり魔のぼくと違い、彼女はふだんそんなことを決してしない。

「ひとりで大丈夫だよ」と言うと、彼女は首を振った。

「教室に帰りたくないの」

「なんで?」

「嫌なの。しばらくはあのひとたちの顔を見たくない」

「そう?」

「そうなの」

うんわかった、とぼくは言った。

「じゃあ、一緒に行こう」

屋上にはもちろん誰もいなかった。ぼくらは校庭とは反対に向かい、できるだけひとの目に付かなさそうな場所を探してそこに腰を下ろした。

ぼくは彼女が家庭科室から持ってきた端布《はぎれ》にベンジンを染み込ませると、それでバッグの表面をぽんぽんと叩いてみた。

悪くない感じだった。卑猥な言葉や罵りの言葉がほんのわずかだけど薄くなるのがわかった。

「うん、けっこういいかも」とぼくが言うと、彼女も「これなら、うまくいきそうね」と嬉しそうに言った。

それから、かなりの長い時間、ぼくはこの作業に没頭した。

なんだか、すごく象徴的な行為のようにも感じられた。

言葉は呪術的な力を持っていて、ひとの心や身体を強くコントロールするのだと以前なにかの本で読んだことがあった。褒めたり、励ましたり、慰めたりする言葉はぼくらを生かし育む。けれど、蔑んだり、罵ったり、けなしたりする言葉は反対にぼくらを少しずつ損なっていく。言葉、言葉、言葉――もしかしたら、それは人類が手に入れた史上最強の武器なのかもしれない。

だから、こうやってぼくに向けられた悪意のある言葉を消していくことは、その呪術的な力から自分を解放することにもなるはずだった。

けれど――ぼくはちょっとばかりがんばりすぎてしまった。

　夢中になって作業をしているうちに、なんだか胸の辺りが気持ち悪くなってきた。鼻で息ができないので、大きく口を開けていたのがいけなかったのかもしれない。

「気持ち悪い」とぼくは彼女に言った。

　驚いた彼女がぼくの顔を覗《のぞ》き込み、悲鳴みたいな声を上げた。

「どうしたの！　顔色が真っ青よ」

　そこでぼくは作業を止め（文字はずいぶんと薄くなっていた。これならばまた明日からも使えそうだ）、しばらく休むことにした。

　彼女が、いいのよ、と言ってくれたので、その柔らかな腿《もも》を枕がわりに使わせてもらうことにした。もう、遠慮しているだけの余裕もなかった。

　ぼくの後頭部は彼女の腿と腿とのあいだにすっぽりと収まっていた。

　なんだかすごく不思議な気分だった。まるで初めから用意されていた場所のようだ。二本のスプーンのように、とひととひととが綺麗《きれい》に重なり合うことを表現する言葉があるけど、こういうのはなんて言えばいいんだろう？　すごく手の込んだパズルのように、ひと組の男女が隙間なく重なり合う形には、たぶんいくつもの解答があるんだろう。

　制服のスカート越しに伝わってくる彼女の温《ぬく》もりがすごく気持ちよかった。

「大丈夫？」と彼女が訊ねた。目を閉じていても、近づいてくる彼女の影を感じることができた。

ぼくは薄目を開けて彼女の顔を見た。ちょっと近すぎる。彼女の睫《まつげ》ってこんなふうにカールしてるんだ、とぼくは思った。

大丈夫だよ、とぼくは言った。無理して少しだけ笑ってみせる。

「少しも大丈夫そうに見えないわ」と彼女が言った。

うん、とぼくは言った。

「実はそうなんだ」

「でしょ？　もう少しこうしていましょ」

「うん、そうだね——ありがとう」

彼女はその細い指で、ぼくの額をそっと撫《な》でてくれた。冷たい指だった。

腿の温もり、柔らかな声、仄かな甘い匂い（彼女はミルクの匂いがした）。そのすべてが、ぼくにはとびきりの祝福のように感じられた。生まれてきた意味とか、真の幸福とか、そんなことさえ考えてしまう。

ここに至るきっかけをつくってくれた彼らに感謝したいくらいだった。一樹が知ったら、きっとむちゃくちゃ悔しがるだろうな、とも思った。殴られるかも。でも、それでもかまわない。このひとときのためなら、ぼくはどんなことだって我慢する。

つまりはだって、生きるっていうのはそういうことだから。誰かも唄《うた》っていたように、愛こそがすべてで、それはテコの原理のようにぼくらの心を高みへと押し上げる。一対千のハンディもなんのその、たったひとりの誰かが「あなたでいいのよ」と言ってくれれば、ぼくらは雄々しくこうべを上げながら風に向かって歩いていくことができる。

ぼくにとっての、たったひとりの誰か——。

ん？　と彼女が訊いた。

「なに？　なにか言った？」

ううん、とぼくは言った。

「なにも。なにも言ってないよ」

☆

しばらく瑞木さんと一緒に行くことにした。すごく頼りになるし、向かう方向もほぼ一緒だった。彼の生まれた町は彼女が暮らす町よりもずっと手前にあったから、一緒に行けるのはそこまでだったけど、それでもとても心強かった。

思っていた以上にぼくは疲れていたのかもしれない。ぼくは強い人間じゃない。勇気や強さが試される場面では、むしろ足手まといになるタイプだと思う。世界の終わりなんて出来事はぼくの手に余る。余りすぎる。どう向き合えばいいのかまったくわからず途方に暮れてしまう。だから、ぼくはそのことをあまり考えないようにしていた。

大事なのは問題を一点に絞ること。どんなことがあっても彼女に会いに行く。それ以外のことはとりあえず保留にしておく。それならば、へなちょこなぼくにだって、なにをすればいいのかぐらいは考えられる。

一日でも早く彼女のもとに辿り着きたかった。けれど、だからといって闇雲に進めばいいというわけじゃない。急ぎすぎて気を疎《おろそ》かにすると、彼女のもとに辿り着く前にぼく自身の残り時間を使い果たしてしまうことになる(昨日のように)。

もっとも悩ましいのは、凍った町を避けるか、そのまま突き進むかといった問題だった。そのことは瑞木さんもずっと考えていたようだ。

「まあ、いろんな話を総合すると一時間程度なら問題はないようだ。そのぐらいうろついてから戻ってきた連中には何人か会ったことがある。だが町を抜けて行くとなると――」

「先がどうなっているかわからない？」

「そのとおり。これはもはやギャンブルだよな。行けども行けども町が凍り付いていたら、そこでおれらのチップは底をついちまう。ぱっとしない銅像がふたつ増えるだけさ」

「じゃあやっぱり避けていくしかないんですね？」

「ああ、そうすれば、少なくとも目的の場所まで辿り着く確率はぐっと高くなる。たとえ手遅れだったとしても、ちっとは慰めになるだろう」

絵里子さんは、とぼくは瑞木さんに訊いてみた。

「瑞木さんが向かっていることを知ってるんですか？」

「知るはずもないさ。例の電話で喧嘩別れをしたままだからな。世界が終わるとわかって、慌ててまた連絡を取ろうとしたんだが、もう繋がらなかったよ。まあ、人生なんていつだってこんなもんだ。しかたないさ。いまおれにできるのは、とにかくあいつのところまで行って謝ることだな。悪かったって。許してくれるかどうかはわからんが――」

ぼくらはだだっ広い田園地帯を歩いていた。ここは盆地のようなところで、まわりをぐるりと低い山に囲まれている。右手の——ぼくらは北に向かっていたから、つまりは東の——山はすでに青く染まっている。ふり返って見ると、昨夜ぼくらが野宿した村のある丘陵地もいつのまにかほの青い光に覆われていた（ぼくらはこれを見逃した。いつだって光が降る瞬間は身体中の毛が逆立つぐらいすごい眺めなんだけど、なんの予兆もないものだから、気付かずに見すごしてしまうことがよくあった）。

ちらほらと民家も見えるけど、ひとがいそうな気配は感じられなかった。

どのくらいのひとたちがまだ残っているんだろう？　旅を始めた頃は、まだどの町にも住人たちの姿があった。車が走っているのを見たこともあったし、どこかへ避難しようとしている大きなグループと出会ったこともあった。でも、日を追うごとに出会うひとの数は減ってゆき、それと反比例するように青く染まった土地が増えていった。

都市部はあらかた青く染まってしまった。ひとのいそうもない（けれど、もしかしたらたくさんのひとたちがそこで息を潜めているかもしれない）農村地帯や山間部はまだそれよりずいぶんとましなように見える——いまのところは。

彼女が暮らしているのは典型的な農村だった。人口は千？　それとも二千？　コンビニエンスストアーさえない。彼女はそこからスクーターで四十分かけて隣町のスーパーマーケットに働きに出ていた。レジを打つのが彼女の仕事だった。

訊いてみると、絵里子さんの町はそこよりもかなり大きいらしかった。人口は三万ほど。もしあの法則が本当なら、すでに青く染まっている可能性が高かった。

瑞木さんもそのことは充分に承知していた。

「行ってみなくちゃわからんけどな。町を出たかもしれんし——」

とにかく、と彼は言った。

「おれにできるのは進むことだけさ。あの町にはおれの親父《おやじ》やお袋もいるんだ。なんとしてでも帰り着かなくちゃならんのさ」

ぼくらは歩きに歩いた。食料がすでに底をつきかけていて、すごくお腹《なか》が減っていたけど、それでも歩く足だけは止めなかった。瑞木さんはここ数日ずっとバターライスしか食べてなかった。それとチョコレートバーを何本か。

「まだ開いていたコンビニで買い溜《だ》めしたんだ。あれが最後だったな。それ以来、店を見かけたことすらない」

「ぼくもそうです。山道ばかり歩いていたから。最初は自転車で走っていたんだけど、すぐに町は走れなくなって」

「おれもさ。そのほうが賢明だよ。急がば回れさ」

いつも思うんだが、と彼は言った。

「不思議なのは、これが羊の囲い込みのように見えるってことさ。手際がいいというか、まずは大きな群れから囲い込んで、そこからだんだんと小さな群れへと手を伸ばしていく。これって、けっこう奇妙な話じゃないか?」

つまり、とぼくは言った。

「これを引き起こしている誰かがいるってこと?」

さあな、と彼はかぶりを振った。

「だが、もしそうなら裏をかくことだってできるかもしれないぜ?」

「裏をかく?」

「無人と化した町なら、そこは山ん中と同じぐらい安全かもしれないって話さ」

あんたの彼女、と彼は言った。

「お袋さんとふたりで取り残されたって言ってただろ? 案外と、それが正解だったかもしれないぜ」

「誰もいない町なら後回しにされるかもしれないから?」

「そうさ。もともとがたいした町じゃない。だとすりゃ工程表のケツに回される可能性はけっこう高いんじゃないか？」

ありがとう、とぼくが言うと、彼はどこか眠たそうな目でぼくを見ながら、なにが？と訊いた。

「すごく勇気付けられたから」とぼくは言った。

「実はけっこう落ち込んでたんです」

彼は面倒臭そうに頷き、そういうのはやめてくれ、と言った。

「おれはそういう人間じゃないんだ。調子狂うぜ」

「でも、瑞木さんはいいひとですよ」

はっ、と彼は嘲笑にも似た声を漏らした。

「おれはただのちんぴらだよ」と彼は言った。

「だが——もしそれが少しでもまっとうな人間に見えるんだとしたら、それはこの世界の空気のせいかもしれんな」

見ろよ、と彼は言った。

「この星じゅうがべっとりと厚ぼったい雲に覆われて、しかもそこからはなんやら不思議な光が降り注いでいて、それにやられた奴らはどいつもこいつもすっかり青ざめて声もなくしちまってる。そんなところでケチケチしてなんになる？」

彼は飛んできた虫でも払うように、顔の横で大きく手を振った。

「誰だって気前よくもなるさ。どうせ明日は知らん身だ。横並び。いずれはみんな妙に惚《ほう》けた、やたら幸せそうな顔した青い銅像になっちまうんだ」

彼はぼくから目を逸《そ》らすと、最後はほとんど独り言のような調子でそんなことを口にした。

たしかに、瑞木さんの言うとおりなのかもしれない。

いまの世界はすごく優しい。不思議なほど穏やかで、そして限りなく親切だ。みんな誰かを愛したがっている。ぼくも瑞木さんも、一生懸命自分の愛に正直になろうとしている。

いまさらながらに、みんなようやく気付いたのかもしれない——もとより、ぼくらに残された時間なんてそんなになかったってことに。

惜しんでる暇なんかない。ひねくれたり、憎んだり、駆け引きしたり、そんなことをしているあいだにも時間はどんどんと過ぎていく。

人生が一冊の本だとしたら、できることならそのすべてを愛の言葉で埋めてしまいたい。めくってもめくっても誹《そし》りや罵りの言葉しか出てこない物語なんていやだ。だからみんな、自分の物語がまもなく終わるんだってことを知って、真剣に考えたのかもしれない。

せめて最後はハッピーエンドで。微笑みながらすべてを終わらそう――

きっとそういうことなんだと思う。

☆

秋も深まり、もうずいぶんと空気が涼しく感じられるようになった頃、ちょっとした偶然がぼくらふたりを学校の外で引き合わすことになった。

その日は絵画教室の日だった。週に一回のこの教室に、ぼくはもう五年以上も通い続けていた。

あまり裕福でない（というよりそうとう逼迫《ひっぱく》していた）わが家の経済状況を考えると、かなり贅沢《ぜいたく》なことではあったけど、父さんはそれを許してくれていた。

絵画教室にはひとりの仲のいい友だちがいた。同い年で、通い始めたのも同じ頃だった。ぼくらの家はそれほど離れてはいなかったけど、あいだに水路があって、それが学区域の境界線になっていたために通う学校は違っていた。

彼の名前は洋幸《ひろゆき》といった。彼には一風変わったところがあって、ぼくから見れば、それが魅力だったんだけど、まわりはそうは思っていないようだった。

彼は髪がコイルのように巻いていて、しかもそれを伸ばし放題にしているものだから、頭がひとよりもはるかに膨らんでいるように見えた。それに、ぼくと同じぐらい――もしかしたらそれ以上に――痩せていて、自分の身体を支える筋肉が足りないのか、いつもへんな感じに傾いでいた。

彼は小さな頃から悪夢にうなされていて、そのせいなのか、中学三年になってもまだおねしょをしていた。

あるとき彼は、昨夜の夢に優くんが出てきたよ、とぼくに言った。

「へえ、どんな夢?」

「うん、学校の中庭みたいなところでさ、ぼくらふたりで電話を掛けてるんだ」

「中庭に電話?」

「うん、まあ、あるんだよ。百葉箱《ひゃくようそう》みたいな台があって、そこにね。ピンク色の電話だったな」

「うん、それで?」

「番号は優くんが教えてくれた。223だったか、233だったか、とにかくそんな数字」

どっちも素数だったけど、ぼくはそのことについてはなにも言わなかった（ぼくは千までの素数を全部憶えていた）。三桁《けた》の電話番号なんだね、と言うと、うん、と彼は頷いた。

「これは緊急コールだからね。三桁でいいんだ」

「それで？」

「繋がると、受話器の向こうからすごくきれいな音楽が聴こえてきた。教会で聴くようなあんな感じだよ。優くんにも聴かせてあげたら、うんうん、て頷いてたよ」

「ぼくが？」

「そう。優くん言ってたよ。これは世界の調和を知らせる音楽なんだって」

「へえ、なんかかっこいいね、ぼく」

「うん、すごく賢そうだったよ」

けどね、と彼は続けた。

「ぼくがまた受話器に耳を当ててると、そのきれいな音楽が、すごく気味の悪い音に変わっちゃうんだ。素人が弾くバイオリンみたいなのとか、壊れたパイプオルガンが出したような音とかさ、そんなのに」

思い出してもぞっとしちゃうよ、と彼は言った。

「慌てて優くんにも聴かせると、優くんの顔色がみるみる変わっていくんだ」

「なんで?」

「だって、これは世界の終わりを知らせる音なんだもん。優くんそう言ってたよ」

「え? じゃあ、あの番号って神様へのホットラインみたいなもの?」

「そうなんじゃない? でね、そうこうしてるうちに、どんどん空が真っ黒い雲で覆われてってさ、ほんとに世界が終わりそうな感じになるんだ。もう怖くて怖くて思わずちびっちゃったよ。そしたらやっぱり漏らしてた。まいるよね、こういうのって」

ぼくは黙って頷いた。あの虚《むな》しさなら、ぼくもよく知っている。

洋幸は親戚のおじさんや近所の老人が死ぬ日をよく言い当てて、まわりの大人たちから気味悪がられていた。もしかしたら、彼には本当に未来が見えていたのかもしれない。

絵画教室の終わりに、洋幸がぼくに声を掛けてきた。

「ちょっと行きたいところがあるんだけど、一緒に行ってくれる?」

「いいよ。どこ?」

「川沿いの並木道のところに大きな鉄塔があるの知ってる?」

「うん、知ってる。遠くからもよく見えるもんね」

あれに登りたい、と彼は言った。

「あれに⁉」

ぼくは驚いて大きな声を出してしまった。

「すごく高いよ。あれに登ってどうするのさ」

「あそこから見た景色を絵に描きたいんだ。鳥が見る世界をさ」

ああ、とぼくは呟いた。いかにも彼が考えそうなことだった。彼はぼくなんかよりもよっぽど絵が上手で、しかも一度見たものはなかなか忘れないという特技を持っていた。彼ならきっとすごい絵を描くだろう。

わかった、とぼくは言った。

「つきあうよ」

洋幸はぼくに見張り番をして欲しいのだと言った。当然これは違法行為だし、そうでなくたって鉄塔に登る子供がいることに気付いたら大人たちは放っておかないだろう。ぼくは誰かが近付いたら彼に知らせる役目だった。

川沿いの並木道を歩き、鉄塔に着いた頃にはもう夕方の五時を回っていた。日が暮れるまであと三十分しかない。

鉄塔のまわりには柵があって、上にはぐるりと鉄条網が巡らせてあった。彼は持ってきた毛布で鉄条網を覆うと、少しもたつきながら柵を乗り越えた。彼には運動神経というものがほとんどなかった。

ぼくは毛布を回収すると、柵の内側で待つ彼にリュックサックを放って渡した。リュックに収まりきらずに頭を出していたのは大きな巻物だった。広げると、ちょうど彼の身体を覆うぐらいのグレーの垂れ幕になる。それを肩からマントのように掛けると、彼は裾の両端から伸びた紐《ひも》を足首に結んだ。さらにリュックサックの中からグレーの毛糸帽を取り出し頭に被る。ぼくにはなんだか彼の頭が急に縮んだように見えた。

「じゃあ、行ってくるね」

彼はそう言うと、鉄塔に取り付けられた梯子を登り始めた。

すぐ下から見上げると、鉄塔はとてつもなく高く見えた。30メートルはあるだろうか。送電線は張られてなかった。柵に看板も見あたらず、ぼくにはこれがなんの目的で建てられた塔なのかさっぱりわからなかった。ぼくは高所恐怖症だったから、彼が登っていくのを下から見ているだけで、なんだか下半身がもやもやと落ち着かない気分になった。

あたりは広い田園地帯で、かなり遠くまで見渡すことができた。田んぼの向こう端を這うように走るトラクターが一台と、防風林沿いの農道を歩く数人の人影が見えたけど、みんな塔からは遠離《とおざか》る方向に向かっていた。

うっすらと茜色に染まった夕空を鳥の群れが飛んでいく。飛行機雲を探したけど、どこにも見つけることはできなかった。

洋幸はもう三分の二ぐらいの高さまで登っていた。

大丈夫？　と声を掛けると、サイコー！　と返事が返ってきた。

彼の頭の上をオレンジ色の雲がゆっくりと流れて行く。じっと眺めていると、まるで地球の自転を見ているような気分になった。いつのまにか現れた半月は、妙にリアルで少しも月らしくなかった。それはどこかよその星を巡る別の衛星みたいだった。

ふたたび地上に視線を戻すと、並木道のはるか向こうを誰かが歩いてくるのが見えた。慌てて決まりになっていたサインを洋幸に送る。サインとはつまり歌を唄うことだった。ぼくは一番好きな歌——ホルディリアを大声で唄った。

春の日はうらら　ホルディリディア　ホルディリア〜
白雲は流れ　ホルディリディア　ホルディリア〜

唄いながら顔を上げると、彼が亀のようにひょこっとマントの中に首を竦めるのが見えた。洋幸は完全に灰色の長方形の中に隠れてしまっていた。とてもそこにひとがいるようには見えない。

大丈夫になるまでずっと唄う決まりだったから、ぼくは大声を張り上げ続けた。ずいぶんと唄い続けて、いい加減喉が痛くなってきた頃、ようやくその人影が鉄塔の近くまでやってきた。見ると、それはぼくのよく知っている女の子だった。彼女は眼鏡を掛けていなかった。

「吉沢くん、なにやってるの?」

「白河さん?」

われながら、ずいぶんと間の抜けた声だった。

彼女は並木道を外れ、ぼくが立つ草むらまでやってきた。デニムのミニスカートにピンクのヨットパーカー。制服以外の彼女を見るのは初めてだった。彼女の脚はとても細かった。風に晒《さら》された白い内腿がすごく繊細な感じで、ぼくはなんだか落ち着かない気分になった。

「歌の練習?」と彼女が訊いた。

「うん……」

　ぼくは自分の顔が赤くなるのを感じた。けれど彼女は気付かなかったと思う。夕焼けでなにもかもが赤く染まっていたから。彼女の顔も赤かった。

　ぼくは鉄塔の上の洋幸に声を掛けた。

「このひとは大丈夫だよ！」

　了解、とはるか上の方から小さな声が返ってきた。彼女は驚いて顔を上げ、灰色のトランプ兵のような洋幸の姿を認めると、ひとがいる、とぼくに言った。

「あれは誰？」

「ぼくの友だちだよ。洋幸って言うんだ」

「なにをしているの？」

「鳥のように世界を見たいんだって。それを絵に描くんだ」

「絵？　それじゃ絵画教室の？」

「うん。今日もその帰りだよ」

　ふたりで見上げていると、洋幸が梯子を下り始めた。上にいたのはたいした時間じゃない。ほんの一瞬でいいんだ、と彼はいつも言っていた。カメラと一緒だよ。パチリとね。それでもうぜんぶ憶えちゃうんだ。

夕風が彼のマントを揺らしていた。なんとなく嫌な予感がした（こういったときの予感はだいたいよく当たる）。そしたら案の定、洋幸が残り5メートルほどまで下ったところで、いきなり宙に向かってダイブした。

洋幸はなにかを叫んでいた。彼は自分だけの言語を持っていたから、もしかしたら勇気とか歓喜とか、そんな心の昂《たか》ぶりを表す彼だけの造語だったのかもしれない（洋幸がつくった言語にはポジティブな言葉しか存在しなくて、愛を表す単語だけでも三十種類以上あった）。

彼はマントをムササビの飛膜のように広げて宙を滑空した。

けれど、残念なことにほんの少しだけ距離が足りなかった。彼はマントの裾を鉄条網に引っかけ柵に顔を強く打ち付けた。

洋幸は女性のような悲鳴を上げながら、罠《わな》に掛かった猪《いのしし》みたいに手足をばたつかせた。ぼくと彼女が駆け寄って、ふたりでマントの裾を鉄条網から外すと、彼は地面の上にどさりと落ちてようやくおとなしくなった。

心配して見ていると、やがて彼は顔を上げ、えへへ、と笑った。おでこに痣《あざ》ができて鼻血が出ていた。彼女がヨットパーカーのポケットからハンカチを出して彼の鼻血を拭った。

誰？　と彼が訊ねた。洋幸のすぐ鼻先には彼女の白くて丸いふたつの膝頭があった
から、なんだか彼はそこに向かって話しかけているように見えた。

「吉沢くんの同級生よ。隣の席なの」

ふうん、と彼は言った。

「ありがとう」と彼が膝頭に向かって言った。

「どういたしまして」

彼はゆっくり立ち上がると大きく息を吐いた。鼻にはまだハンカチがあった。

「大丈夫？」と訊ねると、どうにか、と彼は答えた。

びっくりしたよ、とぼくは言った。

「なんで飛んだりしたのさ」

「なんでかな？」と彼は言った。

「なんか、飛べるような気がしたんだよね。一瞬、自分が人間だってことを忘れちゃ
ったんだな」

そして洋幸は彼女に顔を向けると「ハンカチ借りてっていいかな？」と訊いた。

どうぞ、と彼女が言った。

「あげる。知り合った記念に」

ありがとう、と彼は言った。

「ところできみ、なんて名前？」

「白河よ。白河雪乃」

へえ、と彼は言った。

「なんだか似合いすぎてる」

彼女は微笑みながら頷いた。

「そうね。みんなにそう言われるわ」

ぼくが柵を乗り越えてリュックを回収してくると、彼はそこに丸めたマントを押し込みぼくらに言った。

「もう帰る」

「そう？」

「うん。なんか顔をぶつけたショックで景色を忘れちゃったような気がするんだ。急いで帰って描かないと――じゃあね」

洋幸はぼくらの言葉も待たずにくるりときびすを返すと、そのまま行ってしまった。

彼の身体はいつもよりもさらに大きく傾いていた。

洋幸はやっぱり忘れていた。そしてかわりに白くて丸いふたつの膝頭を絵に描いた。頭に焼き付いちゃったんだ、と彼は言った。いまもまだ頭から離れないんだよ。困るんだよね、こういうの。

本当に困っているようだったので、ぼくは彼がすごく気の毒になった。ひと月ぐらい彼はこのことをぶつぶつと言い続けていたけど、やがてなにも言わなくなったので、ようやく忘れられたんだな、とぼくは思った。

「あのひと大丈夫?」と彼女がぼくに訊いた。

「たぶんね」とぼくは答えた。

「いつものことだから」

そうなの? と彼女が驚いたような声を上げた。

「うん、走ってる電車の窓から飛び降りたこともあるし(まあ、ほとんど止まりかけていたんだけど)、反対に木の枝から走ってるトラックの荷台に飛び乗ったことだってあるよ。よく車にも轢《ひ》かれるし。でも、不思議と大きな怪我《けが》をしたことがないんだ。空気みたいに軽いからね。きっとそのせいなんじゃないのかな」

「おもしろいひとね」

「うん、一緒にいるといつも驚かされるよ。飽きないんだ」

そしてぼくが、白河さんはなんでここに？　と訊ねると、夕焼け、と彼女は答えた。

「ここは空が広いでしょ？」

「うん、広いね」

ここら辺りは、だいたい幅1キロ長さ3キロにわたってなにもない空間が広がっている。両端を水路と防風林に挟まれ、そのあいだにはただ土と草があるばかりで、驚くほど見渡しがいい。

ここから空を眺めると、そのとてつもない広さにすっかり圧倒されてしまう。それはもうほんとに怖いほどだ。

西の空からこちらに向かって幾条もの筋雲が放射状に棚引いていて、それがなんとも言えない色に染まっていた。太陽は熟しすぎたアンズみたいで、雫《しずく》が落ちそうなくらい水っぽく見えた。

彼女はヨットパーカーのポケットからコンパクトカメラを取り出すと、西の空にレンズを向けてシャッターを切った。

ぼくはそんな彼女をじっと見つめていた。片目をつぶり、カメラのファインダーを覗いている彼女はまったく無防備で、だからぼくは心ゆくまでその姿を眺めることができた。

きれいだなあ、とぼくは思った。不思議と、このときまで女のひとを見て、そんなふうに感じたことはなかった。きれいだと認識することはあっても、別になにかを感じたりはしなかった。だからぼくは自分のことを面食いではないんだな、と思っていた。

でも彼女のきれいさは違っていた。彼女を見ているといろんな感情が湧き起こってくる。そのほとんどは心地よいものだったけど、ときには熱かったり痛かったりすることもあって、それはそれでまた悪くなかった。

横を向いたときに首に浮かぶ細い筋がすごくよかった。彼女はバレリーナみたいに表情豊かな首をしていた。彼女は首だけでなにかを語ることができた。

細い顎や少し大きめの耳も愛らしかった。それにたっぷりとした黒い髪。ぼくはその髪に触れたいと思った。

想像の中のぼくが勝手に手を伸ばして髪に触れていると、彼女が突然こっちを向いてにっこり笑った。ぼくは想像上の腕を慌てて引っ込めると彼女に笑み返した。

彼女はふたたびカメラのファインダーに目を戻した。それからさらに数枚撮ったところでぼくに、一緒に写真撮らない？　と訊いた。

「ここで会った記念に」

彼女は記念が好きなんだな、とぼくは思った（まあ、おおむね女の子はみんなそうだけど）。

「うん、いいね」とぼくは言った。

鉄塔の柵のすぐ脇に正体のわからない灰色の箱があって、それがうまいぐあいに三脚代わりになってくれそうだった。

彼女は首を捻《ひね》ってファインダーを覗きながら、ぼくの立ち位置を指示した。

「もうちょっと右。もうちょっとうしろ。はい、そこ」

そして彼女はセルフタイマーをセットするとシャッターを押して、急いでぼくのところまで駆けてきた。ちょっとだけ息を弾ませながらぼくの隣に立つ。

ふたりとも遠慮してずいぶん隙間を空けて立っていたけど、最後の最後になって彼女が勇気を出してぐっとぼくに身を寄せてきた。お互いの腕が触れ合うぐらい。

カシャッと音がしてシャッターが切られた。

そのあとでぼくらはわけもなく笑いあった。なんだかすごくおかしくて、どうにも笑いが止まらなかった。

彼女は笑いの余韻に身を震わせながら、ぼくの腕に手を掛けこう言った。

「ねえ、明日はきっと晴れよ」

「そうなの？」

ぼくがそう訊ねると、だって、と言って彼女は西の空を指さした。

「あんなにきれいな夕焼けなんだもん」


そのときの彼女の嬉しそうな顔を、ぼくはいまでも憶えている。

きっと彼女は幸せだったんだと思う。なにか素晴らしいことが起きつつある、明日はきっといい日になる。そんな予感が胸一杯にひろがって、彼女はそれを抑えることができなかったのだ。それがあの言葉になり、あの笑顔になった。

たぶん、そういうことだと思う。

それからも、彼女はきれいな夕焼けを見るたびに同じ言葉を繰り返した。ほんとにそうなのかはわからなかったけど、ぼくは彼女のその笑顔が嬉しくて、ついつい必要以上に大きく頷いてしまうのだった。

一週間後に写真が焼き上がってきた。

例によって遅れて席に着くと、彼女が机の下でぼくの足を蹴った。顔を向けると彼女は唇の形だけで「しゃしん」と言いながら、白い封筒をぼくに手渡してくれた。品のよいレターセットの中に入っているような、エンボス模様がほどこされた小さな封筒だった。

封を開けて中を見ると、写真と一緒にカードも入っていた。『一緒に夕焼けを見た記念に』と書かれてあった。

写真の中のふたりはすごく幸せそうだった。ふたりとも顔が赤く染まっていて、なんだか、酔っぱらいのカップルがいまにも吹き出しそうになるのをこらえているみたいだった。ぼくらの腕は思っていた以上に触れ合っていて、知らないひとが見たら、ふたりをすっかり馴れ合った恋人たちのように思ったかもしれない。

写真を見ているうちに、眼鏡じゃない彼女も悪くないな、と思うようになった。少し目が大きすぎる気もしたけど、彼女にはそれが似合っている。

ぼくは彼女にメモを書いて渡した。

『ありがとう。大事にするよ』

そしたら、彼女も返事を書いて寄越した。

『いい写真よね』

『うん、そうだね。まるでぼくら――』

そこまで書いて、一度ペンを止め考える。なに？　って感じで彼女がぼくの手元を覗き込んできたので、慌ててその先を書き足した。

『──まるでぼくら、幸せな酔っぱらいみたいだね』

そうね、と彼女は言ったけど、その声はなんだかちょっと素っ気なかった。

☆

午後の早い時刻、ぼくらは青く染まった町のすぐそばを通った。そこそこ大きな町だった。農協があって、郵便局があって、それにコンビニエンスストアーだってある。ここはけっこう早い時期に光を浴びたのかもしれない。薄霧を透かして見る町には多くの人影があった。

見ろよ、と言って彼が小さな双眼鏡を貸してくれた。

覗いてみると、そこには町で暮らすひとびとのなんということのない普通の姿があった。少しも終末っぽくなかった。

小さな公園にはひと組の家族がいた。若い夫婦と幼い子供がふたり。年かさの女の子はお父さんの腕にぶら下がり大きく口を開けて笑ってる。弟はお母さんに抱っこされて気持ちよさそうに眠っている。夫と妻は目を合わせ、言葉ではない言葉でなにかを伝え合っている。

これでいいのよね？　と奥さんが言って、そう、これでいいんだよ、と夫が答える。こんなふうに終わりたかったんだ。こんなふうに家族一緒に――。

コンビニエンスストアーの駐車場には小さな男の子の手を引いたおじいさんがいた。孫は家に帰るのが待ちきれなくて、もう手にしたお菓子の箱を開け始めている。もしかしたら中に入っているオマケが目的なのかもしれない。おじいさんはそんな孫の姿を皺だらけの笑顔で見つめている。

農作業をしている太った女性。散歩姿の老夫婦。中学の制服を着た若い恋人たち。みんなとても穏やかな顔をしている。笑っている顔さえある。

こんなふうに終わるなんて誰も思わなかった。暴動も略奪もない。子供の背を踏み越えてわれ先にと逃げ出す大人もいない。

瑞木さんは空気のせいだとも言った。それもあるかもしれない。匂いのない気付け薬みたいなものがこの大気の中に満ちていて、それが人間の中に眠るなにかを呼び覚ます。なにが目覚めるかはひとそれぞれだけど、おおむねそれは悪くない方向に働いている。

大きな都市がまず最初に光の洗礼を受けた。だからあっというまに行政は機能しなくなった。でも、ぼくらは互いに助け合うことで最後の日々を乗り切ろうとしている。どんな悪いことの中にもよい面はあると誰かが言っていたけど、たしかにそれは本当だった。少なくともぼくらは——遅まきながらも——自分たちがじつはけっこう気高い生きものだったということを知ったのだから。

今日も日暮れは早い。雲は低く漂い、それは幾千もの竜のように絡み合い、渦巻き、波打っている。そして西の方から少しずつ不思議な色に染まっていく。

「いつ見ても見飽きないな」と瑞木さんが言った。

「金を払ってでも見たい光景だよな」

「そうですね。ちょっと怖いけど」

「ああ、だからこそ凄《すご》いのさ」

そこは小さな田畑が連なる細い谷のようなところだった。早くもあたりは暗くなり始めている。

暮れかけた谷間をしばらく行くと、畦道《あぜみち》の先に誰かが蹲《うずくま》っているのが見えた。瑞木さんもすぐに気付いて、ひとがいるぞ、と低く囁いた。

近付いてみるとそれはずいぶんと年のいった老人だった。背負子《しょいこ》に寄りかかるようにして畦道にへたり込んでいる。背負子は焚き木でいっぱいだった。

「じいさん、どうした？」と瑞木さんが声を掛けた。

老人はゆっくりとこうべを上げ、ぼくらを見ると少し驚いたような顔をした。

「おや、まだひとがいるとは」

そりゃいるさ、と瑞木さんは言った。

「世界はまだ終わっちゃいないぜ」

腰を痛めてな、と老人は言った。

「足が上がらん」

「ちょいと欲張りすぎたな」と瑞木さんは焚き木でいっぱいの背負子を見遣りながら言った。

「あんたにこの荷物は重すぎるだろ？」

「ばあさんが家で待っとる」と老人は言った。

「寒い、寒いと嘆くもんでな」

瑞木さんは声を立てて笑った。

「そうか、女房に甲斐性《かいしょう》のあるところを見せたかったわけだ。でも、ちょいと気負いすぎたな」

仕方ない、と言って彼は背負っていたリュックサックを自分の胸に移すと老人に背を向けしゃがみ込んだ。

「負《お》ぶってやるよ。こんなところにいたら凍死しちまうぞ」

ユウ、と彼はぼくに言って、背負子を顎で指し示した。

「そっちを頼む」

了解と言って、ぼくは背負子を持ち上げた。思っていたよりもずっと重くてちょっとびっくりした。まともに歩けない。これじゃたしかに腰も痛くなる。

老人の家は、そこから歩いて十分ほどのところにあった。いまどき珍しい茅葺《かやぶ》き屋根の古びた民家だった。

玄関の土間で老人が声を掛けると、奥の部屋の襖《ふすま》を開けて小さな女の子が飛び出してきた。一瞬奇妙に思ったけれど、よく見ると彼女の顔は皺でいっぱいだった。仕草も装いもまるで子供のようだけど、彼女は少しも子供じゃなかった。

この老女が彼の奥さんだった。肩まですっぽりと覆う綿入りの頭巾をかぶり、何枚も服を重ね着したその姿は、ぼくにロシアの入れ子人形を思い起こさせた。

彼女は夫以外の人間が土間にいることに気付くと、急に警戒したような顔つきになった。こちらの様子を窺《うかが》いながら、居間の中央に切られた囲炉裏《いろり》の向こう側にそっと座る。

なんだか野生の動物みたいだな、とぼくは思った。けっしてひとに気を許さない。

「気にせんでくれ」と老人は言った。

「ちょっと惚《ぼ》けがはじまっとる。童子返りさ」

ぼくらは老人を居間に上げると、さっそく持ち帰った焚き木で囲炉裏に火を熾した。部屋の隅に置かれていたかい巻き布団を持ってきて冷え切った老人の身体を包む。その様子を彼の奥さんは床に座ったまま黙って見つめていた。

よく助けて下さった、と老人はあらためて感謝の言葉を口にした。

「このあたりにはわしら夫婦しかおらんからな」と老人は言った。

「もともとが過疎の村さ。みんないなくなった。余所《よそ》に移る者、土くれに還《かえ》る者。わしらが最後の村民よ。あんたたちが通らなんだら、ほんとに凍え死んどったかもしれん」

なんの、と瑞木さんは言った。

「相身互《あいみたが》いって言うだろ？　こういうときこそ助け合うのがひとってもんさ」

彼は煤《すす》けた梁《はり》を見上げ、「それにしてもこんな古い家にずっとふたりで？」と老人に訊ねた。

「ああ、そうさ。もう何十年もわしらだけで暮らしとる——」

そんな感じで話が始まり、ぼくらは老人の身の上話を聞くことになった。

老人はしゃべることに飢えていたのかもしれない。きちんとした聞き手に、きちんとした話をすることに——。

ふたりはもともとさほど遠くない親戚筋なのだと老人は言った。

「ばあさんが生まれたときのこともよく憶えとるよ。わしはほんの五歳ほどだったがな」

彼女はずいぶんと成長するまで口をきかなかったのだという。

「まわりは心配したが、なに、ただ口をきくのを億劫《おっくう》がってただけさ。話そうと思えば話せたんだが、どうしてもその気になれなかったんだと、ずいぶんとあとになってから、そうわしに打ち明けてくれたよ」

まあ、いずれにせよ、と彼は言った。

「口数が多いたちじゃあない。必要最低なことしかしゃべらん。そんなもんで年頃になっても友だちもできずにいつもひとりでおったな」

男は？　と瑞木さんは訊いた。

「娘が年頃になりゃ、村の男どもはほうっておかないだろう?」

はん、と老人が鼻を鳴らした。

「どんな娘かにもよるわな。ばあさんはおそろしく地味な娘だった。愛嬌《あいきょう》の欠片《かけら》もない。いつも鳥や虫を相手に遊んどった。なにを言っているかわかるというんだな。こんな奇妙な娘を誰が相手にする?」

「だが、あんたは結婚した」

まあそうだが、と老人は言った。

「おしつけられたのさ。一族の者たちが勝手にそう取り決めた。親が死んでからずっと、わしはこの土地でひとり野良仕事をしながら気ままに暮らしとったんだが、あるとき本家の大叔父《おおおじ》がばあさんを連れてやってきた。なんと、おまえらは今日から夫婦だ、って言うんだな。うんもすんもないわ。わしらの知らんところで、もうすっかり話は決まっていたのよ。まあ、置いといても気に障るような相手じゃない。ほとんどしゃべらんし、喰《く》う量もたかが知れとる。だからわしも放っておくことにした」

「そんなもんなのかい?」

そんなもんさ、と老人は言った。

「わしらが特別というわけじゃない。そんな時代だったのさ」

それで？　と瑞木さんは老人に訊ねた。

「ふたりはどうなった？」

「夫婦になった」老人は言った。「本当の夫婦に。

「一緒にいりゃあ情も移る。互いに里じゃのけ者同士、ここでなら誰に気兼ねすることもなく暮らしていける。けっして楽じゃないが、ひとりよりはふたりのほうがたしかに心強いわな。相手を大事に思うようになりゃ、そりゃもう惚れたも同じことよ」

なるほど、と瑞木さんは言った。

「そして、いままでずっとここで――」

「ああ。なぜか子供はできんかったしな。血が濃すぎたのかもしれん。ふたりそろって、村から出たこともほとんどないしな。ここがわしらのすべてさ。駐在が来て、あれこれ言いよったが、わしらはただそれまでと同じように暮らすだけさ。どうせ、遠からずお迎えがくる身。慌ててなんになる？」

たしかにそうだ、と言って瑞木さんは大きく頷いた。そして、なにかを考えるような沈黙を置いたあとで老人にこう訊ねた。

「じいさんは、幸せだったかい？」

老人はちょっと虚を突かれたような顔になり、すぐには口を開くことができなかった。

幸せだと？　と老人はずいぶんと経ってから、そう訊ね返した。

「ああ。人生の幕引きに、あれこれ考えたりはしないのかい？　もしかしたら別の人生があって、そこでならもっと幸せになれたかもしれないとか、そんなことをさ」

「驚いたな」

「なにがだい？」

「いまのいま、あんたにそう言われるまで、一度もそんなこと考えたこともなかったよ」

そいつはすげえや、と瑞木さんは言った。

「そりゃ、あんた、ずいぶん幸せな人生を送ってきたってことだぜ」

「そうなのか？」

「ああ、そういうことになるな」

はあ、と老人が感嘆の声を漏らした。

「言われてみりゃ、そうかもしれんな。毎日を生きるのに必死で、考えたこともなかったが、たしかにそうだ――」

老人は古びた家の壁や天井を見回し、そして囲炉裏の向かいに座る童女のような姿の妻を見遣った。

「わしは、この暮らしがどうやら好きらしい。これが――このように生きることがわしの望みだった。生まれたときから知っとる地味で無口な娘と一緒になって、誰に気兼ねすることなく土を相手に生きていく。誰を傷つけることもなく、誰を憎むこともなく、ただあるがままを受け入れて心穏やかに暮らすことが――」

老人は涙で潤んだ目で愛する女性を見つめながら、呻《うめ》きにも似た声を漏らした。

「実を言えばな、こんな童子返りしちまったばあさんの面倒を見ることも、わしはなんだか嬉しいのさ。遠い遠い昔を思い出す。まだ十にもならん頃、わしはいつもばあさんの子守をさせられておった。手のかからん子でな、ただ遠くに行かんように眺めとりゃよかった。小さな娘だったばあさんは蝶《ちょう》を追いかけ、木に話しかけ、鳥の声を飽きることもなく聞いとったよ」

なんだか平和でな、と老人は続けた。

「これは夢なのかと思ったこともあった。考えてみりゃ、あれ以来ずっとわしはばあさんの夢の中で暮らしとるのかもしれんな――」

日が暮れ切る前にぼくらは家と山とを往復し、庭の納屋にたっぷりと焚き木を蓄えておいた。これだけあればしばらくは保《も》つだろう。

老人が風呂もかまども勝手に使ってくれと言うので、ぼくらは焚き木で風呂を沸かし、かまどで米を炊いた（水は裏山から樋《とい》で引かれた湧水をふんだんに使うことができた）。米や野菜の蓄えがこの家にはまだじゅうぶんに残っていた。ぼくらは囲炉裏の鍋できのこ汁をつくり、四人でそれを食べた。久しぶりに満腹になるまで食べることができて、ぼくらは幸せだった。

当然のことだ、と老人は言った。あんたたちはわしらの命の恩人なんだからな。

そのあとでぼくらは久しぶりに風呂を使い、囲炉裏の隣に敷かれた客用の布団に横になった。

「客なんて久方ぶりだからの、かびが生えとるかもしれんよ」

老人はそう言ったけど、布団は清潔で、肌触りはとても気持ちよかった。老人と奥さんは隣の部屋で一緒に眠る。幼い娘と子守のように。

囲炉裏の火を灯り代わりに、ぼくは彼女からの手紙を読んだ。バッグの中には彼女からの手紙がすべて入っている。それを眠る前に読むのがぼくの旅に出てからの習慣だった。

囲炉裏の向こうを見ると、瑞木さんはずいぶんと古びた本のページをめくっていた。

「なにを読んでるんです？」とぼくが訊ねると、彼は本の表紙をこちらに向けてくれた。

表紙には『二十日鼠《はつかねずみ》と人間』と書かれてあった。

「小説ですか？」

「ああ、スタインベックさ」

「聞いたことはあるけど」

「そりゃそうだろう。有名な作家だからな。ほら、おれはろくに学校に行ってないだろ？　高校も半年でやめちまった。だから、こういった作家たちがおれの教師なのさ。気の利いた言い回しや世の中の仕組み、なにが本当なのかを見抜く方法、そういったものすべてを、おれは小説から学んだんだ」

「それってすごいことだと思うけど」とぼくが言うと、瑞木さんは、どうだかな、と気のなさそうな調子で答えた。

「小説っていうのはいわばよくできた嘘《うそ》なのさ」と彼は言った。

「まことしやかなでっち上げ。だが、注意深く読んでいくと、その嘘の中にこそ真実が隠されているんだってことに気付くんだ。これはいい訓練になる。世の中を見る目が鍛えられる」

「そうなんですか？」

「そうなんだよ。そして嘘の中にある真実を見抜けるようになると、コレは本当ですよって言われていることのいかに多くが嘘っぱちであるかってことにも気づけるようになるんだな。つまりは抜け目のない人間になれるってことさ。こんなこと学校じゃ教えちゃくれないぜ」

そうですね、とぼくは言った。

「教わりませんでした」

だろ？　こういった連中が——そう言って彼は本を高く掲げた。「たっぷりケツが痛くなるまで机に向かってお勉強してきたことの上澄みを、おれはこんなふうに寝っ転がりながらいただくってわけさ。お手軽すぎて申し訳ないくらいだよ」

それから彼はぼくの手元に目を留め、それは？　と訊ねた。

「手紙です。彼女からの」

ふうん、と彼は言った。

「恋人ではない、キスしたこともない例の彼女か？」

そうです、とぼくは答えた。

「どんな女なんだい？　まだそれを聞いてなかったな」

ぼくは黙ってリュックから写真を取り出すと、囲炉裏を回って、それを瑞木さんに手渡した。

鉄塔で出会った記念に撮った、あの写真だった。

ほう、と瑞木さんが言った。

「いい女だな。おれが十五ならきっと惚れてるよ」

「そうなんですか？」

「ああ、女を見る目には自信がある。こんないい女が待っててくれるんなら、這ってでも辿り着かなくちゃな」

「そうですね」

「ああ、そうとも」

そろそろ寝るか、と瑞木さんは言った。

「はい」

「ぐっすり眠れよ。明日もいやんなるほど歩くからな」

「はい、おやすみなさい」

「ああ、おやすみ」

翌朝、日の出前にはもうぼくらは旅の準備を終えていた。老人は米や野菜をたっぷり持たせてくれた。腰はもうずいぶんとよくなっているみたいだった。

彼は庭先まで出てきてぼくらを見送ってくれた。

「無事辿り着くことを祈っとるよ」と老人は言った。なんとなく彼の目が濡れているようにも見えたけど、あるいはただの目脂《めやに》だったのかもしれない。老人は少しだけ寂しそうだった。

「じいさんもたっしゃでな」と瑞木さんは言った。

そして、行くぞ、と言ってぼくの肩をぽんと叩いた。

そのときには姿を見せなかったけど、しばらく行ってからふり返ると、老人の妻が彼の背後に隠れるようにして、ぼくらを見送ってくれていた。

彼女はやっぱり童女にしか見えなくて、そしてなぜか老人さえもが、ここから眺めると子守の少年のように見えた。着ているものまでが違っていて、そこだけが春の日溜まりみたいに明るくて暖かそうだった。

すごく平和で、なんだか幸福な夢でも見ているような気がした。

☆

あの出来事からあとも、ぼくらはちょくちょく鉄塔の下で会った。約束をしたことは一度もなかった。だから会うのはいつだって偶然だった。ぼくはできるだけ多くの偶然が起きることを願っていた。そして願うだけでなく、そのための努力も怠らなかった。

我が家はいわゆる父子家庭というやつだ。母さんはぼくが六歳のときに病いをこじらせて死んでしまった。だから、憶えていることはすごく少ない。何度も思い返したものだから、あまりにも眺めすぎて擦り切れてしまった写真みたいに、母さんとの思い出はもうすっかりもとの色を失ってしまっている。

父さんは時計の修理職人をしていた。家から少し離れたところにある古いアパートの一室が工房だった。父さんはそこに毎日歩いて通っていた。たいした収入は得られなかったけど、父さんはこの仕事を心から愛していた。愛しすぎていた。

一度仕事に取り掛かるとすっかり没頭して、ほかのことはなにも考えられなくなってしまう。なので作業が真夜中にまで及ぶこともたびたびだった。夕飯をつくるのはぼくの仕事だったけど、父さんと一緒に食べることは滅多になかった。

ぼくは日が暮れるとそっと家を抜け出し夜の町を歩いた。誰もいない部屋でひとりTVを見ているとなんだかむしょうに泣きたくなってくる。どうにもやり切れなくて、悲しい気分で胸が一杯になってしまう。

けれど夜の闇の中に滑り込むと、そんな気持ちはすぐにどこかへと消えていった。夜は優しい。昼間の光のような押しつけがましさはどこにもない。夜の闇は柔らかな毛布のようにそっとぼくを包《くる》み温めてくれる。

ぼくはそんなふうに愛するひととも付き合いたかった。

ぼくは家を出る時間を少しだけ早めることにした。日が暮れ切る前に鉄塔に向かう。以前はあまり近寄らなかった場所だ。それまでのぼくは高速道路沿いの砂利道や公園墓地そっくりの住宅造成地、それに療養所を囲む松林なんかを歩いていた。どこもひとと出会うことがなくてすごく自由を感じられる場所だった。そこでぼくは口笛の練習をしたり、石を投げたり、塀の上に座って歌を口ずさんだりした。

鉄塔の下で彼女に会えるのは、せいぜいが週に一回といったところだった。彼女だって毎日来ているわけではないのだ。塾にも通っていたし、働いているお母さんの代わりに家事をしなくてはならない日もあった。

ぼくは彼女と会うと、いつも驚いてみせた。

「すごい偶然だね」

ぼくがそう言うと彼女も「そうね、すごい偶然ね」と優しく返してくれた。

「歌の練習？」

「そう、歌の練習（なんとなくそういうことになってしまっていた）」

「ホルディリア？」

「うん、難しいんだよ、ヨーデルって」

「わかるわ。わたしには絶対無理」

好きなの？と彼女が訊くので、思い出の歌なんだ、とぼくは答えた。

「母さんがなぜか好きでさ。ずっと昔、いつも唄ってた。音痴なんだけどね。でも、すっごく楽しそうに唄うんだ」

「へえ、いいわね。そういう思い出って」

「うん」

彼女のお母さんはナースだった(彼女は自分の母親の職業をそう呼んでいた)。彼女はそのことを最初にふたりきりで鉄塔の下で会ったときに教えてくれた。

だからかあ、とぼくは思った。だから脈の取り方があんなに上手だったんだ。

その日もすごい夕焼けだった。西の空が真っ赤に焼けていて、なんだか痛々しいほどだった。

ぼくと彼女は並んで草の上に座り、しばらく黙って夕焼けを眺めていた。この日も彼女はデニムのミニスカートを穿《は》いていた。ふたつの柔らかそうな膝頭が夕陽を受けて赤く染まっていた。

「お母さんはずっとひとりでわたしを育ててきたんだけど、一年前にね、ようやく結婚することができたの」と彼女が言った。

「そうなの?」

うん、と彼女は頷いた。あんまり嬉しそうじゃなかった。

「働いていた市立病院の先生と。ほら、わたしのお母さんナースだから」

ああ、とぼくは言った。

「じゃあ、職場結婚だ」

「そうね。そういうことになるわね」

それでね、と彼女は言った。

「先生がこっちの病院に転勤になったから、わたしたちも付いてきたの」

「先生って呼んでるの？　その——新しいお父さんのことを」

だって、と彼女は言った。

「先生は先生だもん」

なにを言ったらいいのか思いつかなかったので、ただ黙って頷いた。

「わたしはお父さんを知らないの」

「なんで？」

「気付いたときにはもう、いなかったから」

「どういうこと？　つまり——」

わからない、と彼女は言った。

「そのことをちゃんとお母さんに訊いたことがないの」

そうなの？　とぼくは驚いて言った。

「そんなもんなの？」

「気を遣い合う親子だっているのよ。お母さんが自分から言わないなら訊かないほうがいいの」

知りたいと思わない？　と訊ねると、彼女は静かにかぶりを振った。

「知らないほうがよかった、って思うかもしれないし」

「そんなことってあるのかな？」

たぶん、と彼女は言った。

「大人だからって、すべて正しいことをするとはかぎらないでしょ？」

「うん。大人ってけっこう間違ったことをするよね」

「ひどいことだって、意地悪なことだってするわ――」


これはまた別の日のことだけど、彼女が撮り終わったフィルムをDPEショップに預けに行くと言うので、ぼくと洋幸とで一緒につきあったことがあった。

店は駅前の商店街にあった。日暮れどきの商店街はまるでそこだけが祭りの夜みたいに賑やかで熱気に溢《あふ》れていた。きらきら光るイルミネーションや眩《まぶ》しいほどの店の灯り、風にはためく万国旗、街路樹に飾られた赤や青の電飾――そういったものたちが、この小さな商店街を華やかなカーニバルの舞台に変えていた。

洋幸はすっかり興奮してしまい、しきりに電柱に登りたがった。駄目だよ、とぼくが引き留めると、彼は今度は大きな声で歌を唄った。商店街のテーマソングだった。

まあ、いいや、とぼくは思った。彼がすごく楽しんでいるのはよくわかったし、それはぼくだって同じだった。

好きな女の子と仲のいい友だちと三人で、宵闇に包まれた商店街を歩く。通りはまるで移動遊園地みたいにきらびやかで、陽気な音楽が流れていて、いい匂いだって漂ってくる。ぼくだって踊り出したい気分だった。

洋幸が、おごるよ、と言うので、ぼくら三人はコーヒースタンドでシュガードーナツを買って食べた。

彼はなぜだか知らないけど、いつもたくさんのお金を持っていた。昼も夜もごはんは自分で買って食べるのだと言っていたから、そのためのお金なのかもしれない。彼のお母さんは料理をつくらないタイプのひとだった。

何度か会ったことがあるけど、洋幸のお母さんはびっくりするほど綺麗な顔をしていた。まるで外国の女優さんみたいにゴージャスで妖艶で（MMとかBBとか、ダブルイニシャルが付くようなそんなタイプ）、いつだって気怠《けだる》そうに煙草をふかしていた。生活感というものがまったくなく、このひとが本当に洋幸を産んだんだろうか、と不思議に思うこともあった。

ぼくら三人はドーナツをかじりながら電気店の前に佇み、ショーウィンドーに置かれたTVの画面を眺めていた。

六台ほど置かれたTVのどれもがチャンネルは違うけど、すべてニュース番組を流していた。そういう時間帯だった。

ひとつはどこかの国の内戦の映像が流れていて、親を亡くした子供が泣いている姿が映っていた。多くの大人たちが、もともとたいして長くもない命をやっきになって奪い合っていた。どうせ放っておいたっていつかは死んじゃうのに。それすらも待てないほどみんなせっかちなんだろうか？

その隣では政治家たちが怒鳴り合っていて、ぼくはなんだか見ていてすごく恥ずかしくなった。一緒に見ているふたりに、ごめんね、と謝りたい気分だった。

別のTVでは、老人を餌食にする詐欺集団のニュースが流れ、その下では、保険金目当てに妻をクルーザーごと沈めようとした夫の顔が大映しになっていた。

大人たちは混乱し、憤り、自分の欲望を持て余しながらも、それをどうすることもできずに喘《あえ》いでいた。

もしかしたら、とぼくは思った。大人たちは誰かを傷つけることで、その苦しみとどうにか折り合いをつけようとしているのかもしれない。大きくなりすぎた欲望は、きっとお腹に溜まったガスみたいに、すごくつらいものなんだろう。

ＴＶの画面を見つめながら、彼女がぽつりと言った。

「優しくないね」

そうだね、とぼくは頷いた。

「優しくないね」

彼女の向こう側で洋幸も言った。

「うん、ちっとも優しくない」

それからしばらく、ぼくらのあいだでは「優しくない」という言葉がブームになった。あらためて見てみると、世の中は優しくないことだらけだった。

歩いている人間を家畜のように追い立てる車のクラクション。アルバイト店員の些《さ》細《さい》な手違いを責め立てる中年の男性客。少しずつしか歩けない老人に平気でぶつかっていく若者たち。

「優しくないね」

「うん、優しくない」

彼女なら、いまの世界をどう見るんだろう？　とよく考える。この旅に出てから、ぼくはいろんなひとたちに優しくしてもらった。いじわるをされたことなんて一度もなかった。躓いたときには、いつだってすぐに誰かがぼくに手を差し伸べてくれた。そのことを彼女に教えてあげたい。

世界はすごく優しくなったよ。もうすぐ世界は終わっちゃうかもしれないけどさ、それでもいじわるなままで終わるよりはよっぽどいいよね？


洋幸は、なにかが間違ってる、とずっと言っていた。

「きっと言葉がいけないんだ」と彼は言った。

「世の中にはひとを傷つける言葉が多すぎるよ。そんなのなくしちゃえばいいんだ」

洋幸のつくった言語には罵りの言葉がなかった。誰かを罵ろうにも、もとからその言葉自体が存在しないのだ。彼の国で暮らすことになったら、いじわるな人間はさぞかし困るだろう。


彼女の新しいお父さんの家族たちも、やっぱり優しくなかった。

「先生はいいひとよ。お母さんのことがとても好きなの」

先生は彼女のお母さんよりも四つ年下で、結婚は今回が初めてだった。

「まわりのひとたちはそれが許せないのね。わたしがいるってことも。よりによってなんで？　みたいに責められてる。みんな偉いひとたちばかりなの。そういう家系なのよ。先生は少し変わり者なのかもしれない」

たいへんだね、とぼくが言うと、彼女は寂しそうに頷いた。

「わたしこの町が好きなの」と彼女は言った。

「できることなら、ずっといたいのに――」

ぼくは彼女を励ましたかった。家にいるときも笑顔でいられるようにしてあげたかった。

そのためにはどうすればいいんだろう？

彼女が好きなものは雲だ。とくに夕焼け雲が大好きだった。ならば、いつでも夕焼け雲を見られるようにしてあげればいい。そう考えたぼくは、必要な物を少しずつ集め始めた。

もととなるのは万華鏡だった。小学生のとき、絵画教室で万華鏡をつくってから、ぼくはその世界にすっかり魅せられてしまっていた。それ以来、ぼくは自分なりのオリジナルの万華鏡をいくつもこさえてきた。

洋幸にあげたこともある。

彼はあまりにも興奮してしまい、一時間も覗き続けたあげく、最後には「気持ち悪い」と言って吐いてしまった。

「万華鏡酔いしちゃったよ」と彼は言った。

そんな言葉があるなんて、ぼくはちっとも知らなかった。彼は当たり前のことをすごく希《まれ》な出来事に変えてしまう天才だった。


材料には和紙が必要だった。ためしに近所の表具屋さんに行ってみたら、すごくいい和紙をただ同然で譲ってもらえることになった。鏡は以前ガラス店で買ったものがまだ何枚か手元に残っていた。あとは赤いセロファンと豆電球。これは学校の隣の文房具屋さんで手に入れることができた。

道具は父さんの工房にあったから（時計を修理するだけでなく、父さんはいろんなものをつくって収入の足しにしていた。ランプシェード、小さな蒸気自動車、太鼓を叩く兵隊人形、それに箱根細工、等々）、それを使わせてもらった。

いろいろ試行錯誤した結果、ボール紙の枠に張った二枚の和紙と赤いセロファンをそれぞれ違う方向に回転させることで、夕焼け雲のあのとりとめのない予測不能な動きをなんとか表現できそうなことがわかった。中心軸を変えることで組み合わせはいくらでも広がる。それは時計の機構とスピログラフの幸福な結婚だった。

ぼくは10センチ立方ほどのお菓子の空き箱にこの細工を詰め込み、三角の覗き孔《あな》を開けて、そこにテーパーを付けた万華鏡を差し込んだ。

箱の脇に付けた豆電球のスイッチをオンにして万華鏡を覗き込む。スイッチの隣のハンドルを回すと、目の前に広がる不思議な光景がゆっくりと変化し始めた。

正直言えば、それはあまり夕焼けらしくなかった。むしろ巨大な燃える星の表面を眺めているような感じだった。でも見ているうちに、ぼくは夕焼けを眺めてるときと同じような気持ちになった。もちろん大事なのは気持ちのほうだ。だからぼくはこれを彼女に贈ることにした。

学校には持って行けないので、鉄塔の下で偶然会う日を待つことにした。万華鏡を手に三日通って、ようやく彼女と会うことができた。彼女はすぐに、なにそれ？　とぼくに訊いてきた。

夕焼け製造器、とぼくは答えた。

「夕焼け？」と彼女は訊き返し、それから「ほんとに？」と言って嬉しそうに笑った。

「ほんとだよ。覗いてみる？」

いいの？　と訊くから、もちろん、とぼくは答えた。

ぼくは電球のスイッチを入れ、彼女が覗きやすいように胸の高さで菓子の箱を支えた。

ここね、と彼女が万華鏡を指さすから、そうだよ、とぼくは答えた。

彼女は首を傾け、目に掛からないように髪を指で押さえながら万華鏡に顔を近づけた。ぼくはハンドルをそっと回した。

え？　と彼女が言った。なにこれ？

すごく驚いている。

ぼくのすぐ目の前には彼女の頭の天辺《てっぺん》があった。豊かな黒い髪が中央でふたつに分かれている。真ん中には一本の青白い筋があった。ぼくはなんとなくモーゼが起こした葦《あし》の海の奇跡のことを思った。

やがて彼女が顔を上げてぼくを見た。

「すごいねこれ。吉沢くんがつくったの？」

そうだよ、とぼくは言った。

「気に入った？」とぼくが訊くと、彼女は大きく頷いた。

「なんだかすごく感動しちゃった。胸がどきどきしている」

「だったら、これあげるよ」

「え？　でも――」

「ほんと言うと白河さんのためにつくったんだ。だからいいんだよ」

わたしに？　と言って彼女は自分の胸に手を当てた。

「うん。ちょっと遅くなっちゃったけどさ、この鉄塔の下で偶然出会った記念に」

彼女の顔がぱっと明るくなった。見ていて眩しいぐらいだった。ぼくの胸までどきどきしてくる。

ありがとう、と彼女が言った。

「すごく嬉しい」

そのあとで彼女はぼくに、ねえ知ってた？　と訊ねた。

「ん？　なにを？」

「吉沢くんとふたりで会うときはいつだってきれいな夕焼けだってこと」

「そうなの？」

「そうよ。気付かなかった？」

「うん」

「吉沢くんは夕焼け男？　ほら、雨男とかいるでしょ？　あんな感じの」

「どうかな？　だったらいいけどね」

吉沢くんはいつだって最高の夕焼けをわたしに見せてくれるね。そう言って彼女は手にした万華鏡を掲げ、もう一方の手で西の空を指さした。

目を細めながら黄金《こがね》色の空を見つめる彼女の横顔はなんだか胸が痛くなるほどで、その微笑みはどんな宝石よりもきらきらと輝いて見えた。

ほんとにそうならいいのに、とぼくは思った。ぼくが夕焼け男なら、いつだって彼女を悦ばせてあげることができる。あのうっとりするような笑みをこの世界にもたらしたのが、こんなぼくみたいなただの男なのだとしたら、それはもうほんとにすごいことだ。感動で震えてしまう。夕焼け男バンザイだ。

それからぼくらは、またいつものように草の上に並んで座って話をした。

ぼくはいままでにつくった万華鏡のことを彼女に教えた。いっぱいつくったよ。プリズムとレンズを使ってね。そうだよ、両目で見られるんだ。洋幸にあげたらさ、興奮しすぎてゲロ吐いちゃったんだ。

彼女は声をたてて笑った。とても可愛かった。なんていうか、すごく詩的で、気持ちのいい音楽みたいな可愛さだった。

「父さんは時計の修理職人なんだ」とぼくは言った。

「だから、ぼくも小さい頃から、いろんなものをつくって遊んでた」

「楽しそうね」

「うん。ほら、ぼくはひとりっ子だし、母さんもいなかったからね。ひとりでそうやって遊ぶのがすごく得意だったんだ」

「お母さんいないの？」

「うん、病気で死んじゃった。ぼくが六歳のときに」

「悲しかった？」

「たぶんね」とぼくは言った。

「あんまり憶えていないんだ。思い出したくないのかもしれない。ぼくは悲しいの嫌いだから」

うん、と彼女は優しく言った。

「そうね、わかる」

「楽しいことなら思い出すよ。一緒に河原にピクニックに行ったときのこととか」

「そこでなにをしたの？」

なにも、とぼくは言った。

「ただ、ひたすら歩いていたな。ぼくの家族は歩くのが好きなんだ。原始人の親子みたいにさ、てくてくてくてく二本の足でどこまでも。そこでおにぎりを食べて、歌を唄って、それから枇杷《びわ》も食べたな」

「楽しそうね」

「ほんとに？」

「うん。ほんとよ」

それから彼女は、もう一度ぼくに、ありがとう、と言った。

「大事にする」

ぼくは首を振った。

「別に大事にしなくてもいいよ。でもいっぱい見て。壊れたらぼくが直すから」

わかった、と彼女は言った。

「いっぱい見る」

「うん」

「修理屋さんがいるなら安心よね」

「そう。保証期間は一生だよ」

何気なくそう言ってから、ぼくは急に恥ずかしくなって俯《うつむ》いてしまった。彼女もなにも言わなかった。

保証期間は一生――なぜあんなことを言ったんだろう？　まるでプロポーズの言葉

みたいだ。

　もしかしたら、ぼくは自分でも気付かないうちにそれを望んでいたのかもしれない。つまり、彼女と一生をともにするということを。ぼくが誰かを好きになるというのは、そういうことだった。すべてが含まれている。あれだけ、とか、これだけ、というのはない。自分の人生すべて。出し惜しみはしない。

　その日、ぼくらはあたりが宵闇に包まれてからも、まだそこに居続けた。ぼくが夜の散歩の話をしたら、彼女が、だったらもう少しだけここにいる、と言ってくれたのだ。どうせわたしも家に帰ってもひとりだから、と彼女は言った。

「今夜はお母さん夜勤なの」

「たいへんだね」

「そう、たいへんなの。お母さん、あんまり身体丈夫じゃないから」

「そうなの？」

「そうよ。ときどき患者さんのほうがお母さんより元気だったりするのよ」

「それって、変だよね」

「変よね。でも、お母さんはこの仕事が好きだから」

父さんと一緒だ、とぼくは言った。

「父さんも仕事が好きだよ。愛してるんだ」

「じゃあ、幸せね。吉沢くんのお父さん」

「全部ってわけじゃないけどね。でも、そこそこは幸せなんじゃないかな」

「それだけだってたいへんなものよ」

「うん、そうなんだろうね」

日が完全に暮れ落ちて、あたりが真っ暗になると、頭の上で星たちが瞬き始めた。

ここは星を見るにもいい場所だった。あたりに灯りがなくて、しかも夜空は怖くなるほど広大だった。

青灰色の雲が風に乗って運ばれていく。ここから眺めてると、なんだか自分が飛行士にでもなって、小さな島々を見下ろしているような気分になってくる。その先に輝く無数の燦《きら》めきは、海の底を往《ゆ》く小さな発光生物たちだ。

「夜の雲もわるくないのよ」と彼女が言った。

「うん、そんな気がしてきた」

「いままではそう思わなかったの？」

「どうかな？　あまり見たことがないんだ。下ばかり見てたような気がする」

「じゃあ、今度は上も見て」

「うん、見るよ。いまも見ている」

「下とはぜんぜん違うでしょ？」

違う、とぼくは言った。

「あたりまえだけど、すごく遠いね。地面はすぐそこにあるからさ。それだけでもずいぶん違うよ」

彼女が小さな声でなにかを唄った。たぶん古いフォークソングかなにかだ。

なに？　とぼくが訊くと、ん？　と彼女が訊ね返した。

「いまの歌」

ああ、と彼女は言った。

「遠い恋人のことを思って涙する女のひとの歌よ」

「歌を唄うんだね」とぼくが言うと、彼女が戯《おど》けたように首を揺らした。

「もちろん」と彼女は言った。

「わたし歌が好きなの」

「知らなかったよ」

「ほんとに？」

「うん、初めて聞いた」

不思議ね、と彼女が言った。

「なんだかわたしたち、もっとずっと前からの友だちだったような気がする」

ぼくらはこのことを誰にも言わなかった。だから、ふたりが学校以外で会っていることを級友たちは知らなかった。彼女は親しい友人にもなにも言ってなかった。なんとなくそのことで、ふたりで過ごすあの時間が神聖なものになったような気がした。不純物のない透明な結晶のように。

ほんとに大事なものは、誰かに見せびらかしたりなんかせずに大切にしまっておくものだから。

☆

その日もぼくと瑞木さんはかなりの距離を歩いた。地図で確かめながら山の尾根道を往き、谷を渡り、そしていくつもの峠を越えた。

見晴らしのいい峠からは東の平野を見渡すことができた。

一面が青く染まっていた。その向こうには海があるはずだった。

青の帝国だな、と瑞木さんが呟いた。

いくつもの鳥の群れがほの青く光る大地の上を渡っていく。はるか平野の彼方《かなた》で光が降り注ぐのが見えたけど、この距離からだと、それはなんてことのない、よくある些細な出来事のようにしか感じられなかった。

ぼくらは青く凍った世界を眺めながら、老人が持たせてくれた握り飯を食べた。中にはすごく酸っぱい梅干しがふたつ入っていた。

ぼくは右足の靴と靴下を脱ぎ、親指の横にできた大きなマメを爪の先で潰した。そして瑞木さんからもらったバンドエイドを貼って、新しい靴下に履き替えた。

「大丈夫か」と彼が訊くので、ぜんぜん、とぼくは答えた。

「平気です。このぐらい」

ほんとうは昨日辺りから腿の内側がちょくちょく痙攣《けいれん》を起こすようになっていたんだけど、それは瑞木さんには言わずにおいた。足手まといになりたくなかったし、ぼく自身これ以上ペースを落としたくはなかった。

束の間の休憩のあと、ぼくらはふたたび歩き始めた。ここからは緩い下りがずっと続く。マメはもう痛まなかった。

☆

中学三年の秋は受験の追い込みの季節でもあったけど、ぼくらはなんとなく中途半端なまま冬を迎えようとしていた。ぼくが行こうとしている近所の工業高校はレベルがそうとうに低くて、なにもしなくても簡単に入れそうだった。

先生はもっと上を狙えと言ってくれたけど、ぼくには上を狙う理由がなかった。ぼくはなにか手仕事をして生きていくつもりだった。父さんのように。

彼女は彼女で迷っていた。

「勉強はしてるけど」と彼女は言った。「まだ、よくわからないの」

「どういうこと？」

「高校に行かないかもしれない。このまま働くかも」

「なんで？」

「お母さんに苦労かけたくないから」

「だって――」

「もう、ぎりぎりなの」

「ぎりぎりって、誰が？」

「全員よ」

「全員？」

「この問題にかかずらっているひとたち全員」

「問題って、お母さんの結婚のこと？」

うん、と彼女は頷いた。

「先生が可哀想。お母さんも苦しんでいる」

「味方はいないの？」

ひとりも、と彼女は言った。

「みんな不親切なひとたちばかり。親切にすると罰《ばち》が当たるとでも思ってるのかしら？」

「すごく恵まれているのにね」

そうね、と彼女は言った。

「お金持ちにはお金持ちの神様がいるのよ、きっと」

このときのぼくは、これから先彼女にどんなことが起こるのか、それをうまく思い描くことができずにいた。ぼくはまだほんの子供で、驚くほど世間を知らなかった（いまだってそうなのかもしれないけど）。ひとがひとに対して、どれほど不寛容で残酷になれるかなんて、みじんもわかっちゃいなかった。

わかっていたらなにかが変わっていただろうか？　と思うこともある。ぼくらの運命を変えることができただろうか？　と。

けれど、結局はなにも変わらないのかもしれない。ぼくに限らず、子供っていうのは、おおむねこういったことに関しては、どうにも非力なものだから。いつだって、大人たちのいさかいの犠牲になるのは子供たちなのだ。

別れはけれど、洋幸のほうが先に来た。

学校を辞める、と彼が言い出したのだ。

「辞めるって、義務教育だよ？　そんなの自分じゃ決められないよ」

「いいんだよ。ぼくが行かないと決めたら、もう行かないんだから」

「どうしてそんなふうに思ったのさ」

「あそこはぼくのいる場所じゃない。そして向こうもそう思ってる。ぼくにいて欲しくないんだ。だからこれはお互いのためなんだよ」

「でも、辞めてどうするの？」

探すよ、と彼は言った。

「ぼくがいてもいい場所。ぼくがいたいと願って、向こうもいて欲しいと願っているようなそんな場所をさ。きっとあると思うんだ」

「じゃあ、この町を出るの？」

「うん、そうなるね」

「寂しくなるよ」

「ぼくもさ。でも、しかたないんだ」

洋幸のお父さんは大学の教授をしていて心理学の分野ではかなり有名なひとらしかった。洋幸のお兄さんは嫌味なぐらいの秀才で、まわりからはお父さん似と言われていた。洋幸はお母さん似だった。お母さんは、いわゆる「エキセントリック」なひとだった。どこまでも女優っぽいのだ。

中学すら最後まで通えなかった洋幸のことを、大人たちは「落ちこぼれ」と呼んだけど、ぼくはそう思わない。彼はけっして社会から「落ちこぼれ」たりしない。だって、洋幸は生まれたときからのアウトサイダーだったのだから。社会の枠組みの外にいる者が落ちこぼれたりできるものか、とぼくは思った。

自分たちの基準でひとを測るのは自由だけど、あなたたちの誰かひとりでもぼくらのことをちゃんと理解できてるの？　と、ついそう訊いてみたくなるときもある。

いつだったか、洋幸が自分の両親について話してくれたことがあった。

だいたい絵画教室がある日は、そのあと一緒に鉄塔に行くのが習慣になっていたんだけど、運がよければ彼女とも会うことができた。そんなときは三人で川辺に座って、いろんな話をした。

彼が両親の話をしたのは、不眠に悩んでいたときのことで、その頃の洋幸はいつもなんだか怠そうにしていた。

眠るときってさ、と洋幸が言った。

「こう、頭のどっかにスイッチがあって、それを押すと、意識がすうっと滑り落ちていくみたいな感じになるんだよね。斜めに置いたガラスの上を流れる油みたいにさ。下の方は暗がりになってて、そこまで降りていくことができれば、まあ、たいていは眠れるんだけど……」

「そうなの？」と彼女が訊いた。

「うん。みんなは違うの？」

違うわ、と彼女は言った。

「暗闇の中でじっと目を閉じて待つの。そうすればいずれは眠気が向こうからやってきてくれる」

おおむね似たようなものだったので、ぼくも隣で頷いた。

ふうん、と彼は言った。

「まあ、きっとそうだよね。普通は」

いつからなのかなあ、と彼は言った。

「ぼくが、そうやって自分から降りていかないと眠れなくなったの」

スイッチ？と彼女が訊いて、うん、スイッチ、と洋幸が答えた。

「左手の人さし指でぐいぐいとね。五分か十分押し続けるんだ」

「スイッチの場所は毎晩変わるの？」と彼女が訊いた。

うん、と洋幸は頷いた。

「変わるよ。でも、たいていはすぐに見つかる。なんだけど、ここんとこ、それがうまくいかなくてさ。何十か所って押すんだけど、どれもハズレなんだな……」

「うん。大変なんだよ。一晩中あっちゃこっちゃ押し続けるもんだから、指だって痛くなるし。なんか間抜けな井戸掘りにでもなったような気分だよ。もう、ぼくの眠気は一滴残らず涸《か》れちゃったのかな……」

わかったわ、と彼女が言った。

「じゃあ、ここに頭を載せて」

そう言って彼女は、草の上に投げ出した自分の腿を叩いた。

え？ と洋幸が言った。

「どうするの？」

井戸掘り、と彼女は言った。

「できそうな気がするの」

ほんとかなあ、とかなり訝《いぶか》りながら、それでも洋幸は彼女にまかせることにした。

あのくるくるの髪で膨らんだ頭を彼女の腿の上に載せる。

さて、と彼女は言った。

洋幸がくすりと笑う。

「なに？」

「大変そうね」

ううん、と笑いながら洋幸が答えた。なんでもない、続けて。

彼女は鳥の巣みたいな彼の髪の中に長い指を差し入れた。宙に視線を向け指先に神経を集中させる。ぼくと目が合うと彼女はにっこり微笑んだ。

川面で魚が跳ねた。なんだかすごく平和な夕暮れだった。ぼくらのすぐ脇には木造のポンプ小屋があって、その先は葦の草原になっていた。虫がチリチリと鳴いていた。白鷺《しらさぎ》がグライダーみたいに川面近くを滑っていくのが見えた。

見つけた、と彼女が言った。

「ここでしょ？」

あっ、と洋幸が言った。

「そうかも」

どうして？　と彼は訊いた。

「どうしてわかったの？」

「わたしはナースの娘よ。こういうのは得意なの」

睡眠スイッチを探すのがナースの仕事とは思えなかったけど、彼女の言わんとしているところはなんとなくわかった。

「力を抜いて」と彼女は言った。

「このまましばらく眠るといいわ」

「うん……」

そして、彼は眠る前のわずかな微睡《まどろ》みの中で、こんなことをぼくらに話してくれたのだった。

「最近、父さんと母さん、喧嘩ばかりしてるんだ……」

そうなの？　とぼくが訊くと、うん、と洋幸は言った。

「耳を塞いでも声は聞こえてくる。父さんは母さんを馬鹿にしてる。母さんは中学しか出てないからね。本を読むのが苦手なんだ。書くこともね。でも、母さんは馬鹿じゃないよ。なにひとつ知らないひとだけど、こわいぐらいなんだって見通しちゃうんだ……」

お父さんとはどうやって知り合ったの？　と彼女が訊いた。

「大学に紛れ込んだんだよ。あの雰囲気が好きだったんだって。階段教室の机に座って絵を描いたり、学食でお昼を食べたり、中庭で昼寝したり。そんなことをしているうちにそこで講師をしていた父さんと出会った。母さんはどの女子学生よりもきれいだったからね。きっと一目惚れだったんじゃないかな……」

「なら、いまだって……」

「うん、どうなのかな。でもね、確かなのは、父さんはまた別の女子学生と付き合ってるってことさ。今回だけじゃないよ、何度もあったんだ。あのひと、きっとそういう病気なんだよ。隠しているつもりでも悲しいぐらい透けちゃってる。馬鹿なひとだよね。母さんも気付いてはいるけど、そのことには触れようともしない……」

「じゃあ、なんで喧嘩……」

ぼくのことだよ、と洋幸は言った。

「ぼくのいま、明日、そのまたずっと先のこと……」

だから、と洋幸はあくびをしながら呟くように言った。

「すごくつらいんだ。やんなっちゃうよ……」

洋幸はほんとにぐっすり眠ってしまい、いくら声を掛けても目を覚まさなかった(小鳥が鳴くみたいな奇妙な寝息を立てていた)。なので、仕方なくぼくが背負って彼の家まで送ることにした。彼の寝顔はすごく穏やかで、きっといい夢を見ているんだろうな、とぼくは思った。

そしてこの日以来、洋幸が不眠を訴えることはもう二度となかった。

彼は本格的な脱出(洋幸がそう言ったのだ)の前に、軽い予行練習を行った。ヒッチハイクでそうとう遠くまで行ってきたらしい。彼はそれで自信を付けて、その一週間後にいよいよほんとに脱出を決行することにした。

　十二月に入って、もう冬もかなり本格的になってきた頃、ぼくと彼女と洋幸の三人は、鉄塔の下で最後のお別れをした。

「これお土産《みやげ》」と言って、彼はぼくらにきれいな石をくれた。ぼくが青で彼女が赤。「ずっと南の方にあるなんとかって島の海岸に落ちてたんだ。真っ白い砂浜にこのふたつの石だけがさ、ちょこんと、まるで誰かが置いたみたいに並んでたんだ。一瞬探しちゃったよ、誰かいるんじゃないかって」

「誰かって、誰が？」と彼女が訊いた。

　わかんないけどさ、と彼は言った。

「神様っぽいひととか、そんなのが」

「杖《つえ》を持って白い髭を生やした？」

「うん、まあ、そんなところ」

ありがとう、と彼女は言った。

「すごくきれいね。まるで宝石みたい」

その島に行くの？　とぼくが訊ねると、洋幸は、どうかな、と首を傾げた。

「そこにはぼくの伯父《おじ》さんがいるんだ。お母さんのお兄さんなんだけど、すっごい変人でさ、まるきりずれてるんだよね。でもなぜだか、ぼくとだけはうまが合うんだ」

「だろうね。わかるよ」

「うん。だから居心地はすごくいいんだけど、ぼくとしては、もっといろいろ見て回りたい気もするんだ」

「お金は？」

「絵を描くよ。似顔絵でも風景画でも。それに例の特技もあるしね。パチリと見たら忘れない。みんな感心して、いっぱいお金をくれるよ」

「たくましいね」

「そうかな？」

「うん、ぼくにはできないよ」

「でも、やるしかないんだ」と洋幸は言った。

「もう、ここにはいられないんだから」

「そっか……」

楽しかったよ、と彼は言った。

「いままでいっぱい遊んでくれてありがとね」

「白河さんにも会えてよかった。ほんのちょっとのあいだだったけどさ、なんか忘れられない思い出になりそうな気がするんだ」

「うん」

「わたしもよ」

それから彼は両手をぼくに向かって差し伸べながら言った。

「握手」

「うん」

ぼくも両手を差し出すと彼はそれを包むように強く握った。温かい手だった。

「こんな優しくない世の中だけど」と洋幸は言った。

「ぼくは絶対負けないよ」

「うん、そうだね」

「誰にもぼくを変えさせたりしない。ぼくはぼくの人生を精一杯生きるんだ」

だから、と彼は言った。

「優くんも」

「うん、わかった、ぼくも精一杯生きる」

「約束だよ」

「うん」

そして、ぼくらの手に彼女の手が重ねられた。わたしもよ、と彼女が言った。

「わたしも精一杯生きる」

「そうだね」と洋幸が言った。

「ぼくらは永遠さ。きっと素晴らしい人生が待ってるよ」

やがて手が解けると、彼は、じゃあね、と言って行ってしまった。彼は一度も振り返らなかった。

夕陽に向かって歩く洋幸の姿は、なんだかすごく力強く見えた。もう少しも傾いでなんかいなかった。

彼女は泣いていた。なにか声を掛けてあげたかったけど、ぼくも涙をこらえるのに精一杯で、なにも言うことができなかった。

洋幸の姿が見えなくなるまで、ぼくらはその細い背中をいつまでも見送り続けた。

それきり彼とはすっかり音信が途絶えてしまった。どこでなにをしているのか、ぼくにそれを知る手立てはまったくなかった（洋幸の家族も、そのあとすぐにどこかへ引っ越して行ってしまった）。

彼には少し無茶をするところがあったから、それが心配だった。自分を鳥と思い込んで、とんでもなく高い場所から飛び降りたりしてないだろうかとか、枝からトラックの荷台に飛び移り損ねて足を挫《くじ》いていないだろうかとか、怖い夢を見て布団を濡らしてないだろうかとか、ついいろいろと考えてしまう。けれどその一方で、彼なら大丈夫、という奇妙なほどの強い思いなしもあった。たとえ世界が滅びたって洋幸ならひとりで生きていけるよ、と彼女に言ったこともある。

洋幸は強い。それはたぶん彼の気前のよさと関係している。失うことに無頓着でいられる人間は、それだけでもうじゅうぶんに強いのだ。

それに洋幸は世界に貸しがある。いつか彼女が「ひとはせめて子供のときぐらいは絶対に無条件で幸せでなくちゃいけないのよ」と言ってたけど、彼はその絶対無条件の幸福を受け取り損ねた。口を開いたとたんに大人たちに否定され、お前は間違ってると責め立てられ、これから伸びようって大事なときに上からぐいぐいと押さえ付けられた（それだから、彼はあんなふうに傾いでしまったのだ）。

洋幸は、そのもらい損ねた取り分を取り返さなくてはならない。だから、少々の無茶をやっても彼は大丈夫——誰かがきっと守ってくれるはずだ、とぼくは思った（でも、実際にはそうでもなかったことを、ずっと後になってぼくは知ることになる）。

それからほんの三週間後に彼女も行ってしまった。別れはいつだって突然訪れる。ぼくらの思いなんて少しもおかまいなしに。あっけないほどすみやかに――。

彼女もきっと知らなかったんだと思う。親は子供に自分たちのすべてを見せているわけじゃない。むしろ大事なことほど懸命に隠そうとする。だから、悪いことのだいたいは不意打ちのようにやってくる。

あるいはたんに時間を計り間違えていただけなのかもしれない。せめて卒業まではこの町にいられるはずと彼女は思っていたようだけど、その予想はむなしく外れてしまった。

十二月のある日、卒業アルバムのための集合写真を撮ることになった。

教室から机と椅子が運び出され、校庭に即席のひな壇がつくられた。撮影の前に身だしなみを整えるように、と担任の先生が言った。級友たちが髪を撫でつけたり、外れているボタンがないか確かめ合ったりしている中、ぼくも鼻をすったり、唇を舐《な》めたり、なんとなくそれらしく見えるように振る舞っていた(ぼくはあまり身だしなみとは縁のない子供だった)。

そしたら彼女がすっとぼくの前にやってきて、寝癖でくしゃくしゃになった髪を手《て》櫛《ぐし》で優しく梳《す》いてくれた。彼女はぼくの襟のホックを留め、指で肩をそっとはらった。彼女は眼鏡を掛けていなかった。そして、いつのまにか髪がずいぶんと長くなっていた。

　クラスのみんながぼくらを見ていた。彼らの視線が幾千もの小さな飛礫《つぶて》のように頬や首にぶつかるのを感じた。一樹の視線はまるでロシア人が使う弾道ナイフのようだった。鋭い切っ先がこめかみ深く突き刺さる——まったく手加減のない視線だった。

　彼女は気にもせずにぼくに笑いかけ、これで大丈夫よ、と言った。

「ありがとう」

「うん」とぼくは言った。

　集合写真を撮ったあと、今度はそれよりもう少しくだけた感じの写真を旧校舎前の芝生の上で撮ることになった。芝は校舎に向かって傾斜していたから、それが上手い具合にひな壇代わりになってくれた。

　カメラマンからの指示はなかったから、みんなてんでんに好きなところに立ったんだけど、ぼくは先ほどと同じように一番うしろに立つことにした。小さな頃から背が大きかったぼくは、そのへんに立つことがほとんど癖のようになっていた。そしたら彼女がやってきて、ぼくの隣にそっと身を滑り込ませた。

なんとなく彼女は普通じゃない感じがした。この日の彼女は彼女らしくなかった。

ぼくには彼女の目がいつもよりもさらに濡れているように感じられた。

「大丈夫かな？」とぼくは言った。

「そこでちゃんと写るかな」

大丈夫よ、と言って彼女は爪先立ちをした。

「ほらね？」

「うん、そうだね」

ふたりのあいだにはほんの少しだけ隙間があった。けれど、最後の瞬間に彼女がすっと身を寄せてきて、ぼくらの腕はぴったりとくっついてしまった。ぼくのポケットには洋幸からもらった青い石があった。そして彼女のポケットにもあの赤い石が入っていることをぼくは知っていた。

ぼくはふたつの石がフェライト磁石みたいにカチリと引き合うところを想像した。もとはひとつの石だったのかもしれないな、とぼくは思った。だから引き合うんだ。

写真を撮り終えると彼女は、ふう、と大きく溜息を吐いてかかとを下ろした。

「なんだか」と彼女が言った。

握りしめた。
「そうだね。なんだか緊張したね」と言いながら、ぼくはポケットの中の石をそっと
「緊張しちゃった」

卒業アルバムの真ん中あたりに、その写真は載っている。彼女は実際よりもずっと背が高く見える。爪先立ちしていることは写真からはわからない。彼女はぼくの隣ですごくいい感じに写っている。多すぎもせず、少なすぎもせず、丁度いい感じ。彼女の頭はほんの少しだけぼくのほうに傾いている。視線はカメラには向かわずに、やや斜め上に向けられている。そしてぼくのほうは斜め下を見下ろし、ふたりの視線が宙のある一点で重なっているのがわかる。目を合わすのではなく、まるでそこに美しい光でも見つけたかのように、ぼくらはなにもない空間を一緒に見つめている。

なんだかすごく幸せそうで、そのあとの別れを思うとすごく切なくなる。

ぼくらはえらく面倒くさいやり方でしか気持ちを伝えることができない。真実のまわりをぐるぐると回り続けるもどかしい会話。暗号のように秘密めかした身振り。おそろしく遠回しな感情表現。

相手の好意に気付いていてさえ、ぼくらは回避的な行動を取ろうとする。きっと面

と向かって告白されても、ぼくらは聞こえなかったふりをするだろう。

恋を成就させることはむずかしく、子孫を残すことはもっとむずかしい。ぼくらが圧倒的少数派なのは、きっとそんな理由からなんだろう。滅びゆく運命にある世界で一番奥手な一族。

だから、これが彼女の精一杯で、ぼくはそれに応えることができないままに、ふたりは離れてしまった。あと三月あったなら、とぼくは自分への言い訳めいたことをあれこれと言い立てるのだけれど、ならば、いざ実際にそうなったときなにかひとつでも行動に移すことができたのだろうかと考えると、それもずいぶんあやしいものだな、と思えてしまうのだった。

二学期の終業式の日、彼女は学校に来なかった。前の日までとくに変わらずにいたから、これはまさに不意打ちだった。すごく胸が騒いだ。ぼくは体育館での式が終わると、教室には戻らずにそのまま学校を抜け出した。

ぼくは鉄塔に向かった。彼女の家がどこにあるのか知らなかったし、行ってもきっと会えないだろうと思った。わずかでも可能性があるとしたら、それはあの場所だった。

すごく寒い日だった。空には鉛色の重たい雲が低くたれこめ、強い北風が電線を壮大な弦楽器のように掻き鳴らしていた。手袋をしていなかったぼくは自分の身体を抱くようにして指先を腋《わき》で温めながら歩いた。

胸騒ぎはいっこうに治まらず、ぼくは自分がなにか悪い病気にでもかかったんじゃないかと心配になった。足がずっと震えていたし、こんなに寒いのに首から上だけがまるで燃えるように熱かった。

鉄塔の下に彼女はいなかった。それでも諦めきれずに、ぼくはそこに留まり続けた。彼女が来るかもしれないと思ったからだ。

ぼくは寒さを紛らわそうと、あたりをぐるぐる歩き回った。かじかんだ指に息を吹きかけ、冷えた頬をごしごしと擦《こす》る。立ち止まり、あたりを見回し、また歩き始める。

そんなことをしているうちに、やがてぼくは、あの三脚代わりに使った灰色の箱の上になにかが載っていることに気付いた。近付いてよく見ると、それは白い封筒だった。その上に重しとして卵ほどの大きさの石が置かれてあった。

封筒には見覚えがあった。上品なエンボス模様。

胸がずきんと痛くなった。ぼくは石をどけ封筒を手に取った。

中には一枚の便せんがあった。彼女からの手紙だった。

ごめんなさい、と彼女は書いていた。

『――突然行くことになりました。どうにも堪えがたいことがお母さんに起こったのです。なにが起こったのか教えてはくれませんが、とにかくお母さんはそう言ってます。行く先は決まってません。それに決まっても誰にも教えてはいけないと言われてます。お母さんは先生が追ってくることを恐れています。彼はそういうひとだから。でも、それは先生にとってよくないことだとお母さんは考えています。だから……

短いあいだだったけど、すごく楽しかった。吉沢くんに出会えてよかったと心から思ってます。せめて卒業の日まで一緒にいたかったけど、それはかないませんでした。一緒に夕焼けを見たことや、ヒロくんと三人で夜の駅前通りを歩いたこと、まるで夢のようでした。こんな日々が永遠に続けばいいのに、といつも思ってました。

いろいろありがとう。万華鏡、大事にします。離れ離れになってしまうけど、ずっと吉沢くんの幸せを祈ってます。

さよなら。

いつかまたどこかで会えたらいいな……

雪乃

P.S. 精一杯生きなくちゃね。だって、わたしたちは永遠なんだから！』

ぼくらは約束をしなかった。できなかった。それがぼくらだった。

いつかまたどこかで——それだけを口にするのが精一杯だった。

ぼくは彼女の内気さが好きだった。夕焼けを見つめる彼女の横顔が好きだった。眩しさに目を細め、長い睫に光を宿しながら、彼女はいつだって真剣に世界を見つめていた。

ぼくは彼女の幸せを祈った。本気で、心の底から。

それが、このときのぼくにできることのすべてだった。

☆

「正直に言うならな、思ったことを口にできなかったがために、なんやかやとし損ねてきたのはお前さんだけじゃないんだぜ」

彼女との別れの話をしたら、瑞木さんがそんなことを言った。

「どういうこと？」

「つまりは、おれも同類ってことさ」

「瑞木さんが？」

「ああ、おれの場合はたんなるあまのじゃくなだけかもしれんが」

「そうなんですか？」

「ああ、そうなんだよ」

あの最後の電話な、と彼は言った。

「本当は金の無心なんかじゃなかったんだ」

「じゃあ、なんだったんです？」

「あいつの誕生日が来たもんだからペンダントを買ってやったんだよ」

「ペンダント――」

「ああ、ちょうど小金が入り始めた頃でな。その前のときに、ちょいとばかりまずい別れ方をしたもんだから、ずっと気には掛かっていたのさ。それで詫《わ》びの意味も込めてな、柄にもないことをしようとしたわけさ」

「じゃあ、ほんとはそのための電話？」

「ああ、そうさ。まあ、いわゆる国交回復のための和解交渉ってやつだな」

彼はジャンパーのポケットから小さな箱を取り出すと、ほら、と言ってぼくに手渡した。

「安物だが……」

ビロードのような手触りの紺色の箱だった。蓋を開けると、中にすごく上品な感じのペンダントが収まっていた。先端に小さな青い宝石がぶら下がっている。

「きれいですね」

「ああ……」

ぼくが箱を返すと、瑞木さんはそれをまたジャンパーのポケットに押し込んだ。

「あいつは青が好きなのさ……」

へえ、とぼくは言った。

「珍しいですね、女のひとなのに」

そうか？　と瑞木さんが訊くので、わかんないけど、とぼくは答えた。

昔ガキの頃にな、と瑞木さんは言った。

「祭りの夜店であいつに髪留めを買ってやったことがあったんだよ。女っていうのは赤やピンクが好きだろ？　だから、そんなんばかりが先に売れちまって、店にはもう青い色の髪留めしか残ってなかったんだ。どうする？　って訊いたら、これがいい、って言うんだな。青が好きなの、って。初耳だぜ。それまでのあいつは、赤が大のお気に入りだったんだからさ。赤いコートに赤い靴。赤いカチューシャ。でもまあ、あいつがそう言うなら、こっちはそれでかまわんさ。だから、買ってやったのよ。青い髪留めをな」

「悦んだでしょ？」

うんざりするほどな、と瑞木さんは言った。

「どこにでもそれを着けてくるのさ。いくつになったって、おれと出かけるときはそれなんだよ。当てつけかよ？　って訊いたこともあった――おれがあいつにものを買ってやったのなんて、あとにも先にもそれっこっきりだったからな――でも、あいつは、にこにこ笑いながら、ぜんぜんそんなんじゃない、って言うんだな。ただ、嬉しいからって」

安い女なんだよ、と瑞木さんは言った。

「パン屑《くず》ひとつでなついちまう仔犬《こいぬ》みたいなもんさ。まあ、だから今回も、その手を使おうと思ったんだが――」

瑞木さんは肩を竦め、ゆっくりと首を揺らした。

「馬鹿なおれは、あいつきっと驚くぞ、もしかしたら感動して涙ぐむかもしれんな、なんて思ってたよ」

「でも、そうはならなかったんですね？」

「ああ。商売の話から始めたのがまずかった。少々懐具合がよくなったことをまずは言っときたかったんだが——いつだっておれは素寒貧《すかんぴん》だったからな——あいつは感心するどころか、あれこれと気をもむわけさ。大丈夫なの？　また失敗して借金をこさえたりしない？　誰かに騙《だま》されてるんじゃないの？　云々《うんぬん》。それで、完全に出鼻を挫かれちまった。こっちはいかに今回の商売が有望かを説くわけだが、あいつは聞く耳を持たない。まあ、これまでも似たようなことは何度もあったからな。あいつにしてみりゃ、またか、って感じだったんだろうけどさ」

彼は鉛色の雲で覆われた空を見上げ、何度も舌打ちみたいな瞬きを繰り返した。

「まあ、仕方ないさ。とにかくそんな感じだよ。最後にゃ、だったらおれにお前の金を預けてみろよ。そしたら十倍にして返してやるぜ、みたいに言ってあいつを完全に怒らしちまった」

「やっちゃったんですね」

「ああ。あいつ、涙声になってたな。わたしの貯金は、そんなものに使うためにあるんじゃないわ、って震える声で言ってた。ならなんに使うんだよ、っておれが訊いたら、結婚資金、て言うんだ。へえ、そりゃおめでとさん。相手はどこのどいつだよ？

ってまた訊いたら、一瞬あいつ黙り込んでな――怖いぐらいの沈黙だったよ――そのあとに妙に寂しそうな声で、あなたの知らないひとよ、って言ってそのまま切っちまいやがった――まあ、いつもの展開さ。たいていこんな感じだよ。おれはあいつを怒らせるのがやたらと上手いんだ」

「やっかいな性格ですね」

「ああ、自分でも持て余してるんだ。なんで、おれはこんななんだろう？　ってな」

「そんなぼくらにとって」とぼくは言った。

「これは最後のチャンスなんですよね？」

そうだ、と瑞木さんは言った。

「正直になろうぜ。もう失うものはなにもないんだ。自分にとってなにが一番大事なのかはよくわかってる。今度もまたし損ねるようなことがあったら、いよいよもって、おれらは正真正銘のぼんくらだってことになっちまうぜ」

村にはまったく人影がなかった。野良猫の姿さえない。風に土埃《つちぼこり》が舞い、電線が悲しげな音を響かせる。こんな風景を見ていると、ほんとに世界は終わってしまうんだな、としみじみ思ってしまう。それは、ひとびとが思い描いていたような派手な終わり方（鐘や太鼓がガンガン鳴り響くような黙示録的な終末）ではなく、すごく地味でひっそりとした（猫やクジラの最期みたいな）先細り的な終わり方だった。

パーティーの終わりとか、デパートの閉店時間とか、そんなときにふっと訪れるあのもの悲しさになんとなく似ている。どこからともなく聞こえてくる幕引きの音楽が、ぼくらをさりげなく出口へと促す。ちっとも威圧的でないけれど、逆らうことは誰にもできない。まるでハーメルンの笛吹き男が奏でる旋律のようだ。奇妙な帽子を被った男の操るままに、この星の住人たちはみんな非日常的な世界へと連れ去られてしまった。

ぼくらは少々はしゃぎすぎていたのかもしれない。祭りの夜の熱気に煽《あお》られて、もっともっと、とせがみ続ける子供のように、ぼくらは足りるということを知らなかった。もしかしたら、そのこととこの終わりはどこかで繋がっているのかもしれない。

大事に使えば長持ちしたかもしれない時間を、ぼくらはただの一度も顧みることなく、果てのない欲望を満たすことのためだけに費やし、枯渇させてしまった（ぼくらは時間というものを、石油や鉄鉱石なんかよりもはるかに豊富な、それこそ無尽蔵の資源だと勝手に思い込んでいた）。

あるいは、夢の中で洋幸が聴いたあの旋律は、そんなはしゃぎすぎたぼくらを出口へと促す幕引きの音楽だったのかもしれない。

なんにしたって、いまとなってはもうすべてが遅い。まもなく、この星からすべての言葉が消える。

惑星規模の壮大な沈黙。あとにはくしゃみひとつ残らない。

☆

驚いたことに、ほんとに「先生」はやってきた。ぼくは万策尽きたあとの最後の望みだったらしい。

先生はだいたい想像してたとおりのひとだった。つまりは、礼儀正しく、誠実で、このぼくでもつけ込めそうなぐらいのお人好しだったということ。

基本的にお坊ちゃんなんだと思う。

こんなひとにありがちなように、彼も実際の年齢よりもはるかに若く見えた。まだ青年みたいだった。

艶のある髪をきれいに撫でつけ、メタルフレームの眼鏡を掛けた姿は、有能な医師の役を与えられたモデル上がりの俳優さんみたいだった。

「当たれるところは全部当たったんだ」と彼は言った。

「彼女の故郷とか、以前の勤め先とか」

はい、とぼくは言った。中学の校門を出たすぐのところでぼくらは話をしていた。下校する生徒たちが、じろじろとぼくらを見ながら横を通り過ぎてゆく。

「あとは、きみしかいないんだ。なにか聞いてないかい？」

ごめんなさい、とぼくは言った。

「ぼくも知らないんです」

うん、と先生は言った。

「そうだろうね」

「はい」

「でも、ほんとうは、なにか知っているんじゃないのかな？　ヒントみたいなものをさ。雪乃ちゃん、なにかをきみに言っていたはずなんだけど」

ぼくは強く首を振った。

「ほんとに知らないんです」

「そう答えるように言われたんだよね？」

先生はしつこかった。彼女のお母さんのことがめちゃくちゃ好きなんだな、とぼくは思った。それにいいひとだ。このひとの神様はきっとぼくらの神様と一緒だ。

なのでつい肩入れしたくなる。

わかりました、とぼくは言った。先生の顔がぱっと明るくなった。なにかを期待させてしまったらしい。気の毒になって、ぼくはまた、ごめんなさい、と彼に言った。

これ、と言っていつも持ち歩いてた彼女からの手紙を差し出す。ぜったいに誰にも見せるつもりはなかったんだけど、このひとは特別だ。

「あ、ぜんぶは読まないで」とぼくは言った。「最初のところだけ。その下は先生とは関係ないです」

うん、と言ったけど、先生はほとんどぼくの言葉を聞いてないみたいだった。真剣な眼差《まなざ》しで手紙の文字を追っている。読み進めていくうちに、徐々に先生の顔が悲しそうになっていくのがわかった。

しばらくたったあとで、先生は手紙から顔を上げてぼくを見た。目には涙があった。

ごめん、と先生は言った。

「ほんとうだったんだね」

「はい。ほんとに知らないんです。ぼくも」

「ぼくら、ふたりとも置いてけぼりだ……」

「はい、そうです」

どうしよう、と先生は言った。それはたぶん独り言で、ほんとに途方に暮れたひとだけが口にする、深い溜息のような言葉だった。

「どうしましょう?」とぼくも言った。

「待つしかないのかなあ……」と先生は言った。

それもまた独り言だった。

「いまはまだ早すぎるのかもしれないな」と彼は言った。

「いろんなことがあったからね。ぼくは彼女を守りきれなかった。すごく悔やんでるんだ。なんでもっと彼女の話を聞いてあげなかったんだろう? って」

「なんでなんです?」

「ん?」

「なんで話を聞いてあげなかったの?」

「それは——」

「はい」

「まずは、すごく忙しかった。新しい職場に慣れなきゃいけなかったし、新しい人間関係とか、身内のごたごたとかね、なんやかや、いろいろあって——」

「じゃあ、仕方ないですね」

先生はじっとぼくの顔を見た。ぼくは笑みを浮かべて小さく頷いた。

たしかに、と先生は言った。

「それって言い訳だよね。でも、言い訳ついでに言わせてもらうと、彼女みたいに、すべてを自分で溜め込んで、愚痴ひとつこぼさずに我慢してしまうひとの本心を聞き出すのって、すごく手間の掛かることなんだ」

「はい、わかります。なんとなくだけど」

「そうかい？　ありがとう」

それにね、と彼は言った。

「ぼくは彼女を守るために自分の家族と闘わなければならなかった。ぼくはそれが嫌だったんだ」

「先生は平和主義者？」

彼は笑った。子供みたいな笑顔だった。

たしかに、と先生は言った。

「ぼくは平和主義者だよ。それも極めつけのね。だから医者という職業はぼくにとても向いていると感じている。兵士にはけっしてなれないけれど、ひとの苦しみを癒すことならぼくは得意だ」

「はい」

「まあ、それもちろんあるけど、やっぱり自分の親や兄弟だからね。彼らがくだらない見栄《みえ》っ張りだってことは充分わかっているけど、それでも、面と向かってそれを責めたてるのはすごく難しいことなんだ」

「先生は、きっといい子だったんですね」

「うん、そうだよ。とびきりのいい子だった。親に逆らうなんて考えたこともなかった。通信簿はいつだってオール5で、新しいクラスになるたびに学級委員長をまかされていた」

「それはそれで、けっこうたいへんなことなんでしょうね。ぼくなんかには想像もつかないや」

うん、と先生は頷いた。

「いいんだよ。みんなもっと自由に楽しく生きればいいんだ。こういうつまらない役は、ぼくみたいな人間が引き受ければいいんだ。はめをはずしたくても、そのやり方を教わり損ねたぼくみたいな人間がね――」

なんとなく奇妙な友情が生まれ、それからもぼくらはたびたび落ち合って自分が持っている情報を——つまりは、なにも得られなかったってことを——報告し合った。

先生はあらゆる意味において洋幸の対極にいるようなひとだった。規則をきちんと守り（たとえそれがどんなに不条理な規則であっても）、秩序を重んじ、ひとびととの和を大事にする。予測不可能な振る舞いはいっさいせず、つねに思慮深い（洋幸は、自分だけの規則で生きていて、秩序の概念がなく、まわりのひとびとが見えていたかどうかも怪しくて、行動はいつだって予測不可能だった。彼は発作的、衝動的、脱臼《だっきゅう》的な振る舞いでぼくを混乱させ、同時に楽しませてもくれた）。

だからって、先生との会話が退屈だったというわけじゃない。先生は自分が何者なのかを知っていたし、世の中にはいろんな人間がいて、それぞれが違うんだってこともちゃんとわかっている珍しい大人だった。

「しかたないさ」と先生は言った。

「世の中がこんなに混乱しちゃっているのも、そのせいなんだ」

「そうなんですか？」

「うん。つまりは、世界は相変わらずバベルの塔みたいなことになっていて、誰もが自分だけの言語で話しているんだけど、みんなそのことに気付いてないんだ。通じたような気がしちゃうだけなお悪いよね」

「それって、独りよがりってこと?」

「うん、まあ、そんな感じかな」

彼女とのことだってそうだよ、と先生は言った。

「理解しているつもりでいたのに、実は、なにもわかっちゃいなかった。彼女の苦しみを、きちんと自分の苦しみとして受け止めてあげることができなかったんだ」

「でもそれって、テレパスにでもならなきゃ不可能なことなんじゃないですか?」

かもしれないね、と先生は言った。

「ぼくらはなんともできそこないの生きものなんだな」

「だから優しくなれない?」

「うん。だから戦争は絶えないし、差別も貧困もなくならない。ぼくらはこの五千年間、いったいなにをしてきたんだろう?」

そんな感じの、他愛もない話をぼくらは会うたびにしていたんだけど、それから三年後に先生は遠くへ行くことになった。あたらしい勤務地へ。今度ははるか南の病院なんだそうだ。

「家族が経営する病院で働くのっていうのはいろいろ善《よ》し悪《あ》しがあってね。またしばらくは、ただのやとわれ医師になることにするよ」と先生は言った。

新しい勤務地に旅立つ朝に、先生は車で工房に寄ってくれた。ぼくらはアパートの玄関で少しだけ立ち話をした。

「連絡先を教えるから、なにかわかったらこっちにも伝えて欲しいんだ」と先生は言った。

相変わらずふたりの行方はようとしてわからないままだった。

「興信所みたいなものも考えてはみたけどね」と先生は言った。

「やっぱりそれは違うんじゃないかなって思うんだ。なんかそれってさ、北風と太陽の北風みたいじゃないかい？　強引に相手の服を剝《は》ぎ取ろうとするなんて、そんなのぼくのしょうに合わないよ」

「じゃあ、待つんですか？」

「いまはね。たぶん、どうすればいいかは時間が教えてくれると思うんだ」

すごく楽しかったよ、と先生は言った。

「彼女たちと暮らした日々はとても短かったけどね、それでもすごく充実していた。ああ、これが生きるってことなんだなって、そう感じたんだ」

「じゃあ、それまではそう感じてなかったんですか？」

たぶんね、と先生は言った。

「考えたこともなかったんだ。人生の意味なんてさ。ただひたすら目の前にある課題をこなしていくことに忙しくて」

びっくりだよね？　と言って先生は目を丸くして首を揺らした。

「そんなところに、ぼくの人生の一番の悦びが隠されていたなんてさ……」

そして先生は行ってしまった。

みんなぼくの前から消えていく。なんだか町が前よりもずいぶんとすかすかになったような気がした。

☆

村を抜けてからずいぶんと歩いたところで、ぼくらは路傍に座って休みをとっている家族と出会った。

そこは田んぼの中の十字路で、彼らのそばには古びた塚と小さなお地蔵さんの祠《ほこら》があった。

夫婦は三十代半ばぐらい。娘はまだ十になるかどうか。夫婦ともに痩せていて、どことなく病的な感じがした。奥さんのほうはとくにそうだった。塚の台座に背を預けるようにして草の上に座り、自分のこめかみをしきりにさすっている。娘はその傍らにしゃがみ込んで道路に蠟石《ろうせき》のようなものでなにか描いていた。

ご主人はふたりから離れた場所に座って煙草を吹かしていた。

やあ、と瑞木さんが声を掛けた。

こんにちは、とご主人が言った。削《そ》げた頬がまばらな髭で覆われている。奥さんと娘は、ちらりとこちらを見て、すぐにまた自分たちの世界に戻っていった。ぼくらには興味がないらしい。

「どこまでいくんだい」と瑞木さんが訊いた。

ご主人は町の名前を口にした。ここからそう遠くない場所だった。

「そちらは？」と訊くので、ぼくらもそれぞれの目的地を彼に告げた。

彼はぼくを見て、遠いね、と言った。

「はい。でも行かなくちゃいけないんです」

「そうだろうね」と言って彼は頷いた。

「そのためにぼくらは歩いてる」

「はい」

女房の実家なんだ、と彼は言った。

「どうしても帰りたいって言うから――」

「奥さんのご両親がいるんですか？」

彼はかぶりを振った。

「もうとっくにいない。墓があるだけだよ。でも、彼女はあそこで生まれ育ったんだ。たくさんの思い出がつくられた場所だよ。彼女は守られていた。親とか、まわりのひとたちとか、あるいは町そのものにね。だから、あの町にいたころの彼女はおおむね幸せだった。そういう場所なんだ。望郷っていうのは強い感情だからね。ぼくは彼女の望みをなんとしてもかなえてあげたいんだ」

「無事辿り着けるといいですね」

「うん、お互いにね」

そう言って彼は骨張った手で髭の生えた頬をさすった。

ぼくらもそこでしばらく休むことにした。

ぼくはアスファルトの上に座ると靴を脱いで足のマメを調べた。かなり悲惨な状態だったけど歩けないほどじゃない。痛みなら我慢できる。ぼくは強《こわ》ばったふくらはぎを手のひらでごしごしと揉《も》みしごいた。これを怠るとすぐに攣《つ》ってしまうのだ。

瑞木さんはご主人から煙草をゆずってもらい、幸せそうな顔で煙をくゆらせていた。

五日ぶりだよ、と瑞木さんは言った。

「たまらんね」

「どんなルートで来たんです？」とご主人が訊いた。

瑞木さんは町の名前を挙げながらこれまでの道程を説明した。最後の三日はぼくと重なっている。

「ひとには会いましたか？」

「初めの頃はね」と瑞木さんは言った。

「だんだんと出会う回数が減って、今日はあんたたちが初めてだ」

彼の話も似たようなものだった。旅を始めて七日。日ごとに出会う人間は減ってゆき、それと反比例するように青い土地を目にする回数が増えていく。

彼は旅の初めの頃に目にした光景をぼくらに語った。

「まだ、けっこうなひとたちがいてね。かなり大きな町だったたな。人口一万とか二万とか、そのぐらい。国道沿いのスーパーにひとだかりがあって、なにかと思って覗いてみたら、そこの店長が店の品を無料で配ってたんだ。水とか食べ物とか、あるいは赤ん坊の紙おむつなんかをね。地元のひともいたし、我々みたいな旅の途中の人間もいた。まさしくオアシスのようなところだったよ」

彼は目を細めて空を見つめながら、自分の言葉に小さく頷いた。

そこで不思議だったのは、と彼は言った。

「なんていうか、すごく荘厳な気持ちになったってことなんだ」

荘厳？ と瑞木さんが訊いた。

「うん。じゃなければ——なんて言うんだろう？ 宗教的？ とにかく、そんな気分に」

ふむ、と瑞木さんは頷いた。

「それで？」

「それで——そう、ぼくにはそのなんてことのないスーパーが、どこかの聖地にでも建っている大聖堂のように感じられたんだ——」

ほう、と瑞木さんが感心したような声を上げた。

わかるかい？ とご主人は言った。

「あの感じ。なんだろうね？ きっと、あそこにいるみんなも同じ気持ちだったと思う。だって——我々は唄ったんだから」

「唄う？」

「うん。唄うんだ。古い歌だよ。誰もが知っている。子供のとき学校で唄ったような

──なんて言うんだっけ？　そう、唱歌。あんなふうな歌をさ」

なるほどね、と瑞木さんは言った。それで？

「どこからともなく誰かが唄い始めて、それが徐々に広がっていくんだ。最後には外の駐車場にいたひとたちまで唄いだして、それがずいぶん続いたな。いろんな歌があった。知ってるはずの歌がなんだかまったく違って聴こえてた。薄暗い夕闇の中で、低く祈るみたいにさ、男も女も、老人も子供も、みんな一緒にね──」

おれも、と瑞木さんが言った。

「似たような光景を何度か目にしたことがあったよ」

「あなたも？」

「ああ。なぜひとは唄うんだろうな？　あんたが言うように、あれは祈りみたいなものなのかもしれないな。言葉ならぬ言葉──人間の中に在る一番尊い感情を、おれたちは唄うことでなんとか表そうとしているのかもしれないな」

「興味深い解釈だね」

「ああ。でも、案外とそんなところかもしれんよ？」

ご主人は煙草の火をアスファルトに擦りつけるようにして消すと、吸い殻を縒《よ》れたコートのポケットに落とした。

女房は、と彼は言った。

「病気なんだ」

「だろうね」と瑞木さんが言った。

「見ればわかるよ」

「うん。かなり悪い。医者からも長くないって言われてるんだ」

「そんなに？」

「うん。すべてぼくのせいさ」

おいおい、と瑞木さんが呆《あき》れ声で言った。

「あんたまで懺悔《ざんげ》かい？」

「あんたまでって？」

瑞木さんはマメの手入れをしているぼくをちらりと見遣りながら言った。

「つまり――」

「うん」

「おれたちゃみんな同じ手合いってことさ。なにかをやらかして、あるいはなにかをし損なって、それを取り戻すために歩いてるんだ」

ああ、と彼が言った。

「まさに、そうだね——」

酒がやめられなかったんだ、と彼は言った。何度もやめようとは思ったんだけど、どうしてもやめることができなかった。

「いつの頃からかな——たぶん、子供が生まれた頃だったと思う。それまでも飲んではいたんだけど、飲み方が変わったのはね、たぶんあの頃だったように思うんだ」

飲むと気が紛れた。薄霧のように胸に漂う漠然とした不安が、まるで風にはらわれたようにすっと晴れていくのを感じた。

「なんだろうな？　いつも胸にあるんだよ。不全感とでも言うのかな？　いまの生活はじつはもうとっくに損なわれていて、ぼくだけがそれを知らずにいるみたいなね、そんな感じなんだ。悪いことは起きてしまっているんだよ。だから、それは避けようがない。ぼくができるのは、それに気付かぬふりをするってことだけなんだ」

「だが、飲んでるあいだだけは、忘れていられる……」

「そうなんだ。まずいな、と思ったよ。そういう飲み方がよくないってことは知ってたからね」

「でもまあ、そんなもんさ。それでやめられりゃ世話はない」

たしかにそうだね、と彼は言った。

「ふだんのぼくは、すごく大人しい人間なんだけど、飲むとどうにも気が大きくなってしまうんだ。暴れたこともあるし、アパートのよそのうちの下駄箱《げたばこ》にね、小便をしちゃったことだってある。女房が一生懸命あやまってくれたんだけど、その一家はまもなく出て行ったよ。まあ、それだけじゃなかったからね。いろいろと——」

「ああ、そうなんだろうな」

「うん、それで、そのうち仕事も頻繁に休むようになって——」

「仕事？」

「これでもちょっとは名の売れたテーラーの仕立て職人だったんだ」

「へえ、それはたいしたもんだね」

「うん。腕には自信があったんだけど、それもね——」

「クビか」

「うん。とてもいいオーナーで、しばらくは目をつぶっててくれたんだけど、あまりにも頻繁に仕事をさぼるもんだから」

「そりゃ、仕方ない」

「そうなんだ。全部ぼくが悪いんだよ」

そして彼は朝から堂々と飲むようになった。失業保険がもらえるうちは本気で職を探すこともなかった。

「その頃からかな、夫婦の仲がうまくいかなくなってきて、ほとんど言葉を交わさなくなったのは」

喧嘩してるほうがよっぽどましだよ、と彼は言った。それだってとりあえずはコミュニケーションだからね。

けれど彼らは思ったことを腹の中に溜め込むタイプだった。諍《いさか》いよりは沈黙を、罵りの言葉よりは溜息を――。

それでも彼のほうはまだしも酒の力を借りて憂さを晴らすこともできたが、彼女にはそんなふうにして自分を解放するための手立てがなにもなかった。子育てを疎かにするわけにはいかないし家計もそうとうに逼迫していた。

「女房はぎりぎりのところで、やっと自分を支えてたんだ。いつ倒れてもおかしくなかった。そのあいだも、おれは現実から目を背けながら日がな一日飲み続けてた」

たぶんあの頃だと思うんだ、と彼は言った。

「女房の中に病いが巣喰ったのは。四年間そんな生活を続けて、やがて彼女は娘を連れて出て行った」

やれんなあ、と瑞木さんがしみじみと嘆くように言った。

「それにしても、ずいぶん辛抱したんだな。あんたのかみさん」

「うん。でもそれがいけなかったんだ。もっと早くに見切りを付ければよかったんだよ。こんなおれのことなんか」

「かもしれんね」

「籍も抜いたんだ。おれには借金があったからね。だから、我々は正確には夫婦じゃないんだ。もと夫婦さ」

「それがまた、なんでいま?」

娘がね、と彼は言った。無心に絵を描いている幼い我が子をそっと見遣る。

「あんな小さな娘が、必死の思いで電話をしてきたんだよ」

「ふうん、電話をね」

「青い光の映像がTVのニュースに流れた最初の日だった。ぼくはその映像をリハビリセンターのホールで見ていた。そこに入って二か月目だったんだ。一度死にかけてね。それで弟が金を出してくれて入ることになった。借金の尻ぬぐいも弟がしてくれたんだ」

「持つべきものは兄弟だな」

「うん。娘にその場所を教えたのも弟さ」

「なるほど」

「娘はもう最初から泣いてた。お母さんが死んじゃう。会いに来てって。ずいぶん病気は進行してたんだ。おれにはまったく知らせずにさ、女房はたったひとりで――」

「うん」

「前に言われたんだよ。女房が家を出て行く少し前にね」

「なんて？」

「つまり、彼女はおれのことを憎んでなんかないって言うんだな。憎む気持ちにすらなれないって――それって最悪じゃないかい？」

「ああ、たしかにそうだな」

「あなたを尊敬できない。もう、あなたになにも感じないの。わたしの中にあなたはもう存在していないの――そう言われたんだ」

「それだけのことを、あんたはしちまったんだ」

「うん。彼女がそう思うのは当然さ。だから、会うのは怖かったよ。拒絶されるんじゃないかって、会うまでずっとびくびくしてた」

「だろうな」

「うん、でも、どんなことがあっても行かなきゃって思ったんだ。まわりじゃ世界の終わりが来るって騒いでるし、そうでなくたって、女房はもう長くはないって言われてる。ぼくはどうしようもない人間だけど、それだってなにか——弱った足の代わりになるとか、冷たくなった手をさすってあげるとか、そんなことぐらいはできるはずだからね。本当に世界の終わりが来るなら、残された時間すべてを彼女のために使おうって、そう決めたんだよ」

で？ と瑞木さんは言った。

「会ってどうだった？」

どうなんだろうね、と言って彼は小さくかぶりを振った。

「よくわからないんだ。少なくとも拒絶はされなかった。だからこうして一緒に旅をしているわけだけど——でも、それで充分だよ。ぼくを受け入れてくれたってことだけでね。世界の終わりをこうやって家族と一緒に迎えられるんだ。ふたりにはすごく感謝してるよ……」

ぼくは彼らのそばを離れると、奥さんと娘のところまで歩いてゆき、こんにちは、と声を掛けた。

こんにちは、と奥さんが言った。たしかにすごく具合が悪そうな声だった。

「大丈夫？　寒くないですか？」と訊ねると、彼女は無言のままかぶりを振った。

ぼくは娘の隣にしゃがみ込んで彼女が描いているものを眺めた。家と三人の人間（たぶん自分たち）、それに意味不明のぐにゃぐにゃとした図形。

「それなに？」と訊くと、ワンちゃん、と彼女は答えた。描きたい？　と彼女が訊ねるから、描きたい、とぼくは答えた。そうしたら、彼女が自分が使っていた石をぼくに貸してくれた。蠟石ではないけれど、白っぽくて柔らかい素朴な筆記具みたいな石だった。

ぼくはアスファルトの上にスピログラフを描いた。カリカリと地面をひっかく振動が石を持つ指に伝わってきてちょっとくすぐったかった。

すごい！　と彼女が興奮した声で言った。

「どうやったら描けるの？」

簡単だよ、とぼくは言った。

「まず円を描く。で、もとのところに戻ってきたら、次は最初の円と少しだけずれた円を描く。その繰り返しだよ」

ぼくが石を返すと、彼女はさっそく描き始めた。最初はうまくいかなかったけれど、何度かやっているうちに、だんだんときれいな図形を描けるようになってきた。

「そう、それでいいんだよ」とぼくは言った。

ぼくは奥さんのすぐそばまでゆき、なにかできることはありますか？　と訊ねた。

「じゃあ……」と奥さんは言った。

「バッグの中に入っているショールを取ってもらえます？」

「いいですよ」

ぼくは塚の横に置かれた大きなバッグの中から毛糸のショールを取りだし、それを彼女のところへ持っていった。

「ありがとう」と彼女が言った。

「いいえ」

あのひとなにか言ってました？　と彼女がショールを羽織りながら訊いた。

「まあ、なんとなく」とぼくは答えた。

「みんなで奥さんの故郷に向かってるんだって。ふたりは離婚してるんだけど、それはご主人のせいで、でも奥さんが病気なもんだから、また一緒にいることにしたんだって、そんなことを、ちょっとだけ――」

そうね、と彼女は言った。

「言葉にしてしまえば、そういうことになるんでしょうね。なんだか――」

「はい？」

「夫婦って、奇妙なものよね」

「そうなんですか？」

「あなたは？　結婚は？」

「してません。ずっと好きだったひとに会いに行くところなんです」

素敵ね、と彼女は言った。

「そういう気持ちって大事よ」

「はい」

「だからこそ、わたしたちは、いまもこうやって一緒にいられるの」

ん？　とぼくは言った。

「どういうこと？」

「幸せの記憶――それはいつまでも残る。たしかにわたしはあのひとを見限ったけれど、思い起こせばわたしたちの結婚だって悪いことばかりじゃなかった。愛はあった。素敵な思い出がたくさん――」

「優しそうなご主人ですもんね」

「ええ。すごく優しいの。だから――」

「はい」

「そうね。だから何度裏切られても我慢できた。いつかまたきっと、あのひとは立ち直ってくれるって」

彼女は小さく身を震わせるとショールの胸を両手でかき合わせた。

もう、とっくに許してるの、と彼女は言った。

「弱さを責めるのは可哀想だなって、そう思った」

「じゃあ……」

「でもね、言葉で言っても、それが真実になるまでには長い長い時間が掛かるわ。あのひとは、わたしのこの病気のことも自分のせいだと思ってる。すごく悔やんでいるの。ほんとはそんなこと誰にもわからないのに、勝手にそう決めつけて、自分を責めてる。だから――わたしはあのひとが自分を許せるように無理なお願いをしたの。とうていできないようなお願い。病気で歩けないわたしを背負って故郷まで連れて帰ってって――」

「じゃあ、そのための――」

そう、と彼女は頷いた。

「でも、なんだかあのひと、やり遂げてしまいそうよ。前はあんなに意気地のないひとだったのに」

「すごいですね。奥さんに悦んでもらいたい一心でご主人——」

ええ、もちろん、と彼女は言った。

「ふるさとに帰りたいって気持ちは本当だから、すごく嬉しい」

「よかったですね」

彼女は青く霞《かす》む山並みを見遣りながら言った。

「あの山のふもとがわたしの故郷……」

「もうすぐですね」

彼女は静かに頷き、なんだかね、と呟くように言った。

「自分でも意外なほどいまは穏やかな気持ちでいるの。病気のことも世界の終わりのことも、すべてが夢の中の出来事みたいに感じられる。たしかなのは、わたしたち家族が一緒にいるってことだけ——」

わかります、とぼくは言った。

「ぼくもそんな感じです。いまはただ、好きなひとに会いに行くっていう、それだけがすべてで、あとのことはなんだかもう——」

ぼくはそう言って、両手で胸の辺りの空気をかき回すような仕草をした。彼女は静かに頷いたあとで、あのひとね、と言った。

「今回のことは、ある種の救済なんじゃないかって、そう言ってる」

「救済——」

「そう。青い光を浴びてしまえば誰もがみんなそこでときを止めてしまう。わたしみたいな者にとって、それはひとつの可能性でしょ？　死とはまた別のなにかがあるのかもしれないっていう……」

「ぼくらは永遠になる？」

「そうね。そのとき心がどこに向かうのか、それは誰にもわからないけれど——」

娘が、ママ、と声を上げながら彼女に駆け寄ってきた。胸に抱きついて、ママ見て、と言う。

「すごくきれいな模様よ。わたしが描いたの。見える？」

「ええ、見えるわ。上手ね」

「お兄さんが教えてくれたの」

そう、よかったわね、と言いながら彼女は娘の額にそっとキスをした。

時間が来ると、ぼくらは一緒に出発した。

ご主人はアルミパイプでできた背負子で奥さんを背負っていた。頭まで毛布で覆われた彼女は、夫とは背中合わせになって背負子に座っていた。荷造り用の黒いベルトがふたりの身体をしっかりと結びつけていた。

なんだかこれでひとつの生きものみたいだな、とぼくは思った。

実際そうだったのかもしれない。例の失われた半身というのは、つまりはこんな生きものがふたつに引き裂かれたことから生まれた言葉だったはずだから。

彼はキャスターの付いたカートに荷物を載せ、それを腰に結んだロープで牽《ひ》きながら歩いていた。おまけに彼は娘の手も引いていた。

ぼくは、こんなに痩せ細った人間のどこにこんな力が残っているんだろう？　と思わずにいられなかった。

手伝ってやろうか、と瑞木さんが言っても、いや、これは自分の仕事だから、と彼は断った。

「ありがとう」

不思議なんだが、と彼は言った。

「とめどなく力が湧いてくる感じなんだ。もう酒のこともまったく考えなくなった。あの頃が、なんだか別の人生のように感じられるんだ」

「この空気のせいかもな」と瑞木さんは言った。

「空気？」

「ああ、その人間の一番いいところが引き出されるんだよ。そんな気がしないかい？」

かもしれないね、と彼は言った。

「だとしたら、ありがたいことだよ」

やがて山が近付いてくると、そのふもとに集落の影らしきものが見えてきた。

ほら、と彼は背中の妻に声を掛けた。

「見えてきたよ。きみの故郷だよ」

彼が身を捻ると、彼女は首を曲げて道のはるか先に広がる風景を見遣った。

ああ、と彼女は言った。

「帰ってきたのね。ついに、わたし――」

「そうだよ。帰ってきたんだ」

ここから見る限り、町はまだ無事のようだった。青い光はどこにも見えない。

「懐かしいわ。なにもかもが……」

彼女は目に涙をにじませながら震える声でそう言った。

「わたしはあそこで生まれ育ったのよ」

「うん、そうだね」

「お父さんも、お母さんも、兄も妹も、それに伯父さんや叔母さん、従姉妹《いとこ》たちも、みんなあの町にいた……」

「うん」

「まるで、つい昨日のことみたい……」

「うん、そうなんだろうね」

あそこに見えるのはきっと小学校の校舎だわ、と彼女は言った。ぼくには、彼女がどこを見てそう言っているのかわからなかった。ここから見る町は、ぼんやりとした幾何学模様のパッチワークのようでしかなかった。

「わたしの通った学校……」と彼女が囁くような声で言った。

「思い出すわ。あれはいつのことだったのかしら——わたしが学校で熱を出して早引きすることになったとき……」

「うん」

「お母さんが校門まで迎えに来てくれたの。お母さんはすごく息を切らしていて、仕事を途中で抜け出してきたものだから、まだ作業着のままだった。先生から、たいした熱じゃないから大丈夫ですよ、って言われて、すごくほっとしてた……」

「うん」

わたし、と彼女は言った。頬を涙で濡らしながら、それでも彼女は微笑んでいた。

「わたし、いまみたいにね、こうやってお母さんに背負われて家に帰ったの。お母さんの背中はすごくいい匂いがした。働いている女のひとの匂い。油とおが屑と、それに少しだけ甘い香り――たぶん石鹸《せっけん》の匂いね。わたしは具合が悪いのに、なんだかとても幸せだった。いつもと違う、とくべつな日。昼間からお母さんと一緒にいられる、お母さんはわたしひとりだけのもの――そう思うと、すごく嬉しかった……」

そして彼女はなにかを思い出したのか、くすりと笑い、ねえ怒らないでね、と彼に言った。

「なんだい？」

「いえね、あのとき、そう言えば、ひとりの男の子が心配そうにわたしのことを見ていたなって、そう思ったの……」

「ふうん。どんなやつだい？」

「ガキ大将よ。身体が大きくて乱暴者なの」

「おやおや……」

「その子、校門で先生と一緒にお母さんを待ってるわたしのことを、ずっと木の陰から見ていた……」

「いいやつじゃないか」

「そうね。わたしもそう思った。このひといいひとなんだな、って。初恋というほどじゃないけれど、なんとなく、それ以来ずっと気にはなっていた……」

「なんだか、妬《や》けるね」

「そんな、ほんの子供よ」

「だからこそだよ。そいつは、ぼくの知らない、まだ少女だったきみのすぐそばにいたんだ。ぼくはいなかった。まだきみとは何十キロも離れた場所で、なにも知らずにのんきに虫や蝶を追いかけてた」

でも、そういうものよ、と彼女は言った。

「そして、目に見えない不思議な力が、そんな男女を運命的に巡り会わせるの」

「ぼくらも？」

「ええ」

彼女は身を捩《よじ》ると、ご主人の肩にそっと手を置いた。

「ありがとう、あなた……」

いや、と彼は言った。

「たいしたことじゃない……」

「いいえ、たいしたことよ。あなたはもう、充分すぎるほどわたしのためにしてくれた」

「うん……」

でもね、と彼は言った。

「ぼくは、きみの夫なんだからさ。それくらい当たり前のことなんだよ」

別れ際、瑞木さんは彼らに自分の持っている食料をすべて与えてしまった。まだ残っていると言ったけど、それが嘘なことをぼくは知っていた。

「どうせ、おれも明日には目的の町に着く。ここらあたりでいっそ身軽になったほうが、こっちも楽だよ」

「でも……」

「あんたには女房と子供がいるんだ。ひもじい思いをさせちゃいかんよ。たとえあんたが飢えたとしてもな」

「そうだけど……」

「だけどじゃない。そうなんだよ」

ありがとうございます、とご主人は言った。

「ほんとにありがとう……」

なんの、と瑞木さんは言った。

「まだ町が無事でよかったな。懐かしい誰かに会えるかもしれんよ？」

さあ、と瑞木さんはぼくの肩を叩《いと》きながら言った。

「行こうぜ。愛しい女たちが待っている」

しばらく行って振り返ると、彼らはまだ辻《つじ》に立ってぼくらを見ていた。娘が手を振る。ぼくも振り返すと、彼女は高く澄んだ声で「またね！」と言った。だからぼくも「うん、またね！」と言い返した。

ご主人と奥さんは、ますますもって、ふたりでひとつの人間のようになっていた。ふたりの境界がなくなって、それぞれが相手に向かって溶け込んでしまっているようなそんな感じだった。死も裏切りも、青い終末も、すべてはどこかよその世界の話で、彼らにはただ深い受容と愛しかないように見えた。

そっか、とぼくは思った。だからひとびとは求め合い夫婦になるんだ。ひとりではけっしてなりえないなにかになるために。

強くて、そしてかぎりなく優しいなにかに——。

その夜、ぼくらは鄙びた集落の壊れかけた納屋で寝ることにした。この村にも誰もいない。たぶん、世界の終わりが始まるもっと前から。

終わりはすごくありふれている。いつだって、どこにだってある。だから、それほど特別なことじゃないのかもしれない。今回はただ規模が大きいってだけで。

次がないかもしれないっていうのは、たしかに気掛かりなことではあるけれど、ここで終わる人間がそれを心配しても始まらない。そんなことは他のひまな誰かにまかせておけばいい。ぼくにとって大事なのは、世界の終わりを彼女と一緒に迎えること、ただそれだけだ。

夕飯を瑞木さんに勧めたけれど、彼はそれを断った。

「いや、ほんとにいいんだ。腹は空いていない。なんだか胸がいっぱいでな。ほら、大事な試合の前とか、えらく緊張してなんも食えなかったことがあっただろ？　あんな感じだよ」

「緊張してるんですか？」

「ああ。柄にもなくな」

彼は焚き火にかざした手を、煎餅《せんべい》でも焼くみたいにときおりひっくり返しながら、静かに身体を揺らしていた。

「ずっと頭の中でリハーサルをしているんだ」

「明日のこと？」

「ああ、そうだよ」と彼は言った。

「素直になるっていうのは、えらくこっ恥《ぱ》ずかしいことなんだな」

「そうですよ。すごく恥ずかしいことなんです」

「でも、きちんと伝えなくちゃな。うまく言えるかな？」

「きっと言えますよ。頑張って下さい」

ふん、と瑞木さんが鼻を鳴らした。

「ひとごとみたいに言ってるが、お前さんだって、いざそのときが来たらおれみたいにあれこれ考えちまうんじゃないのか？」

わかんないけど、とぼくは言った。

「そうかもしれませんね」

「ああ、そうさ」

そう言えば、としばらくしてから瑞木さんが言った。

「まだ、話の先を聞いてなかったな。例の悲しい別れのその先をさ」

「はい」

「聞かせてくれよ。なんだか眠れそうにないんだ」

「わかりました。じゃあ……」

そう言って、ぼくは瑞木さんに語り始めた。

それは、思い返すたびにいまも胸がしめつけられるような、甘く、そしてほろ苦い青春の思い出だった。

## 2　あの頃のぼくら

ぼくは工業高校を卒業すると、そのまま父さんの工房に見習いとして入った。もちろん無給で。もともとたいした収入はないのだから、それは当然のことだった。なので、ぼくは父さんの仕事を手伝うかたわらで、自分なりの収入の口も見つけなければならなかった。

手仕事は得意だったし、絵もそこそこには描けたからいろいろと試してみた。それまでも父さんが副業としてやっていたインテリア小物や玩具――ランプシェードとか箱根細工とか、そういったたぐいのもの――もつくったし、名画の複製なんか――ゴッホの「跳ね橋」とかドガの「踊り子」とか、そんなやつ――も描いてみたりはしたけど、どれもぴんと来なかった。ぼくは自分のオリジナリティーを発揮したかった。

しばらくはあてのない試行錯誤が続いたんだけど、そうこうしているうちに、やがてぼくはひとつの金脈に行き当たった。まあ実際には金脈というよりも、かろうじて渇きを潤せる程度の細々とした水脈のようなものだったけど、それでもその水脈はしばらくは涸《か》れずにいてくれそうだった。

ぼくは万華鏡で食べていくことにした。ぼくだけのオリジナル。レンズとプリズムを使った両眼視用万華鏡。多くの店が気に入って置いてくれることになった。

ぼくはレンズ工場と交渉して、凹レンズのアウトレット品を大量に安く仕入れた。プリズムも理科の実験向けの安い品を必要な分だけ手に入れることができた。ぼくがつくるのは精密な光学機器なんかじゃないから、材料としてはこれでも充分すぎるほどだった。

なんだか不思議な気もしていた。小学生のときに絵画教室の課題でつくった作品がのちの自分の生活を支えていくことになるなんて。

あのときのひらめき――いまのサイズのままで万華鏡を両目で見ることができるようにしたらどうだろう？　その発想が他の競合商品との差別化を生んで、いわばそれがぼくにとっての水脈となった。

テーパードスリーミラーのオイルワンド、両眼視タイプ。それが主力商品で、他にもつねにぼくは新しい作品を開発し続けた。

彼女に贈ったあの「夕焼け製造器」も独自の進化を続けていた。和紙の代わりに表面にランダムなエンボス加工をほどこした反射鏡を使った作品——「ソラリス」と「神曲」——は、その中でもとくに評判がよくて、いっときはこればかりつくっていた時期もある。

いま思えば、なんとなくぼくなりに世界の終わりの光景を先取りしていた感もある。それは赤黒く渦巻く雲海を見下ろすようなものすごい眺めなんだけど、鑑賞者は見ているうちに遠近感を失って、そのうち、どこか遠い星の終焉《しゅうえん》にでも立ち会っているような気分になってくる。とにかく、かなりマニア向けの作品だった。

二年目にぼくは独立して自分の工房を持つことになった。新しい工房は父さんの隣の部屋だった。

この独立にはちょっとした事情があった。

築五十年も経《た》つ古い平屋建てアパートは、共同玄関、共同トイレ、共同洗面所、そして風呂なしという、かなりの不良物件だったんだけど、それでも驚くほどの家賃の安さから、八室あるうちの五室までが埋まっていた(ぼくが六室目)。

住人たちは誰もがまるで廃屋に棲《す》み着いた幽霊のように存在感がなかった。たまに薄暗い廊下で行き合っても、輪郭すらもはっきりとしない感じで、彼らはこもった声でもごもごとなにかを呟《つぶや》くと、目を合わすこともなくぼくの脇を通り過ぎていった（でも向こうだって、ぼくをそんなふうに見ていたのかもしれない）。

まさかと思うかもしれないけれど、こんなアパートに二度も立て続けに空き巣が入って、大家さんはセキュリティーの強化に踏み切らざるをえなくなった。

問題は夜にこのアパートがちょくちょく無人になってしまうということだった。

住人たちの多くは夜行型だった。彼らは真夜中になるとそっと巣穴を抜け出し、闇の中へとそぞろ彷徨《さまよ》い出ていく。多くの部屋には鍵さえも掛けられていない。盗まれたものはたかが知れていたけど（古いトランジスタラジオ、穴の空いたセーター、残高二万円の通帳、等々）それでもなにも対処しないままというわけにもいかなかった。

そこで、大家さんは破格の家賃で部屋を提供するから、夜もここに泊まってアパートを無人にしないでほしい、とぼくに願い出たのだった。

はでにやらかしてくれ、と鶏《とり》ガラみたいに痩せた初老の家主は言った。パーティーでもなんでも。女を連れ込むのもＯＫ。とにかく存在感をアピールして欲しい。

実際にはそのどれとも無縁だったけど、なぜかぱたりと窃盗犯は現れなくなった。空き巣狙いたちにとってもこのアパートが不良物件であるということが、ようやく知れ渡ったのかもしれない。

まあ、そんな感じでぼくのひとり暮らしは始まった。二十歳《はたち》の春だった。

そうは言っても、生活そのものはそれまでとほとんど変わらなかった。食事は父さんと一緒、風呂も家のを使ってたし、工具やら材料やらの関係でぼくはふたつの工房をつねに往き来《ゆき》していた。ぼくの嘴《くちばし》は黄色く、卵の殻はまだ尻にくっついたままだった。

父さんの仕事はゆっくりと衰退しつつあった。歯車の詰まった時計そのものが減っていたし、ひとびとはものを大事にしなくなった。それはほんとに驚くほどだ。

いまの時代、ものを捨てることはむしろ美徳だ。それが「経済を回す」ということになるらしい。その大義名分のために、「今年の流行」という言葉がつくられ、ひとびとは安心して前の年に買ったものを捨てることができるようになった。

修理なんてとんでもない。買って捨てて、買って捨てて、それを繰り返しながら、世界は斜め右上のどこかに向かって猛然と突き進んでいた。

我が家は完全に時代と逆行していた。新しいものはほとんどなく、ものたちは古参の兵士のように傷跡だらけの身体でいつだって最前線で戦っていた。

我が家のポットは、一見すると小型の冷蔵庫のようだった。いつの時代のものなのかもわからない。そこに薬缶《やかん》で沸かした湯を注いで保存する。電気コードも注ぎボタンもない。でも、我が家でポットと言えば、これのことだった。

包丁はあまりに研ぎすぎて、果物ナイフのようにすっかりちびてしまっていた。

「結婚したときに買ったんだ」と父さんは言った。

「思い出の品だよ」

そのとき一緒に買いそろえたもの――洗濯機、冷蔵庫、電気釜等々――が、その頃もまだ現役のままで当たり前のように使われていた。どれもがあまりにシンプルすぎて、むしろモダンな感じがするぐらいだった。

消耗し尽くして本来の機能を果たせなくなったものがあっても、我が家ではまた別の役割を与えられて第二の人生を送ることになる。

いまでもよく憶《おぼ》えているけど、モーターが焼けて使えなくなった掃除機は、手製のハンドルを付けて子供用自動車として復活した。両足で地面を蹴って進むタイプのやつで、ペダルカーにはない優雅さがそこにはあった（車体はスリムで流線的だった）。あれに乗って公園に行くと、まわりの子供たちが羨ましそうな目でぼくを見るのが誇らしかった。どこで売ってるの？　と訊《き》いてくる子供さえいた。そのぐらい斬新なデザインだったのだ。

ミシンやアイロン、トースターなんかはお祖父《じい》ちゃんの代から使われていたものだ。

中にはどう使うのかわからない奇妙な代物もあった。お祖父ちゃんは機織《はた》り工場を営んでいたから、そこで糸を巻き取るとか、あるいは巻き取った糸をもとに戻すとか、おそらくはそんなことのために使われていたんだろうと思う。

服や靴にしてもそうだ。服は綻びるたびに繕われ、それが駄目なら解体されて別の衣服の材料に回され、それすらもかなわなければ雑巾になって、最後は繊維がほどけて小さな塵《ちり》に還《かえ》るまでしっかりと使われ続けた。彼らの死因はきっと老衰ということになるんだろう。天寿をまっとうするまでものたちに寄り添う。それがぼくらのやり方だった。

父さんが「修理屋」という職業に就いたのも、きっとそうした気質に添うものだったからに違いない。父さんはプロだったから、修理はそつがなく、仕上がりはとても丁寧だった。だから我が家のものたちは、どれもが古くはあったけど見苦しくはなかった。あるいは、例の掃除機のように新しい意匠が加えられて、むしろもとよりも優美な姿に生まれ変わるものもあった。

「一度繋《つな》がってしまえばもう一生縁は切れない」と父さんはいつも言っていた。

「それがものでも人間でもね」

じゃあお母さんも？　と子供のぼくは訊《たず》ねる。

「そうだね。いまでも繋がっているよ」

「もう死んじゃってるのに」

「うん、それはまあ、あまり関係ないな」

「そうなの？」

「時を川の流れのように見るからそう思うんだよ」

「どういうこと？」

「わたしはすべての時間をいまのように生きている。お前は違うのかい？」

「よくわからないよ」

「脳みそのカラクリを研究している連中はこれを追想発作と呼んでいるらしい。けれど、わたしはたんに、自分はあらゆる時代を同時に生きているのだと思っている。ひとの脳には、もともとそういう機能が備わっているんだよ。わたしたちの心は時を旅する。光よりも速くね」

「そうなの？」

「ああ。心はものじゃない。だから自由なんだ」

「うん……」

「まあいいよ。いまはわからなくてもね。とにかく、母さんはいまもわたしと一緒にいる。お前とこうやって話しながら、同時にわたしは十五の母さんの目映《まばゆ》いばかりの美しさに見とれているんだよ」

「そこにいるの？　お母さん」

「いるよ。夕陽を見つめながら、そっと微笑《ほほえ》んでいる」

「ぼくには見えないけど」

「いずれ見えるようになるさ。お前にもね」

けれど、ぼくにはどうやらその能力はないようだった。夢で見ることはあっても、目覚めながら母さんを見るなんてそんなこと——できたらいいなとは思うけど、やっぱり無理だ。ぼくの心は父さんほど自由じゃないらしい。

母さんはとてもきれいなひとだった。洋幸のお母さんとは、またちょっと違うタイプだ。もっと素朴でつつましやかで、風にこうべを向けて身を震わせている野辺の花のように、凛《りん》とした美しさがあって、ぼくはそんな母さんがとても好きだった。

残念ながらぼくは父さん似だ。痩せていて背が高いところは母さん似だけど（父さんは、がっちりして背が低い）、顔なんかは父さんとうりふたつ。濃い眉とオウムみたいな目、尖《とが》った鼻（ここに唇がありますって指し示す矢印みたいだ）、スプーンのようにしゃくれた顎先。

母さんの実家はうちからさほど遠くない場所にあった。父さんと母さんは子供の頃からの知り合いだった。

小、中学と何度か同じクラスになり、高校は別になったけど、それでもささやかな交流は成人するまでずっと続いた。

母さんは男子生徒たちのマドンナ、女子たちの憧れで、父さんのような地味な男子には、まったく縁のない遠い存在だった（少なくとも父さんはそう思っていた）。

ならば、なぜふたりは一緒になることができたのか？

幼い頃に母さんから聞かされた話や父さんの話をまとめてみると、それはこんな感じの物語になる（ぼくの想像もかなり付け加えられているけど、たぶんそんなに間違ってはいないはずだ）。この物語は、ぼくをすごく勇気付けてくれる。

昔々、といってもいまから半世紀ほど前のこと、この町にひとりの小柄な少年と美しい少女がいた。

少女の名は由美子《ゆみこ》と言った。

彼女は美人なだけでなく勉強もできたし、運動だって得意だった。ハードルの選手で、グラウンドを走るその姿はまるで牝鹿《めじか》のようだった。

けれどぼくは走るのが遅い。

いつだったかぼくがそのことを訊ねると、父さんは、そうだね、と頷《うなず》いた。

「お前はわたしに似たんだ。我々は歩く。走るのではなくね。亀と兎《うさぎ》で言えば、我々は亀のほうだよ。そういう気質なんだ」

「それっていいことなの？」

「いいも悪いもないさ。ひとはその在り方に添って生きていくんだ。粛々とね。蟹《かに》は甲羅に似せて穴を掘るって言うだろう？」

「知らないよ。初めて聞いた」

「そうか。じゃあ、またひとつ言葉を憶えたね」

「うん。つまりこれは、牝鹿と亀と蟹の話なんだね？」

「まあ、そういうことだ」

由美子は人気者。そして拓郎《たくろう》（父さんの名だ）は、どちらかと言えばクラスの底辺あたりを漂う地味で小柄な男子生徒だった。

なぜだ？　とぼくが思ったように、クラスのみんなもやっぱりそう思った。拓郎自身もそう思った。

不思議だ。なんでこんな自分に彼女はよくしてくれるんだろう？　少なくとも自分は女性にもてるようなタイプではない。運動は苦手。勉強もできない。機械のことなら詳しいが、女子たちはそういったものには興味を持たない。

けれど由美子は違っていた。

もしかしたらそこには、彼女の父親（ぼくのお祖父ちゃんだ）の影響があったのかもしれない。

由美子の父親は無限について研究をしている数学者だった。ただ、少しばかり挑む相手が大きすぎたのか、いずれ彼は心を病んで、そういったひとたちが入る療養所に自ら入所することになる。

療養所にいても彼はいつも毅然《きぜん》としていた。そして最期まで品位を落とさず、亡くなるその日まで研究を続けた。

彼は生涯、黒のスーツに黒の中折れ帽という装いを変えることがなかった。そして雨でも晴れでも黒のこうもり傘を手から放さず、なにやらぶつぶつと独り言を呟きながら、その尖った先で地面に数式を書き散らすのが彼の療養所でのお定まりの姿だった。

そんな父親を見て育った彼女には、ちょっとばかり「変わり者に惹《ひ》かれる」傾向があった。

彼女の価値観から言えば、拓郎は最高にかっこいい男子だった。

「じゃあ、母さんが先に父さんを見つけたんだね？」とぼくが訊ねると、そうなんだろうね、と父さんは答えた。

「もちろん、わたしも母さんの存在には気付いていたが、あまりに眩《まぶ》しすぎてよくは見えなかったんだ。直視したら網膜が焼けついて、きっと取り返しの付かないことになるぞって、そんなふうに思っていたよ」

由美子はどうにも覚束《おぼつか》ない拓郎に、なにくれとなくよくしてくれた。ぼうっとしている拓郎の代わりにノートを取ってくれたり、弁当を忘れたときには、自分のぶんを分けてくれたりもした。

食べているあいだじゅう、彼女はずっと拓郎の顔を見ていた。彼はどうにも気恥ずかしくて、なにを食べているのかもよくわからなかった。クラス中が騒然としていた。いきなりみんなから注目されることになって、拓郎はひどく戸惑ってもいた——。すべてにつけてがそんな感じだった。遠足に行けば、由美子は当然のように拓郎の隣を歩いたし、男女が組になって羊歯《しだ》を胞子から育てるという生物の課題のときも、彼女はそのパートナーに彼を選んだ。

ただ、それに関しては、由美子の選択は正しかったとも言える。拓郎はすでにそれを何度も成功させていた。彼は自宅でたくさんの羊歯を育てていた。それを知った彼女はとても驚き、そして悦《よろこ》んだ。

もちろん、羊歯の育成は大成功だった。ふたりはどのペアよりも多くの胞子を発芽させ、そのほとんどを胞子体にまで生長させた。

拓郎の知識はとても偏《かたよ》っていた。機械工学、生物学、地質学、天文学、そのあたりには驚くほど詳しいが、中学生の彼は自分の国の政府がふたつの独立した議院によって構成されていることを知らなかった。首相の名前すら知らず、同じように級友たちが夢中になっている女優や俳優たちの名前も知らなかった。

拓郎の愛読書は家にあった百科事典や図鑑の数々だった（それはのちに息子であるぼくの愛読書にもなっていく）。中にはシアーズ・ローバック社刊行の英字で書かれたブリタニカ百科事典もあった。すべては拓郎の父親が機織り工場の経営がうまくいっていたときに買い集めたものだった。

図鑑と機織り機械に囲まれて育った拓郎は、まさにその環境をそのまま映したような少年に成長していた。由美子との会話は、植物や昆虫の名前、星の成り立ち、放電灯の色と希ガスの関係、機械式時計におけるトゥールビヨンの意味等々、およそ年頃の男女が交わすにふさわしい内容とはとても言えないものばかりだった。

それでも——いやむしろそれだからこそ、彼女は拓郎から離れなかった。別々の高校に進むことになっても、拓郎が時計職人の見習いになって（家業は完全に行き詰まっていた）、自分は美大に進学してからも、由美子は足繁《しげ》く彼のもとに通い続けた。

そんなふたりにも、一度だけ関係がおかしくなったときがあった。彼女があまりにも素晴らしい女性なものだから、拓郎が怖《お》じ気《け》づいてしまったのだ。

由美子は美大を卒業すると、かねてからの望みどおり隣町にある小さなデザイン事務所に就職した。規模こそ小さかったけれど、そこはぼくらの誰もが知っているようなロゴやパッケージも手がけたことのあるすごく有名な事務所だった。

彼女はすぐに責任のある仕事をまかされるようになった。由美子が手がけたデザインはどれもが高く評価され、業界では彼女の出現そのものがひとつのニュースとなった。きらびやかなひとたちが七色の雲のように彼女を取り巻いていた。

拓郎にはそんな彼女がとても眩しく見えた。彼女は可能性の大海原に漕《こ》ぎ出したばかりだった。それまでの世界が一千倍に膨れあがったのだ。向から先は遥《はる》か彼方《かなた》にあった。一方の彼と言えば、生活はさらに地味になっていくばかりで、むしろ世界は縮まりつつあるように見えた。極限まで狭められた人間関係、判で押したような毎日、ぱっとしない将来の展望——けれど、もちろん、それらは拓郎自身が望んだものでもあった。

彼は習慣のひとだった。彼は定められたことを繰り返すのが大好きだった。同じ場所、同じ仕事、同じ人間関係。一度結ばれた縁はけっして切れることがない。つまりはそういうことだ。

拓郎は毎日、同じ時刻に同じ道を同じ服を着て仕事場に通った。彼は同じメーカーのスタンドカラーの白いシャツを五枚買い揃《そろ》えていた。あとは冬用と春秋用の錆鼠《さびねず》色のジャケットが二着。そして年の半分は二本の綿のズボンを穿《は》き回し、残りの半分は二本のウールのズボンを交互に穿いて過ごした。

拓郎は時間に厳格で、暦に忠実だった。時計職人になるべくして生まれてきたのだと言ってもいいくらいに。

彼はお祖父さんからもらった懐中時計を持っていた。レマニア製のクロノグラフ。子供の頃の拓郎は、その懐中時計に付いているストップウォッチを使って、自分の鼓動のテンポを計るのが癖のようになっていた。

彼はいろいろと工夫をして脈をコントロールした。息を止めたり、逆に細かくスタッカートのように吐いたり。六十秒に六十回というのが彼の理想だった。そうすれば、自分がすごくきっちりとした人間になれるような気がした。

時計や暦に自分を添わせること。時刻表に描かれるような人生。それこそが拓郎の理想の暮らしだった。

いまも父さんのその考えは変わらない。

変化を嫌うということは、成長や拡大も嫌うということだ。なので、父さんはできるだけつましく暮らすことを望んでいた。お金は必要最低なだけあればいい。むしろ富は軽蔑すべきもので、多くの不幸がそこから生まれるのだと父さんは信じていた。

副業でつくったカラクリ玩具——銅色の大海原を悠々と泳ぐ真鍮《しんちゆう》のマッコウクジラ——に芸術品としての価値を見出《みいだ》したどこかのギャラリーのオーナーが、驚くような値でその作品を買い取りたいと申し出たときには、父さんは珍しく憤ってそれを拒絶した。

「これは子供のための玩具であって、どこかの金持ちを楽しませるためにつくったものじゃない！」

万事がそんな感じで、富はいつでも我が家の前を素通りしていった。

さて――

拓郎は、そういった自分の価値観がひとと違っていることを知っていた。

どこか遠い時代、遠い国のモラルや美意識で自分は生きている。富や力が称揚されるこの国では、こんな人間ははなから敗残者あつかいだ。

そして彼は思った。はたして、こんな自分の人生に彼女をつき合わせていいものだろうか？　彼女をもっと高めていけるような男こそが、いまの自分がいる場所――つまりは彼女の隣――に収まるべきなんじゃないのか？

ふだん彼は悩まない。持たざる者の余裕というか、ちょっと鈍いんじゃないのか？とまわりが思うぐらいいつだって悠然としてる。

けれど、このときの彼はまだ幼いと言っていいほどに若く、未来はその気になればいくらでも選べる状態でふたりの前に広がっていた。拓郎は、由美子が自分の人生から取りこぼそうとしているものを見て怖くなった。

彼には、ほんとにまざまざとそれが見えた（拓郎にはちょっと想像力過多のきらいがあった)。

拓郎は欲のない人間だったから、自分の幸福についてはつましい望みしか抱いていなかった。彼はすでにその時点で、もう充分すぎるぐらいに彼女からもらったような気がしていた。その先、年金のようにちびちびと取り崩していけるほどに。

今度は彼女が自分の幸福を摑《つか》む番だ。

そう思った拓郎は由美子を呼び出すと、しばらく距離を置いてみたいんだけど、と言ってみた。別れよう、とは言えなかった。そもそも自分たちが付き合っているのかどうかさえも彼にはわからなかった。距離を置けば——自分の影が薄くなれば、いずれは彼女も正気づくだろう、とそんなふうに考えていた。

その途端、由美子の目から涙が溢《あふ》れた。

「ごめんなさい」と彼女は言った。

「迷惑だったの？」

「いや……」と拓郎は言ったけど、その声は彼女には届いていないようだった。

「誰か好きなひとができたの？」と彼女は訊いた。

彼は首を振ったけど、彼女はそれを見てはいなかった。自分のワンピースの腿《もも》のあたりをぎゅっと握りしめながら、俯《うつむ》いて涙をぽろぽろ零《こぼ》していた。

なんだか、と由美子は、ようやくの思いで口にした。

「いまは、もう、わたし――」

そして彼女は、まるで幼い子供のように激しく泣きじゃくった。

これほど取り乱した彼女を見るのは初めてだった。しっかり者の由美子しか知らなかった拓郎はおおいに戸惑った。

胸がどきどきしていた。なんとも不思議な感覚だった。泣きじゃくる彼女が、ひどく愛《いと》おしく感じられ、彼は自分がとんでもない間違いをしでかしたんだってことにようやく気付いた。

拓郎は新鮮な驚きを感じていた。

よく知っているつもりの女性が、実はそれよりもはるかに深い存在だったことに気付く――それは宗教的といってもいいような瞬間だった。

彼は自分でも知らないうちに、このとき初めて恋に落ちたのだった。勢いつけて真っ逆さまに。彼女の引力は銀河並みだった。

拓郎は奥手の王様だった。それから考えれば、それでもまだ早熟なくらいだった。

正直拓郎は、由美子がこれほどの世間音痴だということを知らなかった。これは自分よりもひどいかもしれないな、と彼は思った。

彼女は自分の魅力にまったく気付いていない。彼が由美子よりもほかの女性に心が移るなんて、世界がひっくり返ったってあるはずないのに。

彼女と離れたくない。拓郎は強烈にそう思った。

その思いは行動となって現れた。彼はそっと手を伸ばし、由美子の腕を掴もうとした。けれど、まさにその瞬間、彼女はくるりと彼に背を向けるといきなり駆け出した。

彼の手は宙を掴み、あとには彼女の残り香だけが残された。

10メートルほど追いかけてみたけど、彼女は彼の倍の速さで遠離《とおざか》っていった。

悲しいかな——亀はけっして牝鹿には追いつけない。

その夜、いろいろ考えた末に拓郎は手紙を書くことにした。

昼間はごめんなさい、と彼は書いた。

『ぼくはどうかしていました。自分があなたにふさわしくない人間だと思うあまり、心を曇らせていたのです。ぼくは幸福の意味を見失っていました。男と女が惹かれ合いともに生きていくのは、物質的な成功をなしとげるためではなく、むしろその逆であること、ふたりがともにいること以外なにも必要としない、そんな純粋な境地にいたるためなのだということを、ぼくはすっかり忘れていたのです。

皮肉なことだけど、ぼくはあの言葉をあなたに投げかけたその瞬間に、自分が口にしていることとは真逆の思いを抱いていることに気付きました。あなたにぼくから離れてほしくない、と――

許されるなら、これからもずっとぼくのそばから離れずにいてほしい。そしたらぼくは、あなたのために星の名を語ります。蝶《ちょう》たちの秘めやかな営みを、マリー・アントワネットと名付けられた時計の運命を語ります。

だからどうか、ぼくを許して――

追伸――ぼくがあなた以外の女性に恋することはありません。決して、決して、決して！

吉沢拓郎　』

ほんとに？　とかつてぼくは父さんに訊ねたことがある。この手紙を初めて読んだときのことだ。手紙は母さんのドレッサーの引き出しにそっとしまわれてあった。

「ほんとに父さんがこれを書いたの？」

そうだが、と父さんは言った。

「なにかまずいかい？」

「いや……」

ぼくにはこんな手紙を書くことはできない。決して、決して――。

ときたま、父さんがわからなくなるときがある。時刻表的人生を望む父さんのどこに、これほどのロマンチシズムが隠されていたのだろう？　六十秒にきっちり六十回、カチカチと音を立て続ける父さんの胸の奥、いくつもの歯車やゼンマイの小さな隙間にそれはあるのだろうか？　およそ似つかわしくない取り合わせだとは思うけど、でもたしかに、父さんはその手紙を書いたのだ。


彼は書いたばかりの手紙を胸ポケットに入れると自転車で由美子の家に向かった。ほんの五分ほどの距離だ。時刻はもう真夜中になっていた。

彼女の部屋は二階にあった。拓郎は道端に落ちていた手頃な大きさの石を拾うと、それを手紙に包んで彼女の部屋めがけて投げた（なにかの映画で観《み》た方法だった）。

ここでひとつ問題だったのは、彼がどうしようもないほどの運動音痴だったってことだ。彼は友だちとキャッチボールさえもしたことがなかった。

石を詰めた手紙は思ったほどの角度が得られず、一階の窓に向かった。拓郎の熱い思いは、ほぼまっすぐな軌跡を描きながらガラスを突き破って彼女の家の中へと吸い込まれていった。

信じられないほど大きな音がした。すぐに各部屋の灯りがつき、家の中が騒然とするのがわかった。

拓郎は逃げた。

そうするしかなかった。この騒動を引き起こしたことをどうやって釈明すればいいのかわからなかったのだ。

翌日の夕方、由美子が拓郎の家にやってきて、一枚の紙をそっと差し出した。手に取ってみると、それはガラス代の請求書だった。

「母からよ」と彼女は言った。

「そしてこれはわたしから」

そう言って由美子は、ほんの少し身を屈《かが》めると彼の頬にキスをした。

ここでも拓郎は思い知ることになる。一度繋がった縁は決して切れないのだということを。

ふたりは仲のよい恋人になり、そのほぼ十年後に夫婦となった。結婚までに時間が掛かったのは、由美子が自分の父親――無限に挑んだ勇敢な数学者――の面倒を見なければならなかったからだ。偉大な数学者は数学以外のことに関しては小学生並みの能力しか持ち合わせていなかった。彼女の母親――ぼくのお祖母《ばあ》ちゃん――も、あまり身体が丈夫なひとではなかったから、けっきょくは長女である彼女がふたりの面倒を見ることになった。

拓郎との結婚は彼女の父親が自ら療養所に入所したことでようやく可能となり、その七年後に、ふたりはひとりの男の子を授かることになる（もちろん、それがぼくだ）。

いつだったか、父さんはぼくにこんなことを言った。

「好きなひとが、そして自分を好きだと言ってくれるひとがいつもそばにいてくれる悦び。これにまさる幸せはない。わたしはまるで明日がないかのように彼女を愛した。一分の悔いも残らないようにね。だから彼女が亡くなったとき、泣かないわたしを見てみんなは冷酷だと言ったが、わたし自身はやり遂げた思いでいっぱいだった。生活こそつましいものだったが（母さんの収入はほとんどが実家に送られていたからね）、我々は王族のように豊かだった。小さな小さな領地には溢れんばかりの財宝が――愛と、いたわりと、そして穏やかな充足があった。わたしは王で、母さんは妃、そしてお前は愛くるしい王子だった」

「ぼくが王子？」

「そうだよ。すべての子供たちが王子なんだ。愛の王国ではね。ある意味、我々はみんな銀の匙《さじ》をくわえて生まれてくるのさ。ただ、それが見えるか見えないかの違いだけであって」

「そうなの？」

そうなんだよ、と父さんは言った。

「見えるものはたかが知れてる。有限でいつかは消えてなくなる。けれど、見えないものには――」

そう言って父さんは、短い腕を目一杯大きく広げて揺らした。

「果ても終わりもないんだ」

☆

ある時期からぼくはずっとひとつのことを考えていた。

ぼくにとっては彼女こそが、父さんにとっての母さんだったんじゃないのかと。一度繋がった縁は決して切れない。永遠に。

彼女が町を去ってからもう六年が過ぎていた。けれど思いは少しも変わらずにいまも胸の中にあった。

父さんはあの手紙を書いた。ならばぼくにだって——けれど、ぼくはそれをどこに送ればいいんだろう？

☆

けっきょく、再会のきっかけもあの鉄塔だった。

彼女がいなくなったあとも、ぼくはよくあの鉄塔に行っては、そこで日が暮れ落ちるまでの時間をひとりで過ごしていた。

季節は秋で、ちょっと肌寒く感じられる日だった。雲は山の稜線《りょうせん》近くを低く漂っていて、夕焼けの条件としてはまずまずだった。あまり雲が厚すぎると陽光は遮られ、なにも起こらない。密度が低いと、なにかの薬品が足りなかった染め物みたいに、空は黄色に染まったまま けっして赤く変わろうとはしない。

ぼくが鉄塔に着く頃には、空はすでに黄色から赤に変わりつつあるところだった。あのどきどきするようなカーマインだ。

夕陽を眺めながらぼくはいろいろと思い出す。

彼女とふたりで記念の写真を撮ったこと。洋幸のムササビになりそこねた中途半端な飛翔。彼女が口ずさんでいた古いフォークソング(彼女は、遠い恋人のことを思って涙する女のひとの歌よ、と言っていた)、終業式の日に、ここでずっと彼女を待ち続けたこと――あのあとでぼくは熱を出して寝込んでしまった(あやうく肺炎になるところだった)。

なんとなく懐かしくなって、ぼくはまたいつかのように、ホルディィリアを口ずさんでみた。

春の日はうらら　ホルディィリディア　ホルディィリア～
白雲は流れ　ホルディィリディア　ホルディィリア～

ぼくにとってこの歌は幸福だった遠い日々のサウンドトラックのようなものだ。これを口ずさんでいると、胸に疼《うず》くような痛みが広がってきてあやうく涙を零しそうになる。

鼻をすすりながら、並木道の向こうにふと目をやると、誰かがこちらに向かって歩いてくるのが見えた。若い女性だった。

まさか——。

とっさに浮かんだ考えをぼくはすぐに否定した。そんなことあるはずない。けれど……。なかば呆然《ぼうぜん》と立ち尽くしながら、それでもぼくは唄《うた》い続けた。まるで胸の中の小さなはずみ車が、カムやふいごを使って勝手に歌を送り出しているみたいだった。

やがてその女性は並木道から外れると、ぼくがいる草むらまでやって来た。激しい既視感がぼくを襲っていた。

吉沢くん、と彼女は言った。

「なにをやってるの？　歌の練習？」

「白河……さん？」

ずいぶんと間の抜けた声だった。

彼女は見違えるほど大人になっていた。背が伸び、胸が膨らみ、腰だって中学の頃よりはよほど幅と厚みが増して豊かになっていた。いまだに細身ではあるけれど、むしろそれゆえに、しなやかな身体が描き出す曲線がなんとも悩ましかった。

彼女はすごくシンプルな普通のブラウスに葡萄茶《えびちゃ》のスカート、それにクリームイエローのカーディガンを身に着けていた。眼鏡は掛けていなかった（あとで訊いたら、コンタクトレンズに変えたの、と教えてくれた)。

「すごい偶然だね……」

ぼくがそう言うと彼女も、そうね、すごい偶然ね、と優しく返してくれた。

それからふたりで思いきり笑った。こんなに笑ったのはいつ以来だろう？　と感じるくらいに。

ぼくらはほっとしてたんだと思う。いろんな意味で。

ふたりが再会の場面をうまく演じられたこと(まったくの初対面のように赤面し俯いてしまう可能性だってあったのだ。病理レベルの内気さとはそういうものだから)や、ぼくたちが運命の女神の前髪を摑みそこねていなかったこと(ぼくらは約束をしなかった。どれほど会いたいと願っても、それをかなえてくれるのはいつだって運命の些細《ささい》な気紛《きまぐ》れでしかない。だから、こうやって再会できたことは、やっぱりちょっとした奇跡のようなもので、だとすれば運命の女神はまだぼくらを見捨ててはいなかったということになる)、それにもちろん、単純に嬉《うれ》しかったというのもある。誰かの歌じゃないけど、彼女がいなければ、世界は少しもじゅうぶんじゃなく、いつだってぼくは中途半端な気持ちのままだ。自分の中にある隙間を自分以外の誰かが埋めてくれるなんて、ほんとにすごいことだと思う。

「いつからこっちに?」とぼくは訊ねた。

「先週から」と彼女は答えた。

「ここに来るのは三日目」

そうなんだ、とぼくは言った。

「会えてよかったよ」

「ええ、ほんと――」

元気だった? と訊くと、彼女は、元気よ、と言ってちょっと堅い笑みを浮かべた。

「吉沢くんは?」

「ぼくも元気だよ。自分の工房を持ったんだ」

「工房? なにをつくってるの?」

万華鏡、と言うと、彼女がぱっと顔を輝かせた。最高の笑顔だった。彼女ならなんだって最高だ。こうやってしゃべってるだけで、六年分の取り損ねた幸運を取り返しているような気分になる。ほんとに楽しくてたまらない。なんなんだろう? この気分。

「すごい! ほんとに?」と彼女は言った。

「ほんとだよ。あれからたくさんの万華鏡をつくったよ。それが仕事なんだ」

「見てみたいわ」

「いいよ。いくらでも」

「ありがとう。すごく楽しみ」

「うん。こっちにはずっといるの？」

ううん、と彼女はかぶりを振った。ちょっと声に元気がなくなる。

「わたし勉強しに来たの」

「勉強？」

写真よ、と彼女は言った。

「専門学校の六か月コース」

「じゃあ……」

「そう。六か月したら、また帰るの」

「どこに？」

秘密、と彼女は答えた。

「吉沢くん、先生と連絡取り合ってるでしょ？」

え？　と驚いて声を上げると、彼女が愉快そうに笑った。

「なんで知ってるの？」

「知ってるわけじゃないわ。でも、ぜったい先生は吉沢くんに会いに行っただろうし、会えばふたりはきっと意気投合するだろうから、だとすれば、たぶんいまでもふたりは連絡を取り合っているだろうなって、そう思ったの」

すごいな、とぼくは思った。

「そのとおりだよ」

彼女は、やっぱりね、と言って頷いた。

「先生元気？」

「うん。元気だよ」

そしてぼくは先生がいま暮らしている町の名前を彼女に告げた。

知ってる、と彼女は言った。

「そうなの？」

うん、と彼女は頷いた。

「お母さんの友だちがね、教えてくれたの」

「そっか……」

「遠いわね。先生とお母さん」

「うん」

ぼくにはそれがふたりの関係のことなのか、実際の距離のことなのかわからなかった。あるいはその両方を言っていたのかもしれない。

先生には会えないの、と彼女は言った。

「病気だから——お母さん」

「そうなの?」

「ええ、もともと身体弱かったし」

「そうだけど……」

「それにね、もうお母さんの歳《とし》じゃ先生の子供を産むことだってできないでしょ?」

「そんなの、ぜんぜん関係ないよ。先生はすごくお母さんのことが好きなんだよ?」

知ってる、と彼女は言った。寂しそうな声だった。

「でも、だからこそ、お母さんは先生に会えないんだって、そう言ってる。こんな自分のために先生の貴重な人生を使わせてしまったら申し訳ないって」

「そんなのへんだよ」

「そうね」と彼女は言った。

「そうさ」

でもね、と言って彼女は大きく溜息《ためいき》を吐いた。

「それがお母さんてひとなのよ……」

謙虚な人間ほど愛ゆえに相手を実際以上に高く見積もりすぎて、自分がそのひとのためにできることなんて、ほんのわずかでしかないのだと思い込んでしまう――いつかの父さんのように。

もっと図々しくなれればいいのに、と思う。でもこういったひとたちはもともと欲がなく、相手のためになにかをしたいという思いが強すぎて、どうしても自分本位になることができない。これはこれでやっかいな性格だと思う。

「でもね」ぼくは言った。

「先生はずっと待つと思うよ。だって、それが先生なんだからさ」

「そう？」

「うん。よくわかるんだ。先生の気持ち」

「じゃあ、吉沢くんもそうなるの？」

ん？　とぼくは思った。

「そうなる、って？」

「吉沢くんも先生みたいに、誰かをずっと待ち続けたりするの？」

思わず彼女の目を見てしまう。カールした睫《まつげ》に縁取られた大きな目を。

吸い込まれそうな瞳ってこういうのを言うんだろうな、とぼくは思った。身体の内側のどこか柔らかな部分が、ほんの少しだけ溶けてしまったような気分になる。ながく見つめ続けたら危険だ。

かもね、と言いながら、ぼくはさり気なく彼女から目をそらした。

「うん。たぶん、ぼくもそっちのタイプなんじゃないかな」

「そっちのタイプって？」

「うん。あの——ずっと待つほう」

「そう」彼女は言った。

「素敵ね、そういうのって」

「そうかな？」

「ええ、ぜったい」

そこでようやく彼女はぼくを解放してほかの話題に移ってくれた。ひとのことならぺらぺらとしゃべるくせに、自分のこととなるとどうにも言葉が覚束なくなる。これも例の行き過ぎた自己防衛本能ってやつなんだろうか。

駅前のアパートを借りてるの、と彼女は言った。

「学校が電車で十五分ぐらいのところだから」

そうなんだ、とぼくは応えた。

「楽しみだね」

「ええ、これはお母さんからのプレゼントよ。だから、目一杯楽しまなくちゃ」

「プレゼント？」

「そうよ。成人したお祝い」

「ふうん。そうなんだ」

「お母さんはわたしに自由をプレゼントしてくれたの。半年間の自由」

「なんだかそれって――」

「カゴの鳥みたい？　ほんとはね、お母さんはいつも言ってくれてるのよ。あなたの好きにしていいのよ、って」

でも、と言って彼女はかぶりを振った。

「そんなことできるはずがないでしょ？　病気のお母さんをひとりにして、わたしだけが自分の好きなように生きるなんて」

うん、とぼくは頷いた。

「わかるよ。その気持ち」

「吉沢くんも？」と彼女は訊いた。

「お父さんとのこと、そんなふうに考えてる？」

考えてる、とぼくは言った。

「うちは遅い子供だったからね。父さん、けっこう老けちゃってるし。それに、なんていうか――」

ええ、と彼女は言った。

「なんていうか、なに?」

「父さん、ふつうじゃないから」

「ふつうじゃないって?」

「うん、変わり者なんだ。金銭感覚とかめちゃくちゃおかしいし――修理代もらわなかったり、つくった作品をただでわけちゃったり、まるでお金を嫌ってるみたいでさ」

「なんだかすごいひとじゃない? それって」

「うん。でも家族からすると、けっこうやっかいだよ。母さんはどうしてたのかな? ときたま途方に暮れるんだ。放っておくとすぐに痩せちゃうし。作業に入ると、面倒くさがってシリアルしか食べなくなっちゃうんだ。まるで子供さ」

「老けちゃってるのに子供なのね?」

「そうなんだよ」

だから、とぼくは続けた。

「ひとりにしておけないんだ」

「そうね」彼女は言った。

「わたしもよ。お母さんはしっかりものだけど、身体があんなでしょ？　だから——

これが最後かな、って思うの。わがまま言わしてもらえるのも。それで、わたし……」

「うん……」

やめよう、と彼女は言った。

「こんな話。まだ始まったばかりなのよ？　わたしのバカンス」

「そっか、これはバカンスなんだね」

「そうよ。たっぷり六か月。永遠にも負けないくらい長い時間だわ」

「そうだね」

ねえ、と彼女は言った。

「ヒロくんは？　あれから」

なにも、とぼくは答えた。

「そう」

「うん。でも、きっとどこかで元気に生きてるよ。あいつのことだから」

「そうね、そうよね」

「ぜったいさ」

それからぼくらは一緒に写真を撮った。再会の記念に。

夕焼けをバックにふたり並んで立つ。

やっぱりそうよ、と彼女が言った。

「うん？」

「吉沢くんと会うときは、いつだってきれいな夕焼け……」

「ぼくが夕焼け男だから？」

「そうじゃない？」

「ならいいけどね」

ほんとは、ぼくが望んでいるのは夕焼けなんかじゃなく、それを見つめるきみのあの笑顔なんだよって言ったら、彼女はどんな顔するだろう？　きみと一緒じゃないときは、雨や曇りや、なんてことのないただの夕暮れとか、そんなぱっとしない日のほうが多いくらいなんだからって、そう言ったら。

でも、これはぼくだけの秘密だ。口にしたらきっと魔法の効果は消え失《う》せてしまうだろうから。

彼女はぼくから少しだけ離れて立った。ふたりのあいだにはちょっとだけ隙間ができていた。これが六年分の歳月ってやつなのかな、ってぼくは思った。

ぼくらはもう子供じゃない。すでに結婚している同級生だっている。気を配るべき親がいて、一家の家計は自分が支えていると言ってもいい。もうあのころほど自由ではいられない。考えなきゃいけないことがいろいろとあって、そのぶん、ぼくらはいっそう慎重になっていく。

だからぼくは彼女に訊ねなかった。写真学校に行くのになんでこの町に住むのか（たんなるノスタルジー？）。半年経ったらこの町を去って、それから彼女はどう生きていくのか（どこまでも孤立無援のままで？）。なにか、明かされていない秘密があるような気もしている。知りたい気もするし、でも知ったら悲しくなるだけなのかもしれないと思ったりもする。

けれど、とりあえずいまは彼女はバカンス中なのだから、と自分に言い聞かせ、この再会の悦びに身を任せればいいんだと思うことにする。

日が暮れ切るとぼくらは鉄塔を離れ、一緒に彼女のアパートまで歩いた。

吉沢くん背が伸びた？　と彼女が訊くので、うん、とぼくは答えた。10センチぐらい。彼女は自分の頭に手をかざし、それをすっとぼくの頭の上まで滑らせた。

「あのときのままね、わたしたちの身長差。少しも縮まってないわ」

「そうだね」

「少し痩せた？」

どうかな？　とぼくは言った。

「測ったことがないんだ。うちに体重計ないし」

「ちゃんとしたものを食べてるの？　まさか吉沢くんもシリアルばかりとか」

「いや、そんなに偏っちゃいないけど。でもまあ、うちは男所帯だからね。レパートリーはたかが知れてるよ。ぼくにとって料理っていうのは火を通したら皿に盛って、そこにソースをどばどば掛けるってことなんだから」

なら、と彼女は言って、それからほんの一瞬まを置いたあとでぼくに訊ねた。

「うちに来る？」

心臓が小さくスキップしたような感覚があった。

「うちって？」

「わたしのアパート。おそろしいほどなにもないけど、料理ぐらいできるわ」

「いいの？」

「いいわよ、どうぞ」

ということで、ぼくらは駅前の商店街で夕飯の材料を買い揃えることにした。

商店街は六年前とまったく変わっていない。あいかわらず終わることのないカーニバルを続けている。電飾はところどころ電球が切れ、万国旗の旗も少し色褪《あ》せてきたけど、それでも、その極彩色の燦《きら》めきはぼくらの気持ちを目一杯引き立ててくれる。

いま彼女はバカンスの真っ最中で、だとしたらここはエキゾチックなどこか遠い国の陽気なストリートなのかもしれない。いまならば――彼女と一緒にいるいまならば――そう思うことだって可能だ。なんだか不思議だけど、彼女がそばにいるだけで世界が違って見えた（だとしたら、世界っていったいなんなんだろう？）。

ぼくらは旅の途中の若いカップルが土産物《みやげ》を探しているような調子でショーウィンドーを覗《のぞ》き込み、店員たちと気安い言葉を交わした。

電気店の前まで来ると、ぼくらは立ち止まって棚に置かれたTVから流れるニュースを眺めた。

驚いたことに、世界は六年前と同じくらい（あるいはそれ以上に）欲深くていじわるだった。政治家は相も変わらず誰かをなじるか、こき下ろすか、そんなことに自分の職業人生を掛けていたし、世界中のいたるところでひとびとは自分の欲求を満たすために、せっせと他人を利用し続けていた。

「優しくないね」と彼女が呟き、「優しくないね」とぼくがそれに応えた。そしてもうひとつの声をぼくらは心の中で聞いた。（うん、ちっとも優しくない）

このとき、もう少し注意深くニュースを見ていたら、あるいは、世界の終わりがすでに始まっていたことに気付けていたのかもしれない。

たしかに、そんな映像をちらりと見た記憶はある。どこかの町の空がずっと厚い雲に覆われたままになっていて、もう何十日も太陽が出ていないのだとかなんとか。そんな話珍しくもないし、はるか遠い北の国の出来事だったから、ぼくは気にも留めなかった。予感の微塵《みじん》すらなかった。

きっとほかのひとたちだってそうだったはずだ（ぼくがとりわけ鈍感な人間だってことでなければ）。けれど、もうすでに、このときから終わりは始まっていたのだ。

そんなこと露とも知らずに、世界は相も変わらず、残された貴重な時間をだらだらと浪費し続けていた。

ぼくらは肉屋でひき肉と卵を、そして隣の八百屋でタマネギとキャベツを買うと商店街をあとにした。パン粉はあるから大丈夫よ、と彼女は言った（もちろん、ぼくらはハンバーグステーキをつくるつもりだった。ぼくの大好物だ）。

彼女のアパートはよくある外階段の付いた二階建てで、ぼくが住むアパートより半世紀分は新しく見えた。

「二階の一番手前よ」と彼女が言ってぼくより先に階段を上がった。

彼女のふくらはぎがすぐ目の前で揺れているのを見るのはすごく新鮮な体験だった。ぼくはずっとこれまで、女性のふくらはぎとは無縁の人生を送ってきた。もちろんそれはふくらはぎに限ったことではないけれど。

部屋は四畳半二間で玄関側に小さなキッチンが付いている。玄関を挟んで反対側がトイレとユニットバス。

「いい部屋だね」とぼくが言うと、「でも家賃が結構たいへん」と彼女が言った。貴族でも富豪でもないぼくらは、いつだってこの問題から自由ではいられない。この半年間のバカンスのために、彼女はどれだけ働いてきたんだろう？

そこら辺に座ってて、と彼女はカーディガンを脱ぎながら言った。ぼくは部屋の奥まで歩くと窓際にそっと腰を下ろした。なにか女性らしい匂いがするかなと思ったけど、古い畳の匂いがするだけだった。

彼女はエプロンを纏《まと》うとキッチンに向かった。

「手伝わなくていい？」と訊くと、「そんなに広くないのよ、このキッチン」と彼女が言った。

「うん、そうみたいだね」

部屋の中にはほんとになにもなかった。折りたたみ式の脚の付いた小さな円テーブル。それと緑色のカラーボックス。隣の部屋には洗濯物を干すためのロープが斜めに渡されてあって、なんだかわからないけど、白くてひらひらするものが一枚だけ掛けられてあった。バッグや布団はきっと押し入れの中なんだろう。

「なにもないんだね」と言うと、「ここは眠るだけだから」と彼女は言った。

「ホテルに泊まるよりはこのほうが安いの。できるだけ節約しなくちゃ」

「うん、そうだね」

向こうでは、とぼくは彼女に言った（向こうっていうのが、どこなのかぼくは知らなかったけど、とりあえずそれ以外に言いようがなかった）。

「なにをしてたの。その――仕事は？」

「いろいろ、事務の仕事とか、スーパーのレジ打ちとか」タマネギを刻む音が聞こえてくる。

「学校はどうしてたの？」

「行けなかったの。あれからお母さん、すぐに体調が悪くなってそれどころじゃなかったから」

「じゃあ、中学出たきり？」

「そうよ」

「たいへんだったね」

「そうかもしれないけど——誰からも咎《とが》められることのない生活って、こんなにも楽なんだって、そう感じてもいたわ」

あの手紙にも書いてあったけど、とぼくは続けた。

「そんなにつらかったの？　こっちにいたときは」

読んでくれたの？　と彼女がちょっと驚いたような顔で訊くから、うん、とぼくは答えた。

「ちゃんと読んだよ」

ありがとう、と彼女が言った。

「勇気を出して書いた甲斐《かい》があったわ」

「うん、おかげでぼくも途方に暮れずにすんだよ」

彼女は少しはにかみながら頷いて、それから、えへん、と芝居がかった咳《せき》をした。

「そうね」彼女は言った。

「そう――ひとにもよるんだろうけど、わたしは駄目だったわ。心の底から誰かが誰かを憎んでいる姿を見るのって――その相手がたとえお母さんでなくても、わたしには堪えられなかったでしょうね。気がおかしくなりそうだったわ」

「うん、わかるよ」とぼくは言った。

「なんだか怖くなっちゃうよね、あの姿。ぼくも怒っているひとを見るだけで、心臓がどきどきしてくるんだ」

「わたしたち、おかしいのかしら?」

「かもしれないね。もし、みんながぼくらみたいだったら、世界はぜんぜん違っちゃってるよ。いまのTVの中のひとなんて、朝から晩まで怒鳴ってばかりだけど、ああいうのがみんないなくなっちゃうんだろうな」

「ちょっとシュールな光景よね、そういうのって」

「うん、それはそれで誰かの悪夢なんだろうね、きっと――」

それからほどなくして料理が出来上がった。

「おまちどおさま」コンロの火を止めながら彼女が言った。

「やった！　もうお腹《なか》ペコペコだよ」

彼女がつくってくれたのは合い挽《び》き肉にたっぷりのパン粉を混ぜた「お母さんの味」的ハンバーグだった。その隣には千切りのキャベツが山のように盛られている。ぼくはそこにソースをどぼどぼとたっぷり掛けた。

「ほんとにソースが好きなのね？」

「大好きだよ。トーフにだって掛けるんだから」

「ほんとに？」

「ほんとさ」

彼女が眉をひそめて首を小さく揺らした。そんな表情もぼくには新鮮で、すごく愛らしく見えた。

ぼくの分の茶碗《ちゃわん》がないので、ご飯はどんぶりで食べることにした。これぐらい？とよそいながら彼女が訊くので、うん、もうちょっと、ああ、それでいいよ、ありがとう、とぼくは答えた。

「ほんとはさ、ここんとこお金がなくて、あんまり食べてなかったんだ」

「そうなの？」

「うん」

「じゃあ、ここできちんと栄養摂《と》っていってね」

「ありがとう。いただきます」

「どうぞ、めしあがれ」

なんだかいちいちすべてのことに感動してしまう。彼女がつくったハンバーグを味わう（とても美味《おい》しい。彼女は料理が上手だ）。ふたりで小さなテーブルに向かい合って夕食をともにする。これじゃ、まるで夫婦みたいだ。夫婦ふたりきりの初めての晩餐《ばんさん》。

父さんは、いつだって初めての日のように――そして最後の日のように――母さんを愛した。それは結婚を長続きさせるための方便とかそんなものじゃなく、ただ父さんはそのようにしか女性を愛せなかったってことだ。

父さんは毎日母さんを発見しては、そのたびに小躍りするほど悦び、自分の幸運に感謝した。

そんなふうに生きて行けたらきっと素晴らしいだろうなと思う。惰性に陥ることなく、まるで毎日が生まれたばかりのような気分で妻と出会い、そのたびに恋に落ちる。

そんなことを十年も二十年も続けるなんて、父さんはやっぱり少しひとと違っているのかもしれない。万事につけて変わったひとだから、その可能性は大いにある。

ぼくはどうなんだろう？　このひとと――あまりに魅力的なこの女性と、これからの人生をともに――。

食事を終えると、ぼくらは温かい紅茶を飲みながら、もう少しだけ話をした。ときおり電車がゆっくりと駅に入り、そしてまた出ていく音が窓の外から聞こえてきた。それ以外は驚くほど静かだった。時計の音さえもない。

こっちでアルバイトを探しているの、と彼女は言った。

「専門学校と言っても、わたしが取ったコースはアマチュア向けのカルチャー教室とそんなに変わらないから時間もけっこう空いてるし。だったら、なにもしないでいるのも勿体《もったい》ないかなって思って」

「そうだけど、これはバカンスなんだよね？」

「そうよ」と言って彼女は微笑んだ。

「シンデレラのお話だってそうでしょ？　舞踏会の夜にだって、ぎりぎりまで働くの。わたしたちに贅沢《ぜいたく》は許されないわ」

だったら、とぼくは言った。

「うちの仕事を手伝わない？　いま大作の注文が入っててさ、珍しく忙しいんだ。今回はちゃんと代金ももらうつもりだからアルバイト代もはずめるよ」

「いいの？」

「もちろん」ぼくは答えた。

「そうしてくれたら助かるよ。いまろくに食べてないのも、他の仕事をあとまわしにして、ずっとこれに取り掛かっているからなんだ。とにかく完成させないことには食事代だってままならない」

ほんとに？　と彼女が訊いた。

「ほんとだよ」

だったら、と彼女が顔を輝かせながら言った。

「甘えてしまおうかしら」

「うん、そうしてよ。人助けだと思ってさ」

「なんだか夢みたいだわ」

「そんな、大袈裟《おおげさ》だよ」

慣れてないの、と彼女は言った。

「なにが？」

「楽しむこと」

「ああ」とぼくは言った。

「でも、いまはバカンスなんだからさ――」

そうね、と彼女は言った。

「ありがとう」

「うん」

「思えば楽しかったことって、いつだって吉沢くんと一緒のときだったような気がする」

あ、とぼくは思った。そんなこと言われたら言葉も出なくなる。

「なに？」と彼女が訊いた。

「ん？」

「顔が赤いわよ」

ぼくは慌てて両手で頬を覆った。指先に頬の熱を感じる。彼女が声を立てて笑った。

「ねえ、ほんとにどうしたの？」と愉快そうに言う。

ぼくはからかわれているんだろうか？

感謝してるのよ、と彼女は言った。

「ねえ、信じられる？」

「なにが？」

「いまのわたしたちのこと」

「どういうこと？」

「この三日、わたしは毎日あの鉄塔に向かいながら思ってたわ。いい？　あれからもう六年よ？　吉沢くんはこの町にさえいないかもしれない。たとえいたとしたって、彼には彼の人生があって、もうこの場所のことなんかとっくに忘れてるわ。だから──期待しては駄目。期待したら、きっと悲しい思いをするから──」

「そんなこと……」

そうね、と彼女は言った。

「わたしたちは出会えたものね。ねえ、でもそれってすごいことじゃない？」

うん、とぼくは頷いた。

「びっくりだよね。願いって通じるもんなんだね」

「じゃあ、吉沢くんも願ってくれてたのね？　わたしに会いたいって」

「ん？　うん」

なにそれ？　と彼女が愉快そうに笑いながら言った。

「なんだか、奇妙な間があったんですけど」

ぜんぜん、とぼくは言った。

「そんなことないよ」

「そう？」

「うん、ちっとも」

彼女はすでに大人の女性で、その姿を見ているだけでぼくの胸は妖《あや》しく高鳴ってしまう。六年の月日が彼女を変えた。それはあまりに劇的で、ぼくはますます気後れし、落ち着きをなくしていく。彼女のなにかを誘うような言葉がぼくを過度に敏感な人間に変えてしまう。どう応えたらいいのか深く考えすぎて言葉がうまく出てこない。

「もう帰らなくちゃ」とぼくは言った。

「そう？」

「うん」

そしてぼくらは明日以降の日程を相談し、玄関で別れの言葉を交わした。

「じゃあね。ご飯美味しかった、ありがとう」

「ええ、おやすみなさい」

「おやすみ、また明日」

「ええ、また明日……」

ありふれた別れの挨拶だけど、これってじつはすごい言葉なんじゃないだろうか？

まるで恋の呪文みたいだ――だって、この言葉を唱えるだけで、明日が来たらまたぼくらは出会えてしまうのだから。

次の日から、彼女はぼくらの工房の一員となった。

彼女は初めて父さんの顔を見たとき、思わず吹き出してしまった。

ごめんなさい、と彼女は懸命に笑いをこらえながら弁解した。

「こんなにも吉沢くんがお父さんとそっくりだなんて」

「そうかな?」

「ふたりに鏡は不要ね。髪型まで同じなんだもん」

よろしくお願いします、と言って彼女は父さんに手を差し出した。父さんは慌てた様子でてのひらをズボンの腿でごしごしと拭うと、彼女の手をおずおずと握り返した。

「よろしく――」

声が掠《かす》れていた。視線を彼女の喉元にじっと向けたまま父さんは意味もなく何度も頷いた。いや、とか、うん、とか独り言のようになにかを呟いている。そのあとで父さんは突然――ほんとに驚くほど唐突に――腕を引っ込め、意味不明の奇妙な仕草を見せた。両手を頭の脇で渦をつくるようにくるくると回しながら、首を鶏みたいに何度も前に突き出す。もしかしたらなにかを言いたかったのかもしれない。でも、その試みはどうやら失敗に終わったようだ。父さんはふいに動きを止めると、そのまま背を向けなにも言わずに部屋を出て行ってしまった。

あとで父さんは彼女のいないところでこっそりぼくにこう言った。

「あの子は母さんの若い頃にそっくりじゃないか。なんでもっと前に知らせてくれなかったんだ？」

まったく、と言って父さんは短い指で自分の頬をごしごしと擦《こす》った。

「ほんとに、まったく――なんてことだ……」

なるほど、とぼくは思った。父さんが取り乱したわけがこれでわかった。

父さんは彼女を母さんと重ねて見てしまい、そのために一気に十五の少年に戻ってしまったのだ。父さんは彼女を直視できなかった。きっと直視したら網膜が焼けてしまうとでも思ったんだろう。いまでも父さんは立派な奥手の王様だった。

けれど彼女は自分が避けられているように感じたらしい。まあ、あの振る舞いを見たら誰だってそう思うだろう。

「やっぱり、あそこで笑ったのがいけなかったのかしら？」と気にしていたので、ぼくは彼女に本当のことを教えてあげることにした。

「違うよ」とぼくは言った。

「え？　じゃあ、なに？」

「父さんはね、照れてるんだよ。白河さんが、その――すごく魅力的な女性なものだから」

「そうなの？」

「うん。頭抱えてたよ。まいったな、って。父さんはすごくシャイなんだ」

「ほんとに？」

「ほんとさ。今度一緒のときよく見てごらんよ。父さんの頬が赤くなってるから」

そうなの？　と彼女は言って、嬉しそうに笑った。

「可愛いのね、お父さん」

「うん。てんで子供なんだ」

まあ、これは一種の密告というやつだけど、父さんには勘弁してもらうしかない。ぼくは嘘《うそ》がつけない質《たち》で、しかもどちらかと言えば大事なのは彼女の気持ちのほうだった。彼女にここで気持ちよく働いてもらうためならば、ぼくは父さんのトランクスの色だって教えてしまうだろう。

でも、母さんに似ているから、という話は彼女にはしなかった。マザコンだと思われたくなかったし（ぼくはりっぱなマザコンだった）、実際に似ているかどうかもよくわからなかった。

たしかに、まとっている雰囲気みたいなものは似ていたかもしれないけど、細部を見れば、違っているところもいっぱいあった。

母さんは彼女ほど色が白くなかったし、反対に髪はもっと明るい色をしていた。目も彼女はくりっとしているけど、母さんのほうはいわゆる「涼しげな目元」というやつで、睫も彼女ほど濃くはなかった。耳が大きなところとか首が細くて長いところは一緒だけど、全体で見ればやっぱり彼女のほうが現代っ子ぽかった（母さんは古風なタイプの美人だった）。

あるいは父さんは彼女の雰囲気とか、ちょっとした仕草とか、さらにはもっと内面的な部分——優しい心根とか、偏見がなくて公平なところとか、そんなところを感じ取って、その中に母さん的なものを見出したのかもしれない。

わかる気もする。彼女と母さんは風変わりな男に肩入れするという風変わりな趣味を持った、ちょっと珍しいタイプの女性たちだった。それでいて揃って美人なのだから、その点だけを見れば、ふたりは似たもの同士ということになる。

けっきょく息子というのは、父親の女性の趣味を受け継ぎ、無意識のうちに母親の面影をどこかで追ってしまうものなのかもしれない。

彼女はぼくが工房で羽織っていた服のことも笑った。

「なんなのそれ？」

「うん？　いや、ちょっとここんとこ肌寒くなってきたからさ」

「それはわかるけど、なんでそんな服を着るの。誰かの結婚式？」

ぼくが着ていたのはお祖父ちゃんのお下がりのモーニングだった。作業の邪魔になるので裾のほうはカットしていたけど、他のところはとくに手も入れてなかった。確かに見ようによっては奇妙に映るかもしれない。

「うちはいつもこんな感じだよ。礼服が余所着《よそぎ》になって、余所着が家着になって、それが最後には寝間着になるんだ」

「なんだか、ここだけ別の時間が流れているみたい」

「かもしれないね。これなんか五十年前の服だもん。でもいい生地を使っているから、すごく着心地がいいんだよ」

「似合ってるわ。いつもお祝い事の日みたいで、それもいいかもしれないわね」

「うん。たぶんそうなんだよ」とぼくは言った。

――これからはね。


ぼくらがつくっていたのは大きなカラクリ時計だった。

壁掛け式で大きさはたたみ一畳分ぐらい。基盤となるクルミの板に1・5ミリの銅線でつくられたレールが複雑に渡してあって、その上を真鍮のボールが転がっていく。レールには三つの車止めが付いた場所があって、転がってきたボールはいったんそこに溜《た》められる。最初の車止めはボールひとつが一分を表す。十個のボールが溜まると、車止めが外れてボールは一斉に流れ出す。そのうちの九個は一番下のボール溜まりまで流れて行ってしまうが、残りの一個は二番目の車止めで足止めを喰《く》らう。これが十分を表す。そしてここも六個のボールが溜まると一斉に流れ出し、そのうちの一個が三番目の車止めに向かう。ここが時間を表す場所で十二個まで溜まると、こんどはすべてのボールがボール溜まりまで流れて行ってそれで半日が過ぎたことになる。

ボール溜まりのボールは、いくつもの観覧車のような回転体に運ばれてゆっくりと最上部へと向かう。ボール用観覧車はゼンマイ式で、これを正確に回転させるのはすごく難しい。ここは父さんにしかできない。

この時計は一時間ごとに鐘が鳴る仕組みになっていた。十分計の六個のボールのうちの五個がボール溜まりに流れて行くときに鐘を叩いていくのだ。回数ではなくて分散された和音がそれぞれの時刻を表す。上昇しふたたび下降していく鐘の音がコードを奏で、それで時間がわかるという仕組みだ。鐘は使用者によって自由に変えられるから、そのひとの好みでコードを決めればいい。朝の六時は陽気で勇壮なハ長調、午後の五時はちょっと悲しいホ短調とか、そんな感じに。

父さんが昔、これよりもずっと小さくて、仕組み的にもはるかに簡略化されたものをつくったことがあって、どこかでそれを目にした裕福な画家が自分の新しいアトリエに飾りたいと言ってこの時計を発注してきたのだった。

今回の仕事はぼくが窓口となった。父さんだとまたこじれてしまうから。

一度見せてもらったアトリエは驚くほど広くて天井が高かった。一方の壁が石積みになっていて、その古びた石はドイツだかスイスだかの城の壁に使われていたものなのだと教えられた。時計はその壁に飾られる。悪くはない気分だった。

ぼくと彼女はレール部分を請け負った。

父さんは自分の工房でこの時計の基幹部をつくる。パネルはぼくの工房に置かれてあって、最後の最後に父さんがつくった基幹部がそこに嵌《は》め込まれる。

なので、それまでの作業は彼女とふたりきりということになる。父さんはあれ以来用心深く彼女とはつねに距離を置くようにしていた。それでいてひどく気になるらしく、遠くから彼女をちらちらと窺《うかが》う姿をぼくは何度も見かけていた。本人は気付かれてないつもりだろうけど、完全にばればれだった。まるでニキビ面《づら》のティーンエイジャーみたいにわかりやすかった。

彼女には銅線のカットをお願いした。金切り鋏《ばさみ》でカットしたあと、その断面をヤスリできれいに整えてもらう。

図面はない。ぼくら親子はなにをつくるにしても図面というものを描いたことがない。完成品はすべて頭の中に在る。かなり複雑な機構であっても、ぼくらはそれを頭の中で動かすことができる。職人の脳っていうのはみんなそんなふうに出来ているんだろう。銀行家には銀行家の脳、会計士には会計士の脳。ぼくはおそろしいほど記憶力が悪いけど、この仕事をしているかぎり、それをさほど不便に感じたことはない。

その日の作業は、朝、父さんから言い渡される。ここからここまでレールを渡して、ここでこんなふうにカーブして、下り勾配《こうばい》はこのぐらい。ぼくはそれをセンチメートルに換算して彼女に伝える。

カットされた銅線をぼくはハンダ付けでパネルに固定していく。ひとりでできないときは銅線を彼女に押さえてもらう。当然、ふたりの身体がものすごく近くなる。このことにぼくは舞い上がる。これは不可抗力ってやつで、ぼくらの感情はその行為にはまったく関与していない。なのに、こんなにも近くに彼女を感じられるなんて。ぼくのような人間にとって、これは想像しうる最高の接近法だ。状況がふたりを結びつけていくこと。

ぼくらのような人間は当事者になることを恐れている。つねに傍観者でありたい。けれど、誰かに好意を抱いたときはそうも言ってられなくなる。そこで矛盾や葛藤が生まれ、ぼくらは自分でもどうにもならない衝動によって、つねに回避的な行動をとるようになってしまう。

伴侶探しの戦略としては、かなり不出来なほうだと思う。あまりに慎重になりすぎたために、すでに本来の目的を失いかけている。きっとぼくよりもずっと先までこの方向で進化している連中は、こんな迷いからとっくに解放されて悠々とひとり身の人生を送っているんだろう。

パネルは壁に掛けてある。このほうがボールの転がりをすぐにテストするのに都合がいいから。

彼女はぼくよりも20センチぐらい背が低いから、銅線を押さえるときは、ぼくとパネルのあいだに入って作業することになる。どうしたって彼女の背にぼくの胸は触れてしまうし、かなり気を付けていても腰がぶつかってしまうことだってある。なんだかこれってもう――。

ぼくは子供の頃にやったことのあるツイスターゲームを思い出す。ルーレットを回して、シートの上に描かれた四色のドットの上に自分の手や足を置いていく遊びだ。この作業もそれに近い。

「このレールを押さえてて」とか「こんどはその下の支柱を支えてて」とか、いろんな指示があって、そのたびに彼女はぼくとパネルのあいだで、ごそごそと動き回る。

身体のどこかが触れ合うたびに、「あ、ごめん」とか「ううん、いいのよ」とか、ぼくらは礼儀正しく言い合うのだけれど、なんだかそれもだんだんとどうでもよくなっていく。遠目に見たら、ぼくらはただのじゃれ合ってる男女にしか見えないかもしれない。

鼻の先に彼女の髪が触れてくすぐったい。あの甘い匂いはいまも変わっていない。まるで生まれたての女神を思い起こさせるような清潔で愛らしい匂いだ。

作業が終わる頃には、ぼくの額はもう汗でびっしょりだ。彼女はそれを見て笑う。

「どうしたの、その汗」

なんだかね、とぼくは答える。

「緊張するんだよ、こういうのって」

「そうなの？」

「うん」

わたしは楽しいわ、と彼女は言う。

「とっても」

すごく意味深だけど、ぼくはそれ以上なにも訊ねない。

「うん、よかった。それよりもう、お昼にしない？」

仕事に集中しているとき、父さんはほとんどろくに食事を摂らない。なのでぼくらは父さんのために握り飯やサンドウィッチをつくって、とりあえず作業台の上に置いてくる。

父さんは見向きもしない。たぶん、ぼくらがいることにさえ気付いていないんだろう。たいした集中力だ。

ぼくらはふたりで昼食を摂る。それから彼女は学校に向かう。午前中から行くときもあるし、それが夜になるときもある。時間は比較的自由らしい。

最初の日、ぼくらは大昔のオーディオデッキで音楽を聴きながら、一緒にクリームパスタを食べた。

「ねえ、これってテープなの？」

「そうだよ。ぼくが子供の頃から家にあったんだ。壊れるたびに父さんが直していまでも使ってる」

「なんだかすごく懐かしい響きね」

「うん、もう伸びちゃってるんだ。ひとと同じでテープも老けていくんだよ」

これは母さんが好きだった歌だ。外国の歌手が鼻に掛かった少年みたいな声で「またひとりになっちゃったよ、でも当然だよね」みたいなことを唄ってる。この歌を聴くたびにぼくは母さんのことを思い出す。だからひとりでは滅多に聴かない。泣きたくなるから。

食事のあとでまだ少し時間があったので、ぼくは工房の隣のプライベートルームに彼女を招いた。もちろん女の子を自分の部屋に招くのはこれが初めてだった。

ぼくは座布団を出して、彼女に窓際に座ってもらった。そこがこの部屋で一番気持ちのいい場所だった。

窓からはアパート裏の雑木林の緑がたっぷりと見えるし、鳥たちの声も聞こえてくる。それに夜になれば、そこから月や星を眺めることだってできた。

窓枠には羊歯の鉢がいくつも置かれてあった。これはむかし父さんと母さんが学校の課題で育てた羊歯の子孫たちで、言ってみればぼくの兄弟みたいなものだった。

素敵な部屋ね、と彼女は言った。興味深そうに部屋の中を見回している。

部屋は三方の壁に棚がしつらえてあって、そこには仕事や趣味でつくった作品や、作品にはなりきれなかったガラクタたちが無造作に並べ置かれてある。

歯車とカムで優雅に身をうねらせる木製の三葉虫、オリジナルの吹奏弦楽器、途中で放棄した巨匠たちの複製画、プリズムを使った虹《にじ》製造器、本の上に載ってしまうような小さな小さなミニチュアの街、真鍮製の自動人形、資料のために実家から持ち出した図鑑や百科事典の数々——それに万華鏡。

約束どおりぼくは彼女にこれまでの作品をいくつか見てもらうことにした。

まずは「銀河フィラメント」と名付けた最新作。名前のとおりこの万華鏡は宇宙がテーマだ。いくつものレンズや歯車を使って、数千の小さな光をランダムに点滅させている。しかも光は渦を巻きながらゆっくりと形を変えていくのだ。

すごい！　と彼女は言った。

「ほんとに宇宙を漂っているみたいな気分になるわ。神秘的ね」

ぼくは誇らしさに鼻の穴を膨らませながら星々を動かす仕組みの複雑さを彼女に説明した。十五のギアとカムを使ってね、そう、それでね、ここのダイヤルを捻《ひね》ると、ほら、光の色が変わっていくんだよ――。

説明が終わると、また次の作品を彼女に手渡す。

そうやって次々とぼくは過去の作品を彼女に披露していった。おおむねどの万華鏡も彼女は気に入ってくれたけど、「神曲」だけはちょっと違った。

なんだか怖い、と彼女は言ったのだ。

「こんな夢をたまに見るの。世界が終わってしまう夢」

「こんなふうに？」

「そう、こんなふうに。吉沢くんの作品はどれも夢に似ているわね。夢の手触りがする」

「そうかもしれないね。ぼくにとって万華鏡っていうのは、ここではないどこかを見るための道具だから」

「わかるわ。あの万華鏡もよく見るのよ。吉沢くんがくれた夕焼け製造器」

「そうなんだ」

「ええ。見るたびに不思議な気分になるの。ふだんは眠っているもうひとりの自分が目覚めるような――たぶん、あの感覚は言葉では説明できないものなのね。とても大切なことよ。つらい日々に埋もれてしまいそうになったとき、ふっと心を軽くしてくれるものがあるのって――」

うん、とぼくは言った。

「よかったよ、そんなふうに使ってもらえて。ほんとに」

「吉沢くんは優しいのね。なんだかわたし――」

「ん？」

「ううん、なんだかわたしって、いつも吉沢くんに甘えてばかりね」

「ぜんぜん」ぼくは言った。

「そんなことないよ」

「そう？」

「うん、ちっともさ」

二学期の終わりに町を出てしまった彼女は中学の卒業アルバムを持っていなかった。だからあのとき撮った集合写真を見るのはこれが初めてだった。

「間に合ってよかったわ」と彼女は言った。

「もし撮影より先に町を離れてたら、わたしひとりが隅っこの枠の中にぽつんと載ってることになったんでしょうね」

「あれはまいるよね」

「ええ。ちょっと悲しいわよね」

傾斜した芝生の上で撮った集合写真を見て、彼女は嬉しそうな声を上げた。

「そう、こんな写真も撮ったのよね！」

「うん」

「わたしすごく背が高く見えるわ」

「だって、背伸びしてたからね」

「そうだけど。すごく自然じゃない？　ふたり釣り合って見える」

「そうかな？」

「ええ。わたしたち、同じところ見ているのね？」

「うん、それはぼくも気付いてた」

「なにがあったのかしら？　憶えてる？」

いや、とぼくは言った。

「なにもなかったよ。なのにまるでぼくらふたり同じものを見ているみたいだよね」

「そうね、不思議ね。なぜかしら……」

いつのまにか、ぼくらの顔はずいぶんと近付いていた。しかも間の悪いことに、なぜかこの距離でぼくらは目を合わせてしまう。

慌てて写真に目を落とし、しばらくしてからそっとまた視線を戻してみる。彼女はまだぼくを見ていた。心臓がどくんと大きく高鳴る。

なに？ と彼女が訊くので、ううん、とぼくは答えた。

「なんでもない」

なんでもなくはないのだけど、ぼくにはそう答えることしかできない。いまのこの展開は、ぼくにはあまりに急すぎる。ぼくは戸惑い、俯いてしまう。

彼女はしばらく黙ってそうしていたけど、やがて、ふっと息を吐くと、そろそろ行くわ、と言った。

「そうだね」

「じゃあ、また明日ね」

「うん、また明日」

もちろん、こんなふうにひとりの女性と一緒にながい時間を過ごすのはぼくにとって初めてのことだった。この先こんな機会はもう一生訪れることはないだろうと、ぼくはかなり本気で思っていた。

彼女はこのバカンスはお母さんからのプレゼントなのだと言っていた。成人になった記念の最後の自由。けれどぼくからすれば、これは彼女からぼくへの最高のギフトなんだと、そんなふうに考えることだってできる。

実際、ぼくはそう感じていた。女神の恩寵《おんちょう》。女性とは縁の薄そうな二十歳の内気な青年に、愛の女神は「淡い青春の思い出」を授けてくれた。この思い出さえあれば一生寂しい思いをせずにすむ。

ぼくにとっては過去の記憶だって立派な財産だった。思い出を大事に生きていく。破壊と創生が進歩の両輪なら、ぼくはやっぱり自分の足でゆっくりと歩いていく愚鈍な亀派なんだろう。たしかに車輪は便利だけど、ぼくには急ぐ必要がないので、それを羨ましく思ったことはない。

少し進んでは振り返り、自分が歩いてきた道程を懐かしく眺め、悪くない、と独りごちながら笑みを浮かべ、また前に向き直ってよっこらせと歩き出す。ぼくにとって人生とはそういうものだった。よくも悪くも、そんな生き方しかできない。蟹は甲羅に似せて穴を掘る、だっけ？　とにかくそういうことだ。

なので、ぼくは目一杯楽しむことにした。なにも考えず。すべてを保留にして。淡い青春の思い出のためにいまを生きる――ただ、それだけ。

彼女と一緒に過ごす時間は、ぼくの人生の中で最高の出来事だった。ふたりで聴く古いポップス。工房に満ちていく彼女の気配。一緒に眺める夕暮れの空――。

ぼくらは時間の許す限り、その日の夕暮れをあの鉄塔の下でともに過ごした。

彼女は夕焼けの写真を何枚も撮った。ぼくはそのあいだじゅう、ずっと彼女の横顔を見つめていた。

ぼくは彼女にキスしたいと思った。その白い頬に。その柔らかそうな唇に（彼女はシャッターを押す瞬間、ちょっとだけ唇を尖らせる。まるでキスをねだるかのように）。

でも、ぼくはなにもしなかった。そんな日が来るとはとても思えなかったし、想像することさえとても困難だった。

ぼくは彼女をまるで女神か天女だかのように感じていた。神秘的で、永遠に解くことのできない謎のような存在。その姿は幻のようなもので、じっと見つめていなければ気紛れな風に掻《か》き消されてしまうかもしれない――。

もちろん、そうでないことぐらいはぼくだってわかっていた。彼女はぼくと同じ二十歳の女性で、二十歳なりの欲望や悩みを持って精一杯生きている。天上の女神みたいに超然となんかしていない。雪のように白い肌の下には熱い血が流れ、悲しければ涙だって流す。

だから、これはぼくの勝手な思いなしで、そう思ってしまうのはたぶんぼくが彼女に恋していたからなんだろう。誰かを好きになるってそういうもんじゃないだろうか？　恋するがゆえに相手を特別な存在のように思い、じっさいよりもはるかに謎めいた女性のように感じてしまう。かけがえのない存在だからこそ、失うのが怖くて目を離すことができない。

そうでない男もいるんだろうけど、もしかしたら、そっちのほうが多数派で、ぼくみたいなのはすごく珍しいタイプなのかもしれないけど、とにかく、ぼくは彼女を神聖視するあまり、よりいっそう奥手をこじらせてしまっていた。

日が暮れ切ると、ぼくらは療養所を囲む松林を一緒に歩いた。そこでぼくらは口笛の練習をしたり、石を投げたり、松林の中にある公園のブランコに座って星を眺めたりした。

幸せだった。ほんとに。

これ以上なにを求める？　ぼくは多くを望まない人間だったから、多くを手にするとそれだけで不安になった。もらいすぎてる、と感じてしまうのだ。

だから、あの出来事があったときも、やっぱりな、と思った。そういうことか。でも、だからこそ、ぼくはいっそう彼女のことが好きになった。重力とは反対に、思いは彼女の存在が遠くになればなるほど強くなっていった。

距離の二乗でぼくの思いは募っていくのだった。

「あの出来事」は、彼女がこっちに来て二週間ぐらい過ぎたときに起きた。

彼女は数日おきに公衆電話からお母さんに電話を掛けていたんだけど、電話のあるコンビニエンスストアーは駅前のアパートからはかなり遠かった。それにいつも駐車場には不良学生やバイク乗りたちがたむろしていて、ちょっと夜は危ない感じだったので、ぼくは彼女にこのアパートの共同電話を使うことを勧めてみた。

「公衆電話と同じなんだ。電話の横に置いてある箱にお金を入れて使う。三分十円。砂時計も置いてあるから、それで時間を計りながらね」

信じられないくらい古いこのアパートは、各部屋への電話回線が引かれてなくて、ぼくらは廊下に置かれた黒電話を自分たちの共有電話として使っていた。もっとも、ほかの住人たちは自分たちでどうにかしていたようで、この電話を使っていたのはほぼくら親子ぐらいのものだったんだけど。

「じゃあ、そうさせてもらうわ」と言って、そのときから彼女は実家への電話をこのアパートから掛けるようになっていた。ときおり廊下の向こうから、彼女がお母さんと話をする声が聞こえてくることはあったけど、ドア越しの声はひどくくぐもっていて、ほとんど意味を聞き取ることはできなかった。

だから、その日はたまたま不幸な（とも言い切れないのかもしれない。どうせ遠からず知ることになるはずだったのだから）偶然が重なったということになる。

夜の作業が一段落付いたところで、彼女は「ちょっと電話を掛けてくるわ」と言って部屋を出て行った。ぼくはパネルの前に立ち、ぼんやりと次の作業の手順を考えていた。

そのうち廊下から彼女の声が聞こえてきた。この夜はいつもと違って、はっきりと会話を聞き取ることができた。

「ああ、お母さん？　具合はどう？　うん。ああ、そう。よかった――」

ぼくは振り返り部屋のドアを見た。ほんの少しだけ隙間が空いてる。彼女がちゃんと閉めていかなかったんだろう。

ぼくはドアまで歩いていくとノブに手を掛けそっと押してみた。なにかに押し戻される感覚がある。床に視線を落とすと、ドアとドア枠の間に小さな木片が挟まっているのが見えた。「これか……」と言って、ぼくは屈み込みその木片を手に取った。

そのときだった。

「――セイジさんがうちに来たの？」

なんだかすごく不吉な響きだった。たったこのひと言から、ぼくは瞬時になにかを感じ取った。屈み込んだ姿勢のまま凍り付き、ほとんど無意識のうちに耳をそばだてていた。

「なんで？　ううん、こっちからは連絡していない。だって――うん、そうだけど――」

なんだろう？　胸のざわつきが治まらない。彼女の声のトーンに滲《にじ》むわずかな苛立《いらだ》ち、罪の意識。

「セイジさんには帰ったらちゃんと話すわ。ううん、言わずに来ちゃったのは別にそういうことじゃなくて――うん、そうよ。だからお母さんは気にしないで。うん、うん、だから――そう、いいのよ、ほんとに。このことは何度も話したでしょ？　わたしが自分で決めたことなんだから。そうよ、サトミちゃんのことだって――うん、そう。すごくいい子よ。でも、やっぱり男のひとがひとりで育てるのは――そうね、うん――」

心臓がどきどきしていた。わたしが自分で決めたことなんだから――なにを彼女は決めたんだろう？　お母さんはあまり乗り気でないようだ。会話からやんわりと彼女の決断に異を唱えている感じが伝わってくる。ぼくはお母さんを応援したくなった。

「ほら、いますぐってわけじゃないんだし。でしょ？　うん、だからナガセさんに気を遣ってるってわけじゃ――なに？　うん、その話はまた、わたしがそっちに帰ったときにするから――」

今度はナガセさんが出てきた。何者なんだろう？

やがて会話は別の話題に移っていった。ぼくはそっとドアを開け廊下に佇《たたず》む彼女の様子を窺った。彼女はこちらに背を向け、廊下の壁に肩を押し当てるようにして斜めに立っていた。なにかを口にするたびに長い髪が大きく揺れる。

ぼくは首を引っ込めるとドアを閉めた。よろよろとパネルの前に戻り、壁に手を置いて身体を支えながら考える。

だいたい話はわかった。よほど巡りの悪い人間でもなければ、これだけでもだいたいの察しは付く。彼女が最後のバカンスだと言っていたのは、つまりはそういうことだったのだ。

いますぐってわけじゃないけど、そんなに遠くないうちに、彼女はぼくの知らない男のお嫁さんになってしまう。

考えてみたら、そういうのってすごくよくある話で、寄る辺のない母子《おやこ》にとっては、こうすることが最良の解決策なのかもしれない。彼女の気持ちが（そしてセイジさんの気持ちが）どうなのかはわからない。こんなとき、気持ちなんてじつはたいして意味がないのかもしれない。大事なのは、それぞれが必要としているものを手に入れ当面の問題を解決できるってことだ。

ぼくは彼女の解決策にはならない。

ぼくは日々の食べるものにも困るほどお金とは縁遠くて、おまけにまったく世慣れしていない変わり者の父親を抱えている。ぼく自身がじつのところ父親とほとんど変わりないほどの覚束ない人間で（これは遺伝だ！）、だから、そんな問題がなくったってぼくは彼女たち母子を支えていけないかもしれない。

すごくつらかった。涙が出そうになる。なんとなく薄々感じてはいたことだけど、こうやって自分の耳でそれを確かめてしまうと、やっぱり、それはたまらないことで、どうにもやり切れなくなる。

ぼくは彼女が部屋に戻ってきた音を聞くと慌てて目を拭った。

「どうだった？」と背を向けたまま訊ねる。

「うん」と彼女は言った。明るくも暗くもない声だった。

「元気だったわ。ここのところ調子がいいみたい」

「そう、よかったね」

「ええ……」

そのあとに置かれたなにかを待つような沈黙に促されて、ぼくは彼女に訊ねた。

「どうしたの？」

「え？　なに？」

「いや、声がちょっと……」

「そう？」

「うん」

また心臓がどきどきしてきた。訊ねておきながら、ぼくは彼女が告白することを恐れている。

ちょっとね、と彼女は言った。なにも聞きたくない。

「ふうん」とぼくは言った。

「ちょっと、なに？」

膝が震えている。ぼくは目を閉じ唇を強く噛《か》んだ。

「なんだか――田舎《いなか》っていろいろあるのよ。人間関係とか、いろいろと……」

「そうなの？」

「ええ。けっきょく、どこにいても自由にはなれないみたい」

「うん……」

彼女はそのあとで、そっと独り言のように低く呟いた。

「わたしは、ずっとこの町にいたいのに……」

ぼくは少し考えてから彼女に訊ねた。

「でも、そうはしないんだよね？」

ええ、と彼女は言った。

「そんなことをしたら、わたしは自分を許せなくなる。誰かの不幸の上に自分の幸福が成り立つなんて、そんなこと――」

「でも、みんなそうやってるよ？」

「そうね。だけど、わたしたちは違う。そうでしょ？」

ぼくは振り返り彼女を見た。彼女の目はいつもよりもずっと濡《ぬ》れているように見えた。

うん、とぼくは頷いた。

「そうだね。ぼくらは違う」

そんなことがあったからなのかもしれない。その数日後ぼくはまったく慣れないことをしてとんだ目に遭うことになる。

昼間、いまの仕事を紹介してくれたギャラリーのオーナーさんから電話があって（例の黒電話だ）、その夜、ぼくは発注主の画家と会うことになった。三人で食事をしようと誘われたのだ。ちょうど彼女は午後から夜まで学校だったし、父さんは例によって作業に没頭するあまりなにも見えなくなっていたから、ひとりで放っておいても問題はなかった。とりあえずサンドウィッチだけつくって作業台の上に置いておけばいい。父さんは焦げる直前ぐらいのカリカリに焼いたトーストサンドが好きだった。具はベーコンとたっぷりのレタス。これなら食べてくれる。

夕方五時過ぎにオーナーさんがタクシーで迎えに来てくれた。タクシーに乗るのはこれが人生で二度目だった（一度目は母さんがすごく具合が悪くなって一緒に病院に行ったときのことだ。母さんが救急車を呼ぶのを嫌がったので、ぼくが通りまで走ってタクシーを拾ってきたのだ）。

待ち合わせの店は車で二十分ほど走ったところにあった。大きな街のすごく豪華なお店だった。なんと呼んでいいのかわからない。いろんなお酒が置いてあって、きらびやかなひとたちが、きらびやかな服を着て、大きな声で自慢話をしている——そういうお店だ。

席に通される。必要以上に立派なソファーで、ぼくはその匂いに圧倒された。たぶんワックスだ。フラミンゴ色をしたソファーは琺瑯《ほうろう》引きの食器みたいにつやつやと輝いていた。

三十分ぐらい待ったところで画家が現れた。会うのはこれが初めてだった（アトリエの壁の下見に行ったときは彼は外国に行ってて不在だった）。想像していたのとはまったく違って、彼は絵を描くひとというよりも、まるでやり手の実業家みたいだった。でっぷりと太っていて、まっすぐな髪をきれいに撫《な》でつけている。顔は健康そうに日に焼けていた。

ぼくの中で才能のある画家といったら、それは洋幸のことで、だからほとんど真逆の風貌をしたこの画家のセンスを、ぼくは会った瞬間からずいぶんと怪しいものだと感じてしまった。

彼は女のひとをふたり連れていた。ぼくと同い年ぐらい？　よくわからない。ふたりともちょっと不自然なほどの美人で双子みたいによく似ていた。

画家はすごく上機嫌で、席に着くとさっそく作業の進行状況を訊ねてきた。

「順調です」とぼくは答えた。

「八割方は終わりました。あともう少しで完成します」

楽しみだ、と彼は言った。

「きみのお父さんは才能がある。わたしはそれをもっと多くの人間たちに知らしめたいんだ」

「本当ですか？」

「ああ」と彼は言った。

「本当さ」

だったら、とぼくは言った。

「今回の時計以外にも、またなにか作品を注文してもらえますか？」

ぼくが無理してでもこんな場所に来た一番の理由がこれだった。もっと仕事が欲しかった。いまよりもずっと収入が増えれば、もしかしたら彼女との未来もなにかが変わるかもしれない。ぼくは彼女の解決策になりたかった。

「いまのところわたしはあの時計で充分だが」と彼は言った。

「アトリエには多くの人間が訪れるからね。そうすればまた誰かが興味を示すかもしれない。そのときはおおいに推薦させてもらうよ」

「本当ですか？」

「ああ、本当だよ」

ぼくはその言葉を聞いて希望に大きく胸を膨らませた。次々と舞い込む注文。そしたら彼女にもずっと工房にいてもらって、いずれはお母さんをこっちに呼び寄せたっていい――。

けれど、実際にはそうはならなかった。注文はただの一度も入らず、我が家の暮らしはいつまで経ってもつましいままだった――父さんが望んだように。

あとで知らされた話だけど、画家は半年も経たないうちにぼくらがつくったあの時計を壁から外してしまったらしい。その場所には彼が敬愛していた巨匠のリトグラフが収まった。たぶんぼくらの時計の何百倍もの値段がしたはずだ。

それはそれで納得のできる話だった。金持ちの気紛れなんてそんなもんだ。

もちろん、そんなことになるなんて知るはずもないぼくは、柄にもなく彼によく思われようと、この夜は無理に無理を重ねた。

画家はひとから褒められることが嬉しくてたまらないようだった。たとえそれが的外れなおべんちゃらだってかまわない。とにかく、ひとから持ち上げてもらえれば、それでおおいに満足なのだ。ふたりの女性はそれがすごく上手だった。もしかしたらそういう職業なのかもしれない。お追従《ついしょう》のプロフェッショナル（けっきょく最後まで彼女たちが何者なのか、ぼくは紹介してもらえなかった）。オーナーさんもそつなく嫌味にならない程度にごまをすっていたし、一番下手《へた》くそだったのは当然のことながらこのぼくだった。

ぼくはお世辞が言えない人間だった。

彼の絵は何度か目にしたことがあったけど、ぼくにはちょっと理解しようのない、かなり難解な抽象画だった。解説にはたくさんの観念的な言葉が並んでいて、それを読んだだけでぼくなんかは怖じ気づいてしまう。ぼくや洋幸は完全に写実派だった。見たとおりの世界をそのまま写し取る。それだけでも世界はじゅうぶんすぎるほど美しかった——たとえば、真っ白いふたつの膝頭のように。

なので、ぼくには当たり障りのない、つまりはどうでもいいようなことしか口にすることができなかった。

「赤い色をよく使いますよね」とか、「ああ、その作品ならぼくも知ってます」とか、そんなこと。それだって精一杯がんばったつもりだったんだけど、考えてみれば、それは彼を称《たた》えるというよりは、ただたんに事実を述べただけにすぎず、画家からしてみればずいぶんと気の利かない人間のように映っただろう。この世渡り下手はきっと家系なんだと思う。

たぶんぼくがここに呼ばれたのは、ぼくが彼と同じ職業（創作全般。それにたまには絵だって描く）に就きながらぱっとしない人生を送っているぱっとしない若者で、だからそういった青年にありがちな成功者への素朴な憧れを抱いていて、彼が悦ぶような羨望の言葉を頬を赤く染めながら延々としゃべり続けるだろうと期待されたからだ。

ぼくは見事にその期待に背いてしまった。

そこで、ぼくに対していじわるな気持ちを抱いた画家は、ぼくが二十歳だと知ると、ならば酒の味も覚えなくちゃな、と言って強引にブランデーだかウィスキーだかを勧めてきた。

断ってよけい彼の感情をこじらせてもいけないと思ったぼくは、生まれて初めてアルコールというものを口にしてみた。まあ、美味しくはなかった。はっきり言えば不味《まず》かった。こんなものに夢中になっている大人たちの気持ちがよくわからない。

ちびちびと啜《すす》るようにして飲んでいると、それじゃあ駄目だ、ぐっと行け、ぐっと、と言われた。目は笑っているけど、なんだか怒っているみたいな声だった。女性たちは笑いながら手を叩《たた》いてぼくを急《せ》き立てた。

嫌がっていることを無理矢理させるなんてひどいひとたちだなあ、と思った。顔はきれいだけど、ふたりは母さんや彼女とはぜんぜん違っていた。

そうやって何杯飲んだだろう？　ぼくは断ることができない人間だったから、苦しくても彼らが促すままに飲み続けた。そしたら、あるとき急に気持ちが悪くなって脂汗がどっと出てきた。

その少し前から、すでに心臓は肋骨《ろっこつ》の下でリベット打ち機みたいな音を立てて暴れまくっていた。息は苦しいし、吐き気はするし、おまけに全身に堪えがたい痒《かゆ》みが走って気がどうにかなりそうだった。

「気持ちが悪いんですけど……」とオーナーさんに訴えると、彼はぼくに顔を近づけ驚いたような声を出した。

「顔中じんましんだらけだ！」

大丈夫ですか？　と訊くので、あまり大丈夫じゃないです、とぼくは答えた。心配させたくなかったので、なんとか笑おうとしたんだけど、顔が痺《しび》れてうまく表情がつくれなかった。

画家がうんざりしたような声で、もう帰したほうがいい、とオーナーさんに言った。たぶん、いじめるのに飽きてしまったんだろう。なのでオーナーさんが店までタクシーを呼んで、ぼくはそれに乗って帰ることにした。

　立って歩いたら、よけい気持ちが悪くなった。オーナーさんだけが店の出口まで付き添ってくれた。女の子たちはすごく白けた目でぼくを見ていた。

　タクシーに乗るとさらに吐き気がひどくなった。しばらくは我慢してたんだけど、十分ぐらい走ったところでついに堪えきれなくなって、ぼくは運転手さんにタクシーを停《と》めてもらった。開いたドアから外に飛び出し電柱に向かって激しく嘔吐《おうと》する。全身に震えが走り、目から涙が溢れ出た。

　吐き気はすぐには治まりそうもなかったのでタクシーには行ってもらうことにした。走り去るタクシーのテールランプを見送りながら、ぼくは大きく溜息を吐いた。アパートまではまだかなりの距離が残っていた。ふだんなら大したこともない距離だけど、このときのぼくにはそれが果てしない道程のように感じられた。

　少し歩いては電柱に手を掛け胃の中のものを吐き出す。痒みもまだ治まってなかった。とくに背中の肩胛骨《けんこうこつ》のあたりが猛烈に痒い。ちょうど手の届かないところだったので、それがどうにももどかしかった。

　夜が更けるにつれて、気温がどんどんと下がってくるのがわかった。汗ばんだランニングシャツが冷えて気持ちが悪い。おまけにぽつりぽつりと雨まで降り出してきた。

このままじゃ風邪を引いてしまう。

気ばかりが焦るんだけど、吐き気と震えで足が思うように動かない。まるで溶けかけのナメクジにでもなったような気分だ。

しばらく行くとひとけのないバス停小屋があったので（終バスはもう出たあとだった）、ぼくはそこで体調が戻るまで休むことにした。

ペンキのはげた木製のベンチに横になる。

世界がぐるぐると回っていた。ぼくは肩で息をしながら、この猛烈な悪心《おしん》が早く去ってくれないかと、それればかり願っていた。

我が家は誰もお酒を飲まない。飲めないのだ。これも家系だった。わかっていたのに、なんでこんな馬鹿なことをしたんだろう？

もちろん仕事が欲しいというのも大きな理由ではあったけど、でも、それだけじゃない。悪いときにかぎってさらに悪いほうへ向かおうとするあの自虐的な衝動——それがこの夜のぼくの愚かな振る舞いのもうひとつの理由だった。秘められた暗い願望。おおむねぼくは前向きな人間だったけど、ときにはこんなふうに落ち込んでしまうことだってある。

ベンチに仰向《あおむ》けになって目を閉じ喘《あえ》いでいると、やがて誰かが近付いてくる気配を感じた。

そっと目を開け横目で見るとパンプスを履いた女性の脚が見えた。きれいな脚だった。なんとなく見覚えがある。

「吉沢くん?」とそのひとが言った。

「白河さん?」とぼくが言うと、彼女が駆け寄ってきた。中腰になってぼくの顔を覗き込み、大丈夫?と訊ねる。彼女の白い膝頭がすぐ目の前にあった。ぼくはその膝頭に向かって答えた。

「大丈夫だよ」

「ほんとに?」

「うん、ただ、足がふらついてうまく歩けないんだ……」

そう、と彼女は言った。

彼女は手にしていた傘をたたむと小屋の壁に立て掛け、ぼくの頭のすぐ隣に腰を下ろした。

「少し首を持ち上げてもらえる?」と彼女が言った。

「うん……」

彼女はぼくの頭をまるで繊細な青磁でも扱うかのような手つきでそっと持ち上げ、

その柔らかな腿と腿のあいだにゆっくりと導いた。うなじがワンピース越しに彼女の肌の温《ぬく》もりを感じ取り、後頭部が弾力のある谷間に収まると、首を支えていたしなやかな指がするりとぼくの髪のあいだから抜け出ていった。

うっとりするようなソフトランディングだった。

ずっと前にもこんなことがあったな、とぼくはぼんやりと考えていた。あのときと同じ匂いがする。彼女に触れられただけで、気持ち悪さのあらかたが消えてしまったような気がした。

「水を持ってきたのよ。飲む？」

うん、とぼくが言うと、彼女が背中に手を回して上体を起こしてくれた。なんだかすごく慣れた手つきだった。ペットボトルの水がひりついた喉に心地よかった。ふたたび頭を戻すと、彼女はハンカチを水で湿らせてぼくの口のまわりを拭ってくれた。

「そんなこと――汚いのに……」

なに言ってるの、と彼女が子供を叱《しか》るような口調で言った。

「わたしはナースの娘よ。気にせずに任せておいて」

「うん……」

「具合はどう？」

「うん、だいぶよくなった。吐き気も治まってきたみたいだ。ただ——」

「なに？」

「すごく背中が痒いんだ。お酒を飲んじゃってさ。たぶんアレルギーだと思うんだけど……」

「わかったわ。じゃあ、むこうを向いて」

「うん」

　ぼくは言われたとおりに身体を横にした。

　耳たぶが彼女のワンピースの生地とこすれてカサコソと音を立てる。目の前に彼女の白い腿が少しだけ見えた。すごく素敵な眺めだった。

　彼女はシャツの首から手を差し込み、直接ぼくの背中を掻いてくれた。

「うん、そこ。そう、肩胛骨のあいだ——」

　彼女の指が熱源を探り当てた瞬間、ぼくは思わず声を上げてしまった。目の前に閃《せん》光《こう》が走るような強烈な快感だった。

「当たり？」と彼女が嬉しそうに訊く。

「うん、当たり」とぼくは答えた。

「顔にもじんましんが出てるわよ」

そう言って、彼女はもう一方の手でぼくの頬をそっと撫でた。

「痒い？」

「そうでもない。そこは自分で掻いてたから」

「そうね。ちょっと赤くなってるわ」

「うん……」

彼女が声を出すたびに、その柔らかな下腹がぼくの後頭部をそっと押してくる。幸福のバリエーションには果てがないんだな、とぼくは思った。あらゆる場所、あらゆる瞬間に幸せの種は潜んでいる。

どうしてここが？　と訊ねると、オーナーさんから電話があったの、と彼女は言った。

「学校の帰りに工房に寄ってみたのよ。吉沢くんもう帰ってるかなと思って。そしたら電話が鳴ってて――あのアパートは一番近くにいる人間が電話を取るルールだったわよね？　だから出てみたらオーナーさんだったの。『彼ちょっと飲み過ぎちゃって、なんだか具合悪そうだったからタクシーで帰しました』って言うでしょ？　心配になって、しばらくはアパートの前で待ってたんだけど――」

「うん……」

「でも、いつまで待っても帰ってこないものだから、だんだんと不安になってきちゃって、それで、とりあえず見当つけてこっちに向かってみたの。よかったわ、見つけられて——」

そっか、とぼくは言った。

「ありがとう」

「ええ……」

ねえそれより、と彼女が言った。

「なんでお酒なんか飲んだの？　いままで飲んだことなんてなかったでしょ？」

「うん、初めてだよ」

「だったら、なんで？」

「まあ、大事なお客さんだしね。次の仕事がもらえるかなと思って」

「そんなことのために？」

「うん。がんばって向こうに合わせてはみたんだけど、けっきょくは駄目だった——」

「そんなの」と彼女は言った。

「吉沢くんらしくないわ」

「でも、仕事が欲しかったんだ」

「なぜ?」

「なぜ?」

「そうよ。吉沢くんはそういうひとじゃないでしょ?」

そうでもないよ、とぼくは言った。

「ぼくにだって欲しいものはある」

「そうなの?」

「うん……」

彼女は、なにが欲しいの? とは訊かなかった。

訊かれたらぼくは正直に答えただろうか?

ぼくが欲しいのはきみなんだ。ぼくはきみの寄る辺になりたかった。きみの解決策に、頼りがいのある恋人になりたかった――でもなれそうにないことも知っている。いまのところはね。だからぼくはあんなことをしたんだ。

彼女は、もう心配させないで、と言った。

「寿命が縮んだ気分よ」

「わかった」とぼくは応えた。

「もう、こんなことはしないよ」

「ええ、お願い」

それから彼女はぼくの上着の袖に触れ、これをずっと着てたの？　とちょっと不安そうな声で訊ねた。

「そうだよ。今夜は冷えそうだったからね」

羽織っていたのは例のお祖父ちゃんのお下がりのモーニングだった。

「なにか言われなかった？」

べつに、と言い掛け、そこでぼくはふと思い出した。

「そういえば、あなたまるで星の王子様みたいね、って言われたけど、この服のことだったのかな？」

女のひと？　と彼女が訊いた。

「うん。ぼくらぐらいの女のひとがふたり。画家さんが連れてきたんだ」

なんとも言えないわね、と彼女は言った。

「服のことなのか、それとも吉沢くん自身のことなのか……」

「そうなの？」

「ええ」

ねえ見て、と言って、彼女はぼくのズボンの腰を留めている青い紐《ひも》を指で引っ張った。

「これはなに？」

「なにって、ベルトのかわりだよ。前にも言わなかったっけ？」

ぼくは店で売ってるベルトは革でも布でも、どれもが堅くて嫌いで、いつも柔らかなフェルトの紐をベルトの代わりに使っていたのだ。

ええ、と彼女は頷いた。

「知ってる。前にも聞いたわ。素敵よね、このマリンブルーの紐。お臍《へそ》のところの蝶結びも」

「うん……」

「つまりはね」と彼女は言った。

「そういうことだと思うの」

ん？　とぼくは思った。

「どういうこと？」

「その女のひとたちが吉沢くんのことを、よその星から来た王子様のように感じた理由」

うん、とぼくは要領を得ないままに頷いた。よくわからない。

「吉沢くんは誰にも似ていない。似せようともしない。すごくユニークなのよ」と彼女は言った。

「とびきりオリジナルなひと」

そうなんだ、とぼくは言った。

「ありがとう」

彼女がくすっと笑い声を漏らした。

「ん？ なに？」

「そのとおりよ」

「うん……」

「わたしは吉沢くんのことを褒めたんだってこと。ユニークって言われて、ありがとう、って応えてしまうそんなところも含めてね、すべてが吉沢くんの魅力なの」

「ほんとに？」

ほんと、と彼女は言った。すごく優しい声だった。

「だから、きっとそのひとたちも褒め言葉のつもりで言ったのよ。吉沢くんが星の王子様みたいに見えるって」

そうじゃないことぐらいはぼくにもわかっていた。けれど黙って頷いた。彼女のその気遣いが嬉しかったから。

「でもこのモーニングは仕立て直しましょうね」と彼女は言った。

「大丈夫。わたしが全部やるから」

そしてほんとに彼女はモーニングを仕立て直してしまった。工房には古い足踏み式のミシンも置かれていたから、彼女はそれを使って大きすぎる襟と中途半端にカットされていた裾をいい感じにデザインし直してくれた。

上手だね、と言うと、我が家も一緒だから、と彼女は言った。

「誰かのお古をもらってきて仕立て直すの。贅沢は言ってられないわ」

「うん、そうだね。それに楽しいよね、こういうのって」

「ええ。世界に一着だけの服よ。どこにも売っていないわ」

このモーニング以外にも彼女は何着かの古着を仕立て直してくれた。お祖父ちゃんや父さんのお下がりをできるだけぼくの細長い体型に合うようにあっちを詰め、こっちを伸ばし。

それに、いくらかでもいまの時代に添うようにと、細かいところにもあれこれと彼女は手を入れてくれた。

彼女は、ぼくに手料理のレシピもいくつか教えてくれた。

「いつも火を通したらソースどぼどぼってメニューばかりじゃ飽きちゃうでしょ？」

例のお母さんふうのハンバーグとか、だし巻き卵とか、おからのサラダとか、安くて、それでいて栄養のあるレシピ。

「もっと太らなくちゃ駄目よ」と彼女は言った。

「そんなんじゃ強い風が吹いたら飛ばされちゃうわよ」

「やってみたことあるよ」

「そうなの？」

うん、とぼくは言った。

「台風の日にあの鉄塔の下で、洋幸みたいにマント着て」

「どうだった？」

「けっこう飛んだよ。ワイヤーで補強した傘もさしてたからね。7、8メートルは飛んだんじゃないかな」

「メリー・ポピンズみたいに？」

「うん、まあ、あんなに優雅じゃないけどね」

へんなひと、と愉快そうに笑いながら彼女は言った。

「誰かに見られなかった？」

「まさか。すごい雨と風だったんだから。誰もいなかったよ」

「目に浮かぶようだわ。嵐の中、ずぶ濡れになった吉沢くんがひとりで楽しそうに遊んでる姿」

「うん、すごく楽しかったよ」

吉沢くんらしいわね、と彼女が笑いながら言った。

「あなたはきっと、不思議の星からやってきた風変わりな王子様なのね。だから誰にも似てないのよ」

なにげないひと言だったけど、それにほとんど独り言のような口調だったけど、彼女がぼくのことを「あなた」と呼んだのは、このときが初めてだった。驚いたぼくは思わず彼女の顔を見た。でも、彼女は自分が口にした言葉の意味に気付いていないようだった。

その日一日、ぼくは嬉しくてずっとにやけてばかりいた。

彼女がここを去るための準備をしているんだってことぐらい、ぼくにもわかっていた。

まだ期限の半分にも達していなかったけど、例によって終わりはいつだって不意打ちでやって来るものだから、ぼくらは予定というものをあまりあてにはしていなかった。明日がないかのようにいまを精一杯生きる——想像力過多の人間たちは、多かれ少なかれみんなそのように感じながら生きているはずだ。ぼくらは、出会い惹かれ合ったその瞬間から、すでに喪失の哀しみにとらわれている。ぼくらにとって愛と永遠の別離はいつだってワンセットなのだ。失ってから気付くとはよく言うけれど、ぼくらは失う前から、すでに哀しみにとらわれてる。こういうのもやっぱり度を超えた心配性っていうんだろうか?

彼女はぼくの写真をいっぱい撮り溜めていた。なんだかもう一生分の写真を撮られたような気がした。彼女はそれを駅前のカメラ屋さんで現像してもらい(もちろん自分で現像する勉強もしていたけど、こっちのほうがはるかに安上がりだった)、サービスでもらえる薄っぺらいアルバムにきれいに整理していた。

「ぼくがいっぱいいるなあ……」

うしろから覗き込みながらそう呟くと、彼女は振り返って子供みたいな笑顔を見せた。

「連れて帰るのよ、吉沢くんのことを」と彼女は言った。

「いいでしょ?」

「うん。なんかそんな気がしてきたよ。カメラに吸い取られた魂がみんなそこにあるんだ。ぼくの分身をよろしくね」

「ええ、大事にするわ」

実をいえばぼくも彼女の写真をずいぶんと撮り溜めていた。お祖父ちゃんのお古のおんぼろカメラを使って、ちょっとピンボケだったり、明るすぎたり暗すぎたりする彼女の写真を何十枚も。

いわば、ぼくらは互いの魂をせっせと溜め込んでいたわけだ。そのときの思いを、空気や光を、ともに過ごした時間を小さな紙の上に焼き付け永遠にする。カメラってすごいな、とぼくは思った。小さな神様みたいだ。

☆

それは最後の三日間の出来事だった。
例の不可抗力——女神の気紛れなひと触れが、思いもしない形でぼくらを急接近させていくことになる。

その日、真夜中になってもまだぼくは工房で作業を続けていた。もうほとんど壁掛け時計は完成していて、これが最後の追い込みだった。

父さんは少し前に作業を終えて家に戻っていた。彼女はこの日は夕方から学校で、いまはもう自分の部屋で眠っているはずだった。住人たちもみんな出払い、ぼくは完全にひとりきりだった。アパートは気味が悪いほど静かだった。

そんなとき廊下で突然電話が鳴った（まあ、電話っていうのはいつだってだいたい突然鳴るもんだけど）。こういう不意打ちはすごく心臓に悪い。

ぼくは作業を中断すると廊下に出て、木製の台の上に置かれている黒電話の受話器を取った。

もしもし、と言うと、いきなり彼女の取り乱した声が聞こえてきた。

「吉沢くん？」

「そうだよ。どうしたの？」

「アパートが火事になっちゃったの！」

「火事!?」

薄暗い廊下にぼくの声が大きく響いた。

「そうなの。ちょっと前まで消火作業やってたんだけど、いまようやく鎮火したところ——」

　あ、とぼくは思い出した。

「そう言えば、さっき消防車のサイレンが聞こえてた」

「ええ、それかもしれない」

「怪我《けが》は？　火はどんな感じなの？」

「怪我はないわ。誰かが『火事だぞ!!』って叫ぶ声で目を覚まして、そのときにはもう部屋にも煙が入ってきてたんだけど、とりあえず身の回りのものだけバッグに詰めて外に飛び出したの」

「うん」

「そしたら一階のはしの部屋の窓からすごい勢いで炎が吹き出してて、住人たちはみんな外に出て無事だったんだけど——その部屋は空き室だったのね、だからもしかしたら放火かもしれないって。ほぼ全焼よ」

「そうなんだ。とりあえず無事でよかった。いまどこ？　いつものコンビニ？」

「ううん、駅の改札前の公衆電話」

「わかった。すぐ迎えに行くよ」

「ええ、待ってる」

駅前は人影もなくひっそりとしていた。終電はもう二十分ぐらい前に出たあとだった。

彼女はぼくに気付くと手を振った。紺色のコートを羽織り、足下には大きなバッグがふたつ置かれてあった。

ぼくは乗ってきた自転車から降りると彼女に駆け寄った。

「大丈夫？」

「寒くない？」

彼女は黙って頷いた。

ちょっと、と彼女は言った。

「この下、じつはパジャマなの」

「あ、やっぱり？」

「みんなそうよ。アパートのひとたちみんなパジャマ姿で焼け出されちゃった」

「たいへんだったね」

「ええ。でも、わたしはまだいいほう。大事なものはみんなバッグに入ったままだったから」

「そうなんだ」とぼくは言った。

「なくしたものは？」

「布団と食器と、あと洋服がちょっと……」

「うん、まあそれだけですめばね」

「ええ」

上着を貸そうとすると、彼女に止められた。

「それほどじゃないわ。大丈夫よ」

「ほんとに？」

ええ、と彼女は頷いた。

わかった、と言って、ぼくはまたボタンを塡《は》め直した。

「今夜は工房に泊まりなよ。布団もあるし」

「ありがとう」と彼女は言った。

「ごめんね、迷惑かけちゃって」

「ぜんぜん」とぼくは言った。

「ちっとも迷惑じゃないよ」

ぼくは彼女のふたつのバッグのうち大きなほうを自転車の荷台にゴムベルトで括《くく》り

付け、幾分小ぶりなほうを前カゴの上に置いた。

「行こうか？」

「ええ」

彼女と並んで自転車を押しながら真夜中の商店街を歩く。ひとけのない通りは妙に寒々しくて、まるで知らない場所のように見える。

ぼくは歩きながら何度も「寒くない？」と彼女に訊ねた。そのたびに彼女は「大丈夫よ、ありがとう」と答えた。でも、そのうち道程の半分ぐらいまで歩いたところで、もう一度「寒くない？」と訊ねると、だったら、と言って彼女はなにかを窺うような眼差《まなざ》しでぼくを見上げた。

「吉沢くんの腕に摑まっていい？」

いいよ、とぼくは言った。自分でも驚くほどさり気ない口調だった。もちろん、ほんとはそうじゃなかった。

「ありがとう」

そう言って彼女はぼくの腕に自分の腕を絡め、身をそっと寄り添わせてきた。彼女の身体はすごく柔らかかった。そう言えば、このコートの下はパジャマなんだよな、とぼくは思った。

「ハンドル持ちづらくない？」と彼女が訊くので「ぜんぜん」とぼくは答えた。

「平気だよ」

彼女は黙って頷いた。やや俯き加減に首を曲げ、一歩ごとに爪先《つまさき》を蹴り出すような感じで歩いている。

「前から思ってたんだけど」と彼女が言った。

「うん」

「吉沢くんて、すごく温かいよね？」

うん、とぼくは頷いた。

「ぼくはひとよりずっと体温が高いんだ。生まれたときからそうだったらしいよ」

「いまもそうよ。まるで湯たんぽ抱いてるみたいだもん」

「うん。いいね。ぼくは湯たんぽだ」

「そう？」

「うん。食べたり、しゃべったり、絵を描いたりする湯たんぽ。そいで、ときたま夢を見て寝言を言ったりもするんだ」

「そうなの？」

「うん。そうらしい。なんかいろいろとね。変なことを言うらしいよ。父さんがそう言ってた」

「面白そう。聞いてみたいわ」

ぼくは小さく笑って、なにも答えなかった。腕に押し付けられた彼女の身体を強く意識する。柔らかくて、そして温かい。ぼくらはみんな考える湯たんぽだ。愛する誰かを温めてあげたいといつも願ってる。

アパートに着くとぼくは荷物を工房まで運んだ。ちょっと待ってて、と言って奥の部屋に入り、大慌てで散らばっていたものを片付け布団を用意する。

「いいよ。どうぞ」

彼女がコートの上から自分の身体を抱くようにして部屋に入ってきた。少し緊張している。慣れているはずなのに、こんな状況の中ではまた違って見えるのかもしれない。

「あんまりいい布団じゃないけど」

彼女はどこかうわの空で頷き、ぐるりと部屋を見回したあとでぼくに訊ねた。

「吉沢くんは?」

囁《ささや》くような声だった。

「どこで――」

ん？　とぼくは言った。

なんとなくおかしな感じの沈黙があって、ぼくらは三秒ほど見つめ合った。

あ、とぼくは言った。

「うん。ぼくは実家に帰る。あっちにもベッドがあるから」

彼女は瞬《まばた》きを二度繰り返し、それから頰に掛かった髪を長い指でかき上げた。

「そうなの？」

また奇妙な間が空いた。

「うん」とぼくは答えた。

「子供のときからずっと使っているベッド。父さんがつくってくれたんだ」

へえ、そうなんだ、と彼女が言った。なにかがおかしい。彼女のリズムがいつもと違っている。どうにもうまく嚙み合わない。

所在なく立ち尽くしていると、やがて彼女が大きく溜息を吐き、さて、と言った。大きな声だった。驚いて顔を上げると、彼女は微笑んでいた。

「もう寝なくちゃね。明日も作業がんばるんでしょ？」

「うん。最後の追い込みだよ」

見て、と言って彼女が羽織っていたコートの前をはだけた。彼女は薄桃色の可愛らしいパジャマの上下を身に着けていた。うっすらと下着が透けて見えている。おそらくは白色のタンクトップとショーツ。彼女が気付いてないようだったので、ぼくもなんでもないふりをした。

可愛いね、と言うと、ありがとう、と彼女が言った。

「最初はすごく変な感じだったんだけど、すぐに慣れちゃったわ。みんなもすごい格好だったし」

だろうね、とぼくは言った。目は彼女を見つめたままだった。逸《そ》らすことができなかった。

緊張が解けたのか、彼女がふいにあくびをもらした。なんだかすごく幼い感じがした。

ぼくは唾《つば》を飲み込み、とにかく、と言った。

「今夜は疲れただろうからゆっくり眠って」

「ええ、そうする。ありがとう」

「うん。それじゃあ、おやすみ」

「ええ、おやすみなさい」

☆

いろいろあって、結局彼女もこのアパートの住人になった。

最初ぼくは自分の部屋を貸すつもりだったんだけど、彼女がそれを納得しなかった。駄目よ、と言う。これ以上吉沢くんに甘えられないわ。

こんなときの彼女はすごく頑固だ。けっして自分を曲げようとしない。

そこでふと思い付いて、隣の空き部屋の話をしたら彼女が乗ってきた。

「たぶん、めちゃくちゃ安く借りられると思うよ」

この部屋の賃料を教えたら、彼女が目を輝かせた。

「嘘みたいな値段ね！」

「うん。駅まではちょっと距離ができちゃうけど、自転車を貸してあげるよ」

さっそく大家さんに電話してみたら即ＯＫが出た。好きにやってくれ、と彼は言った。あんたのお陰でアパートは安泰だよ。

そんなわけで、彼女はぼくの「お隣さん」になった。

引っ越しは一分も掛からなかった。ぼくの部屋に置いてあるバッグを隣に移すだけ。あとは畳と窓を拭いて、遠慮する彼女を無理矢理説き伏せて、実家からぼくが使っていた布団を運び込んだら、それでもう立派な「我が家」の出来上がりだった。

その日の夜、ぼくらは一緒にアパートの近くにある銭湯に行った。実家の風呂はあまりに古くてみすぼらしくて、さすがに彼女に使ってもらうには気が引けた。

「なんだか不思議な気分」と彼女が言った。

「吉沢くんと一緒にお風呂屋さんに行くなんてね」

「ほんとだね。中学のときのぼくらに教えてあげたらびっくりするだろうな」

「そうね。でも、あのときだって行こうと思えば行けたでしょ？　思い付かなかっただけで」

「洋幸と三人で？」

「ええ。大きなお風呂にたっぷり浸《つ》かって、その帰りに三人でジュース스タンドに寄ってアップルソーダを飲むの」

「ああ、いいねそれ。なんかすごく楽しそうだ」

「でしょ？」

まるで三人の姿がそこに見えるような気がした。いまよりもよほど小さくて幼い顔をしたぼくら。濡れた髪と上気した頬。興奮のあまり奇妙なダンスを踊り出す洋幸。それを見て大笑いするぼくと彼女——。

なに？　と彼女が言った。

「うん」とぼくは答えた。

「ぼくらがいたよ」

そう言ってぼくは外灯に照らされた、小さな日溜まりみたいな場所を指さした。

「そう？」

「うん。なんだかすごく楽しそうだった」

ぼくらは銭湯の入り口であとで落ち合う約束をして別れた。女湯に消えてゆく彼女の後ろ姿を見送りながら、ぼくはなんとも言えない悦びを感じていた。なんだろう？この胸の疼き。なにを期待しているわけでもないのに、まるでなにかを期待しているみたいに胸が高鳴っていた。

脱衣所で服を脱いでいると、向こうから彼女の声が聞こえた。

「吉沢くん？」

「うん、なに？」

「こっちは誰もいないわ。わたしひとりよ」

「もう時間が遅いからね。こっちもおじいさんがひとりいるだけ」

「ほとんど貸し切りみたいなのね」

「そうだね」

「こんなに広いお風呂なのに。すごく贅沢だわ」

彼女ははしゃいでいて、それからも仕切り越しに何度もぼくに話し掛けてきた。

「壁の絵がきれいよ。そっちにもある？」

あるよ。

「お湯がすごく熱いんだけど」

カランから水を出して冷ませばいいんだよ。

「もう身体洗い終わった？」

もうすぐ終わるよ。

湯船につかった老人がぼくを見ながら笑っている。ぼくは首を掻きながら小さく会釈《えしゃく》した。

「中学の同級生なんです」と言う。

老人が笑みを浮かべたまま頷いた。なんだかちゃんと伝わっていない感じがしたので、ぼくは念のためにこう付け加えた。

「それに今日からアパートの隣の部屋の住人にもなったんです」

なに？　と仕切りの向こうから彼女の声がした。

「なんでもない」とぼくは答えた。

「もう出るからね」

銭湯の入り口で待っているとほどなく彼女もやってきた。彼女はこういうとき女のひとがやるように、髪をアップにしてそれを包むようにタオルで巻いていた。

「それって」とぼくは言った。

「なんか、いいね」

「そう?」と彼女は言った。

「アパートまでそんなにひと通りもないし。どうせ昨夜はパジャマで歩いちゃってるし」

「うん、いいよそれ。女のひとって感じでさ」

ありがとう、と彼女が照れたようにぽそりと言った。

湯上がりの彼女はすごく初々《ういうい》しくて新鮮な感じがした(まったく化粧をしていないからかもしれない)。頬が赤く上気して、濡れた後れ毛が艶めいている。いつもとは違う石鹸《せっけん》だかシャンプーだかの匂いもしていた。

「今夜は星がきれいだね」

そう言うと、彼女が、そうなの?　とぼくに訊ねた。

「コンタクトはずしちゃったから見えないの」

「大丈夫？　ちゃんと歩ける？」

「なんとか――」

そう言ってるそばから、彼女がなにかに躓《つまず》いた。

手を貸そうか？　と言うと、いいの？　と彼女が訊くので、うんいいよ、とぼくは答えた。

彼女の手を握る。ちゃんと大義名分があるのでぼくは迷ったりしない。堂々としたものだ。

「ありがとう」と彼女が言った。

「うん」

今夜の彼女の手は温かい。細い指先がなにかを探るように動いている。ぼくは気にしないふりをして前を向いて歩き続ける。こんなとき語るべき言葉がないか懸命に頭の中を探すんだけど、繋いでる手がどうにも気になってなにも見つからない。

そのうち、彼女の指がぼくの指のあいだにそっと入り込んできた。一本、そしてまた一本――まるで自分の住処《すみか》を見つけた小さな生きもののようだ。探るように、警戒しながら、でも最後は大胆に。

「このほうがいいわ」と彼女が言った。

「このほうが安心する」

そうだね、とぼくも言った。

「このほうが安心だね」

なんだかぼくは馬鹿になってしまったみたいだ。こういったワンランク上の手の繋ぎ方っていうのは、ひとをひどく緊張させるものがある。これもたぶん例のパズルの解答のひとつなんだろう。ふたりの指と指とがきれいに組み合わされて、そこにはちょっとした数学的な美しささえ感じられる。

「時計、もうすぐ完成ね」

「うん……」

「みんながんばったよね。夜遅くまで工房にこもって」

「うん……」

なに？　と彼女が訊いた。

ん？　とぼくは言った。

「なんだか変よ」

「そんなことないよ」

「そう?」

「うん。もしかしたら湯あたりしたのかな? うん、きっとそうだ」

「そうなの?」

「ん? どうかな?――やっぱ、わかんないや」

彼女が声を立てて笑った。

「へんなひと」

「そうかな」

「そうよ。すごく変」

「それって、褒めてるの?」

「そうよ」彼女は言った。

「わたしはあなたを褒めたの。最高の褒め言葉」

「じゃあ、ありがとう」

「いいえ、どういたしまして」

アパートに戻ると、もう時間も遅かったのでぼくらはそのまま廊下で別れることにした。

それぞれの部屋のドアを開け、おやすみ、と声を掛け合う。けれどそこで顔を見合わせたままぼくらは部屋に入ろうとしない。この夜の余韻をどこまでも味わっていたいと願いながら、名残惜しさにぐずぐずとその場に佇み続ける。たわいもない会話を続け、さして可笑《おか》しくもない冗談にぼくらはクスクスと笑い合う。

完全に舞い上がっていた。むちゃくちゃ楽しい。飲んでもいないのに、ふたりはまるでお酒に酔ったみたいにはしゃいでいる。でも、それじゃあきりがないので、会話が途切れたところを見計らって、ぼくは芝居がかった仕草で手を差し出し、彼女に部屋に戻るよう促す。レディーファーストだ。退場はきみからどうぞ。

彼女はくすりと笑い、それから声に出さずに唇の形だけで、またね、と言って、部屋の中へと入っていく。と、思ったらそれはフェイントで、彼女は背中を大きく反らしてふたたび顔を覗かせる。ぼくらは互いに目を見合わせ、吹き出してしまう。

そんなことをさんざん繰り返したあげく、ようやく部屋に戻って布団に潜り込むと、ほどなく壁を叩く音が聞こえてきた。ちょうどぼくの頭のところだ。

「なに？」と訊くと、「あ、聞こえる」と壁の向こうから声がした。この壁はすごく薄いらしい。

「なんだか興奮して眠れないわ」と彼女が言った。変な感じだ。今日のぼくらは壁越しの会話ばかりしている。

「すごくはしゃいでいたよね」

「そうね。楽しかった……」

彼女の布団の位置は知っている。ぼくらは壁を挟んで、互いに頭の天辺《てっぺん》と天辺をくっつけ合わすようにして横になっている。

ぼくは白い文字盤の上に横たわるふたりの姿を想像した。ぼくが長針で彼女が短針。ここにもささやかな対称性がある。

彼女の薄桃色のパジャマはうっすらと下着を透かしている。そのことで、ぼくはほんの少しだけ彼女の秘密に触れたような気分になる。謎は限りなく深く、ヒントはいくらあっても足りない。でも、それでいいんだと思う。あの有名な口ひげの物理学者だって、「われわれに味わえるもっとも素晴らしい経験は神秘だ」って言ってるんだから。すべてが剝《む》き出しじゃなんだか味気ない。

ありがとね、と彼女が言った。声は遠く、ひどく頼りない。

「なにが？」

「なにもかも」

「うん……」

「勇気を出した甲斐があったわ」

「勇気？」

「ええ、あの鉄塔の下に立つ勇気」

「ああ……」

「すごくがんばったのよ」

「うん」

「自分でも信じられないくらい」

「そうなんだ」

「ええ、そうなの……」

あたりはしんと静まりかえっている。薄い壁を通してぼくは彼女のひっそりとした存在を感じ取る。

いつのまにか秋の宵のマジックはどこかへと消え去っていた。昂揚《こうよう》のあとの、あのなんともいえない哀しみがぼくの胸を包んでいた。

ねえ、と彼女が言った。

「寝ちゃった？」

「ううん。まだ起きてるよ」

「そう……」

「なに?」

「吉沢くん」

「うん」

「わたし——」

「うん」

「わたし、あなたの重荷になってない?」

「まさか」ぼくは言った。

「ぜんぜんそんなことないよ」

「そう?」

「うん」

「ならいいけど……」

「どうしたのさ? 突然」

ううん、と彼女は言った。

「ただね——」

「うん」

「ただわたし、あなたの楽しい思い出になれたらいいなって、そう思ったの」

だから、と彼女は続けた。

「楽しんで。自分の思うままに。とことん自分本位に……」

「そんなこと――」

いいの、とぼくをさえぎるように彼女が言った。

「お願いだから……。そうして……」

そしてそれきり彼女は黙り込み、結局これがこの夜ぼくらが交わした最後の会話となった。


自分本位になれないぼくらは、むしろそのことで相手に悲しい思いをさせてしまっているんだろうか？　だとしたらそれはすごく皮肉なことだと思う。

ぼくらは合わせ鏡のようなものなのかもしれない。相手の思いに思いを馳《は》せ、その思いを相手がまた思い遣《や》る。これじゃあ、どうあったって思うままに振る舞うことなんてできやしない。

大事にしすぎたあまり、結局はただの飾りになってしまう白磁の皿かなにかのように、ぼくらはいまという時間を繊細に扱いすぎてはいないだろうか？　ときには相手を傷つけること——そして自分が傷付くことを——恐れずに一歩踏み出すこともぼくらには必要なのかもしれない。とことん自分本位に、あとのことなんてなにも考えずに——たぶん、彼女が言っていたのはそんなことなんだろうと思う。

☆

次の日、時計は完成した。

その夜ぼくらは工房でささやかな宴《うたげ》を開いた。

積み上げた木箱の上にベニヤ板を置き、そこに藍《あい》染めの大きな布を敷けばそれがパーティーテーブルとなった。料理はぼくと彼女でつくった。それは例のお手軽レシピの実践練習も兼ねていて、だからテーブルの上に並んだ料理は、見た目にはどれもあまりぱっとしないものばかりだった。でもこのほうが、ぼくらのパーティーにはふさわしいと言えるのかもしれない。ぼくらは贅沢とは無縁の人間だった。

ぼくらは湯飲みの番茶でごく控えめな乾杯を交わし、そのあとで食事に取り掛かった。

うまい！　と父さんが一口食べた途端に言った。

「そのだし巻き卵わたしがつくったんです」と彼女が言うと、はあ、そうですか、と言って、父さんはちょっと頬を赤らめた。

並んで座るぼくらの向かいに父さんは腰掛けていた。だから、その表情は隠しようもない。彼女がちらりとぼくの顔を見て、なにかのサインのような笑みを浮かべた。

「ねえ、お父さん」と彼女は言った。

「わたしって、優くんのお母さんに似てるんですか？」

父さんが驚いたような表情でぼくらを見た。

「な――」と言ったまま固まってしまう。なぜ？　と言いたかったのかもしれない。

「ぼくが教えたんだよ。彼女が父さんから避けられているように感じていたから」

「そんなこと……」

「うん、知ってる。でも、彼女にはちゃんと伝えなくちゃわからないよ」

「そうか……」

父さんは観念したように頷き、つまりはそういうことです、と彼女に向かって優しく言った。

「あなたはわたしの妻に似ている。どこがというわけではないが、そのまとっている空気のようなものがね、若かった頃の彼女をわたしに思い起こさせるのです。あの頃のわたしは彼女があまりにも眩しすぎて直視することができなかった。いまもそれと同じです。あなたはとても輝いている。目映いばかりにね。別に避けているわけじゃあない」

ええ、と彼女は頷いた。

「そんなふうに思っていただけて、すごく嬉しいです」

あなたはいい娘さんだ、と父さんは言った。

「これからも息子の友だちでいてやって下さい」

「もちろん」彼女は言った。

「そのつもりです」

「ありがとう」

これで少し緊張がほぐれたのか、父さんはようやく彼女と打ち解けて話をすることができるようになった（それでも、やっぱり視線は彼女の鎖骨のあたりに向けられたままだった）。

「ひと目見てすぐにわかりましたよ」と父さんは言った。

「内面は外目にも映るものです」

「そうなんですか？」

「ええ。あなたはきっと愛に溢れた方なんでしょう」

「そう、愛です。妻の――優の母親が我々に注いでくれた愛は、まるで芳《かぐわ》しい香りのようでした」

「愛――ですか？」

「ええ……」

「寄り添い、包み込み、励まし、慈しむ。少しも押し付けがましくなく、それでいながら不思議な力で我々を魅了する。なにをせずとも、ただそこにいるだけで愛は香る。実に甘美な引力です。誰もがこのような愛を持っているわけではありません」

「そうなんですか？」

それはもう、と父さんは言った。

「愛っていうのはひどく曖昧《あいまい》な言葉でね、あらゆる感情がそこには含まれます。ひとによっては、それはたんにエゴと同じ意味であったりもする。人間の数だけ愛もある。そんな中でね、わたしはあなたと優の母親がその愛し方において似ているかもしれないと、そう思ったのです」

愛は香るがごとく――まさかそんな言葉が父さんの口から出るなんて思ってもいなかった。

父さんの言葉じゃないけど、よく知っているつもりの人間が、実はそれよりもはるかに深い存在だったことに気付くのは、なんとも不思議な感覚だった。

ぼくが照れて言えないような言葉を父さんは平気で口にする。父さんの恥ずかしさの基準は、たぶんぼくらとは大きく違っているんだろう。

父さんにとって一番恥ずかしいのは自慢すること――お金を持っているのをひけらかしたり、力や能力を誇示すること――であって、ロマンチストであることや自分の一途《いちず》な思いを知られることは、別に恥ずかしいことでもなんでもないのかもしれない。わかる気もするけど、ぼくにはやっぱり真似《まね》できない。

食事も進み、夜もだいぶ更けてくると、父さんが老眼鏡を外して、何度も目を擦り始めた。最近よく見かける仕草だった。

「どうしたんですか？」と彼女が心配そうに訊ねた。

「いや、目がちょっとね。さすがに根を詰めすぎました」

だったら、と言って彼女がふいに立ち上がった。テーブルを回り込み、父さんの後ろに立って肩に手を置く。

「肩を揉《も》ませて下さい」

ああ、と父さんは戸惑ったような声を漏らした。けれどすぐに表情を和ませ、ありがとう、と言った。

　父さんは身体の力を抜き、彼女にされるがままにまかせた。

「気持ちいいです」

「ほんとに？」

「ええ。ほんとです。昔、よく妻に揉んでもらったことを思い出します」

「肩こり症なんですか？」

「まあ、この仕事をやっていれば、誰だってね――」

「優くんは？　揉んでくれないんですか？」

「優は駄目です。どうにも下手くそで」

「そうなんですか？」

「ぶきっちょなんですよ。幼い頃に母親を亡くして、ひととの触れあいというものを学び損なったのかもしれません。息子は自分の父親に触れるのだっておっかなびっくりなんだから」

　ほんとに？　と彼女が笑みを浮かべながらぼくを見た。ぼくは、さあね、といったふうに肩を竦《すく》めてみせる。

「いやあ、ありがとう。ずいぶん楽になった」

父さんがそう言うと、彼女は、そんな、と言って、いっそう肩を揉む手に力を込めた。

「まだまだです。もっと揉ませて下さい」

「そりゃ嬉しいが、あなただって疲れてしまうでしょう？」

平気です、と彼女はかぶりを振った。

「わたしには父がいないんです。だから、いまはお父さんがわたしの本当のお父さんなんです。どうか親孝行させて下さい」

父さんは目を細め、なにかに感じ入ったように首を小さく揺らした。

「あなたはほんとにいい子だね……」

「いいえ。これはわたしのわがままです」

「なら、なおさらだ」

そう言って、父さんは自分の肩に置かれた彼女の手に自分の手を重ねた。

「あなたみたいな素晴らしい女性が息子の友人でいてくれることを、わたしはほんとに嬉しく思います。ほとんど人付き合いもないままに成人を迎えた優を、わたしはちょっと寂しく思っていたのです。このまま、なんの華やいだ思い出もないままに、青春を終えてしまうのかと——」

正直すごく驚いた。父さんがぼくのことをそんなふうに思っていたなんて考えてもいなかった。今夜は驚きの連続だ。

　まあでも、と父さんは言った。

「それはいらぬ心配だったようです。あなたがいてくれるなら安心だ」

「ええ……」

　彼女は少し戸惑っている。

　彼女はずっとぼくのそばにいられるわけじゃない。一生友だちでいるという約束の中に、そのことは含まれていない。そのことを父さんは知らない。

「わたし――」

　いや、と父さんは言って彼女を遮った。

「言わんで下さい。今夜はこのままで。もうわたしは退散しますから」

「え？　もう？」

「ええ。やっと長い仕事から解放されました。わたしは家に帰って休みます」

　そして父さんは立ち上がると、彼女と向き合い、今度はちゃんと顔を見ながら感謝の言葉を告げた。

「あなたの手料理、とてもおいしかったです。それに肩もみも。ありがとう」

「いいえ、わたしのほうこそ。ほんとにありがとうございました」

うん、と父さんは言って、彼女の肩をぽんと叩き、それからゆっくりとした足取りで部屋を出て行った。

「なんだか父さんが変なことを言ってたけど、気にしないでいいからね」

ぼくがそう言うと、彼女は微笑みながらそっとかぶりを振った。

「別に変なことじゃないわ。お父さんは吉沢くんのことを心配しているのよ。親なら誰だってそうでしょ？」

「かもしれないけど――」

「ええ」

「ちょっと驚いちゃったな」とぼくは言った。「父さんがぼくのことをあんなふうに見ていたなんて、ちっとも知らなかったから」

そうね、と彼女は言った。そしていたずらっぽい笑みを浮かべながら、吉沢くんは悲しい息子なの？　とぼくに訊いた。

別に、とぼくは言った。

「自分じゃそんなふうに思ったこともないんだけどな」

「誰とも付き合ってこなかったの？」

「まあね。洋幸と白河さんは別だけど……」

「これからも？」

「ん？」

「これからも、ずっとひとり？」

彼女はなんだかすごく真剣で、ぼくはその表情にすっかり気後れしてしまった。わかんないよ、と子供のように言い放つ。

「そんなこと……」

そうよね、と彼女は言った。

「そんなこと誰にもわからない……」

「うん」

ねえ、と彼女が急に声の調子を変えてぼくに言った。

「音楽を掛けて」

「あのテープ？」

「そうよ。あのテープ」

「いま聴きたいの？」

「そう、いま聴きたいの」

ぼくはオーディオデッキのところまで歩いてゆくと電源を入れ、カセットの再生ボタンを押した。

曲が流れ始める。可愛らしい少女の名前が付いた歌だ——きみに会った瞬間に、ぼくの中でなにかが起こった——そんなふうな言葉で曲は始まる。

これでいい？　と訊くと、ええ、と彼女は頷いた。そして、さあ、とぼくを誘うように手を差し伸べる。

「なに？」

「踊りましょ」と彼女は言った。

「えっ、踊るの？　ここで？」

「ええ、そうよ。わたしが相手じゃいや？」

まさか、とぼくはかぶりを振った。

「でも、踊ったことなんてないよ」

わたしもよ、と彼女は言った。

「誰にだって初めてはあるわ。これがわたしたちの初めて」

「うん……」

ぼくがまだ煮え切らずにいると（恥をかくのが怖かったのだ）、彼女はすごく優しい声でこう言った。

「ささやかだけれど——これがふたりの華やいだ思い出になるの。ね？　そうでしょ？」

ああ、とぼくは思わず声を漏らした。つまりはそういうことだ。あれもこれも、すべては彼女からのギフト——いずれは去っていく彼女が残してくれる、心づくしの置き土産なのだ。

ぼくは頷き、彼女のもとまで歩いていった。

そこはテーブルと壁掛け時計のあいだにある細長い空間で踊るには少々狭かったけど、それでもぼくらは少しも気にしなかった。むしろそれは例の有り難い不可抗力ってやつで、この狭さのおかげで、ぼくらは初めから限りなく身体を近づけて踊ることができた。

互いの身体にそっと手を置き、胸と胸、腰と腰とを寄り添わせ、ぼくらはゆっくりと身体を揺らし合った。

これで正しいはずだった。穏やかなリズムに身を任せながら相手の存在をひたすら感じ合う——たぶん、それが男女が一緒に踊るってことの意味なんだろうから。

ぼくは彼女のリズムが好きだった。悦びの（そしておそらくは不安の）満ち引きが生み出す緩急法。

甘い髪の匂い、微《かす》かに震える息遣い、伏せられた長い睫、冷たい指――そのすべてが気がおかしくなりそうなほどに魅惑的だった。

ぼくらの身体はいよいよ近付き、そしてついに触れ合った。

ぼくは彼女の胸の鼓動を肌で聞いたような気がした。それともそれはぼくの鼓動だったのか？

少しもささやかなんかじゃなかった。この瞬間、ぼくは世界で一番の幸せ者だった。

やがて彼女は両手をぼくの背中に回した。ぼくも同じようにする。

ぼくらは立って身体を揺らしながら抱き合っていた。

十四のときからずっと好きだったひとといま抱き合ってるんだと思うと、なんだか涙が出そうになった。そして、あらためてしみじみと、ぼくはほんとに白河さんのことが好きなんだなあ、と思った。

彼女は目を閉じ、陶酔した人間が見せるようなあんな感じで、左右にゆっくりと首を揺らしていた。その仕草はちょっとだけ彼女を、なんていうか――性的に見せた。

ぞくりとした。背骨に沿ってなにかが――百対の肢を持つ細長い虫かなにかが――

するすると這《は》い上っていくような感覚があった。

その感覚が伝わったのか、彼女がふっと顔を上げた。目が合う。こんなときぼくはいつでも本能的に目を逸らすのだけど、なぜかこのときはそれをしなかった。互いにじっと見つめ合う。

彼女の息遣いが少しだけ荒くなる。たぶんぼくもそうなんだろう。彼女の目がいつも以上に濡れていて、それがぼくをひどく落ち着かない気分にさせた。

彼女のためになにかをしてあげたい――例の「してあげたい病」の発作がまたぞろこみ上げてきた。

思うがままに。と彼女は言っていた。とことん自分本位に。

ぼくは彼女にキスしたかった。その繊細な唇に。柔らかで、すっかり露《あら》わなのに、でもすごく個人的で、とびきり親密なその場所に。

ぼくは彼女にキスしたかった。すごくすごくしたかった。

不可抗力の触れあいを求めてはいたけど、キスに限ってはそんな都合のいいものはどこにもありそうになかった。

それでもぼくは待っていた。なにを？　よくわからない。きっとそれは不可抗力に思えるような絶対的な存在の後押し、ぼくの人生を演出するディレクターのキューサインのようなものなんだろう（もちろん、それはぼくの心が生み出した幻影なのだけれど）。あるいはたんなる言い訳——遠慮がちな人間はいつだってそれを求めている。過分になにかを受け取るには正当な理由が必要なのだ。

ぼくらはまだ見つめ合っていた。なんだかすでに目と目でキスをしているみたいだった。彼女は無言のまま——ぼくの間違いでなければ——待ち受けていた。先に進むこと。友人から友人以上の関係に。

心臓が激しく鳴っていた。もう後戻りはできない。ぼくは大きく息を吸い込み、そしてそれをゆっくりと吐き出した。吐息の最後がヨーデルみたいに細かく揺れていた。彼女はそれをサインと見たのか、そっと目を閉じた。彼女の唇が微かに震えているのがわかった。ぼくは彼女の背中に回した腕に力を込めた。

そのとき、廊下の電話が鳴った。

ぼくらは慌てて身体を離した。こういうのって不思議だ。こんなふうに触れ合っているとき、ぼくらは潜在的に罪の意識のようなものを感じているんだろうか？　第三者の気配にあまりに激しく反応してしまう。

たぶん、とぼくは言った。

「オーナーさんだと思う。明日朝早くに搬入だから。きっとそのうち合わせ」

　そうね、と彼女が言った。わけもなく、髪の毛やワンピースの襞《ひだ》をせっせと整えている。

「早く出なきゃ」

「うん、そうだね」

　ぼくはエビのように後退《あとずさ》り、それからくるりときびすを返すと駆けるようにして部屋を出た。激しい興奮と、それを瞬時に断ち切られたショックとで、心臓がどうにかなりそうだった。暴れまくる心房だか心室だかが肋骨を内側から激しく叩いていた。

　息を切らしながら受話器を取り、もしもしと呼び掛ける。

　もしもし？　と微かに訝《いぶか》るような相手の声が聞こえてきた。オーナーさんではない。知らない声だった。他の住人への電話だったのか。

「はい、もしもし？」とぼくは繰り返した。

　ええと、と相手は言った。太い男性の声だ。歳はぼくよりは上で父さんよりは下。どちらかと言えばぼくに近い。

「そちらに、白河雪乃さんいますか？」

　びっくりして受話器を放り出しそうになった。なにか非現実的な出来事が起きたように思ったのだ。冷静に考えればそうじゃないことはすぐに気付くはずなのに、先ほどからの続きで、ぼくはそうとうに動揺しているようだった。

「いますけど」とぼくは言った。まだなにが起きているのかわからなかった。

「どなたですか？」

「オノセイジと言います」

「オノ、セイジさん？」

「そうです」

なにかがカチリと繋がる音が頭の奥で聞こえた。ぼくは急に不安になった。

「どちらのオノセイジさんですか？」と恐る恐る訊ねる。

ぼくのくどさに彼はなんだかイラッとしたみたいだった。

「わたしは彼女の婚約者です」と微かに怒気を含んだ声で言う。

「婚約者？」

無意識のうちにそう訊き返していた。目の前が急に暗くなる。

「ええ、まあそうです。婚約者みたいなものです。早く彼女に替わって下さい。緊急の用事なんです」

「はい、わかりました……」

ぼくは部屋に駆け戻り（緊急という言葉に素直に反応していた）、彼女に「電話だよ」と声を掛けた。

「電話？」

「うん。オノセイジさんてひとから。緊急なんだって」

彼女の顔色がさっと変わった。わかった、と張り詰めた声で言う。彼女は硬い表情でぼくの横を通り過ぎると部屋から出て行った。

ぼくはドアを閉め、それからざわついた胸を鎮めるために、とにかく動き続けた。皿を片付け、テーブルクロス代わりに使っていた藍染めの布を畳み、ベニヤ板を部屋の隅に立て掛ける。それでも電話はまだ続いていた。

どうにも落ち着かない。ぼくは小さな流しですべての皿を洗い、ついでに台所回りの汚れも掃除した。さらにコンロの焦げ落としに取り掛かろうとしたところで、ようやく彼女が戻ってきた。すごく顔色が悪い。

「なにがあったの？」

だいたいは予想が付いていた。でも、やっぱり訊ねずにはいられない。

「お母さんが」と彼女は言った。

「倒れたの。いまは病院に入院してて、とりあえず容体のほうは落ち着いているみたいなんだけど」

「そうなんだ」

大丈夫？　と訊ねると、ええ、わたしは平気、と彼女は言った。

「前にも何度かあったし。でも、ここのところは調子がよかったから、わたしもつい——」

「うん」

明日帰る、と彼女は言った。

「そうなの？　学校は？」

彼女はかぶりを振った。

「仕方ないわ。これもわたしの中の取り決めだから。もしものときは、なにをおいてもお母さんのところに駆けつける。それが第一のルール」

うん、とぼくは言った。

「そうだったね……」

なんだかすごくない？　と彼女は気分を変えるように、ことさら明るい声でそう言った。

「まるで時計の完成を待っててくれたみたい。そんなことなにも言ってないのに」

「うん、そうだね……」

彼女は、ふう、と大きく息を吐いた。

「これから荷造りしなくちゃ。たいした量じゃないけど」

「うん」

「パーティーはお開きね。残念だけど」

「うん。ついにバカンスが終わるんだね」

「ええ、でも最高のバカンスだったわ。ありがとう。今日までいろいろと」

「うん……」

彼女が部屋を出て行こうとするので、とっさにぼくは、あのさ、と呼び止めた。

「なに？」

「あの電話の――」

「え？」

「いや、なんでもない。お休み」

「ええ、お休みなさい」

当たり前だけど、少しも眠気はやってこなかった。しばらくは隣の部屋からがさごそと彼女の荷造りする音が聞こえていたけど、やがてはそれも静まり、いまアパートはすっかり静寂に包まれている。

婚約者、とぼくは口の中で呟いた。婚約者みたいなもの——。

やっぱりそうなんだ、とぼくは思った。彼女は結婚するんだ。

彼の声なんか聞きたくなかった。聞かなければ、それは実体のない幻のようなものだと思い込むこともできる。でも、ぼくは彼と言葉を交わしてしまった。あの声。低く男性的で、ぼくなんかの十倍ぐらいは大人っぽい。

そりゃ大人だもの、とぼくは思った。子供だっているんだから。世慣れていて、包容力があって、そしてなによりも経済的に安定している（きっとそうなんだと思う）。比べようもない。

思い返してみれば、ぼくはいつだって彼女に介抱されてばかりいたような気がする。鼻血出したり、ゲロはいたり——それがぼくという人間だった。覚束なくて、生きるのが下手っぴいで、躓いてばかりいる。

自分ひとりのときはそれでも充分満ち足りていた。そんなもんだと思っていたし、多くを望まなければ、たとえ世渡りがうまくできなくたって幸福であることは簡単だった。好きな仕事をして、飢えない程度に食べられればそれでいい。幸いアパートの家賃は馬鹿みたいに安かったし、着るものならお祖父ちゃんや父さんのお古がいくらでもあった。

けれど、ぼくは望んでしまった。彼女のためになにかをしてあげたい。そう思ったとたん、ぼくは「欠けている」人間になった。なにかを求めると、ひとは完全ではいられなくなる。求めるとは、つまりはそういうことだから。

自分の中のなにかを壊し、その窪《くぼ》みに相手が差し出すものをそっと嵌め込んでみる。そうやってぼくらは新しい存在になっていく。ぼくでもなく、きみでもなく、ぼくらという新しいユニットの一部分に。

その一歩を踏み出すのは、ときにはすごくつらいことでもある。痛くて、情けなくて、怖くて、みっともなくて、どうにも格好悪い。それでも、ぼくらは踏み出さずにはいられない。たぶん、百のうちのひとつでも報われれば、それだけでもう天にも昇ったような気分になれることを本能的に知っているからだ。

だからぼくも求めてみた。けれど——。

あるいはもっと別の状況であれば、好きという、そのことだけで無邪気に自分の思いを押し通していくことだってできたかもしれない。でも、関わる人間が増えていくほど、ことは簡単ではなくなる。万有引力の三体問題みたいなものだ。

すごく難しくて、いくら考えたって答えは出てきそうにもなかった。

こんこん、と壁を叩く音がした。すごく控えめな、あるかなきかの小さな音。

ぼくははっとして布団の上に身を起こした。なに？ と壁に向かって訊ねる。

「寝ちゃった？」

「いや、まだ起きてたよ」

「そう……」

「うん、なに？」

沈黙。

なに？ とぼくはもう一度訊いてみた。

ねえ、と彼女が言った。

「そっちに行っていい？」

胸の中で心臓が池の鯉《こい》みたいに大きく跳ねるのがわかった。身体が揺れる。

いいよ、とぼくは言った。ちょっとぶっきらぼうに聞こえたかもしれない。なんでそんな口調になったのか自分でもわからなかった。

しばらくするとドアがそっと開いて、彼女が工房に入ってくる気配が伝わってきた。

「大丈夫？ 見える？」と訊くと、だいじょうぶ、と彼女は答えた。それでもなにかに躓く音がして、あっ、と彼女が小さく声を出したのが聞こえた。

「灯りつけようか？」

「いいの。つけないで」

「うん、わかった」

そのまま待つと、やがて彼女が音もなくぼくの部屋に滑り込んできた。

薄暗い部屋の中に彼女の薄桃色のパジャマが仄《ほの》かに浮かんで見えた。それは深い海の生きもののように微かに息づいていた。

隣に行っていい？　と彼女が訊いた。

いいよ、とぼくは答えた。

布団の上に膝を抱えるようにして座っていたぼくは、お尻をずらして彼女のために場所を空けた。

彼女はぼくの隣に座った。当たり前だけどすごく近い。ぼくは長袖のTシャツに青い縞《しま》模様のパジャマを穿いていた。なんだかそのことで、ぼくはちょっとだけ心許《こころもと》ない気分になった。恥ずかしくて、それに出所のわからない罪の意識のようなものもちょっぴり感じていた。

「眠れないの」と彼女は言った。

「ぼくもだよ」

「あと、何時間かで夜明けよ。そうしたら、わたしはこの町を出て行く……」

「うん……」

「仕方ないよね」

そうだね、とぼくは言った。

「お母さんを早く見舞ってあげなくちゃ……」

「うん……」

月明かりが落とす木の葉の影がぼくらの身体の上で踊っていた。彼女の剝き出しの足はすごく小っちゃくて、爪なんかまるで子供みたいだった。

彼女は脆《もろ》くて傷付きやすい。精一杯気を張って生きているけど、ときには負けそうになることだってある。彼女には支えてあげる誰かが必要だった。

「さっき言い掛けたこと」と彼女が言った。

「ん？」

「吉沢くん訊いたでしょ？　電話の――って」

「ああ、うん。あれね」

「あの電話のひと」

「うん」

「お母さんが前に働いていた会社の社長さんの甥御《おいご》さんなの」

「そうなんだ」

「ええ。いつも気を遣ってくれて、なにくれとなくよくしてくれるの。あのひと自身もいろいろと大変なんだけど」

「いくつぐらいなの？」

「三十かな。たぶん――」

「ふうん……」

「小野さんていうんだけど、彼もその会社で働いてて――ほら、よくあるでしょ？親族経営の小さな会社。和紙の卸しをしているのよ」

「へえ、そういう会社もあるんだ」

「ええ。お母さんはそこに昔の知り合いの口利きで入ったの。でも、けっきょく体調崩してそんなに長くは続かなかったんだけど」

「そうなんだ……」

そこでぼくはふと思い付いて彼女に訊いてみた。

「じゃあ、白河さんが働いていた会社の事務っていうのも、もしかしたらそこで？」

「ええ。でも、ちょっとだけ」

「やめちゃったんだ」

「そう。けっこういろいろあって。人間関係とか」

うん、そうだよね、とぼくは言った。

「会社っていろいろあるよね」

「そうなの」

でね、と彼女は言った。

「そんな関係で、お母さんもなにかと小野さんを頼るようになってて、それで具合が悪くなったとき電話を入れたみたい。ここの電話番号もお母さんが教えたんだと思う」

なるほどね、とぼくは言った。

「そういうことだったんだ」

なんか、と彼女は続けた。

「小野さんがすごく気にしていたから」

「なにを？」

「電話で、ついきつい口調になってしまったって」

「ああ、そんなこと……」

「誰なの？　って訊くから、中学の同級生で、バイトの雇い主さんで、アパートの部屋のお隣なのって答えたわ」

　はは、とぼくは笑った。

「そうだね。そのとおりだ」

　ほかには、とぼくは彼女に訊ねてみた。

「なにか言ってた？」

「なにか、って？」

「うん。わかんないけど、なにか——」

　ううん、と彼女はかぶりを振った。

「それだけよ」

「そっか……」

　小野さんてさ、とぼくは言った。

「優しいひと？」

　一瞬、なにかを探るような沈黙があって、それから彼女は、ええ、と小さな声で言った。

「優しいわよ。すごく」

「うん」とぼくは言った。

「それはよかった」

「そうなの？」

「そうだよ。ひとは優しくなくちゃ」

「ええ」と彼女は言った。

「そうね……」

「うん」

彼ね、と彼女は言った。少しだけ口調が変わったような気がした。なんとなくだけど。

「去年離婚したの」

「離婚？」

「そう。それで六歳になる娘さんを引き取ってひとりで育ててるの。すごく優しいお父さんよ」

「そうなんだ」

「ええ。サトミちゃんっていってね、わたしにも懐いてくれてるの。可愛い子よ」

「うん……」

ぼくは自分がどうしたいのかよくわからなかった。こんな話を聞いていたいのか、それとももっと別のことを――この会話よりももっとましななにかを――したいのか、不思議なことに自分でもまったくわからなかった。

彼女が遠くに感じられた。ぼくのすぐ隣に座っているのに、薄桃色の可愛らしいパジャマに身を包んで、ぼくのすぐ隣で精一杯香っているのに、なぜだかとても遠くに感じられた。

「小野さんさ」とぼくは言った。

「うん」

「さっきの電話で、ぼくに自分のこと——」

ええ、と彼女は言った。

「なに?」

「白河さんの婚約者だって言ってたよ。婚約者みたいなものだって」

言ってしまってから自分でも驚いた。彼女と過ごせる時間はあとわずかしかないのに、なんでいまこんなことを言わなくちゃいけないんだろう。ぼくはどうにかなってしまったみたいだ。

彼女は落ち着いていた。もしかしたらこのときを待っていたのかもしれない。

「なんだか」と彼女は言った。声が少しだけ震えている。

「そんなふうに話が進んでしまっているの」

「どういうこと？」

「社長さんがね」彼女は言った。「そのことをすごく望んでるの。まわりのひとたちにも、わたしのことを甥の結婚相手だみたいな感じで言い広めてて、それで――」

「でも、本人たちは？」とぼくは言った。「自分たちはどうなの？」

小野さんは、と言ってから彼女は大きく息を吐いた。

「わたしさえよければ、って言ってる。いますぐでなくても、いずれ――」

「そうなんだ……」

そりゃそうだろう。だからこそ、彼はぼくに彼女の婚約者だと名乗ったのだ。叔父《おじ》と同様に、彼自身もそのことをせっせとまわりに広めようとしている。

じゃあ、とぼくは言った。喉がひりついて、声がすごく嗄《しゃが》れていた。

「白河さんは？　白河さんはどう思ってるの？」

彼女は俯くと唇を嚙み、静かにかぶりを振った。

わからない、と独り言のように呟く。

「わからないって、どういうこと？」

ぼくがそう訊ねると、お母さんのね、と彼女が泣きそうな声で言った。

「お母さんのことを考えると……」

そこで彼女は言葉を止めた。コクリと唾を飲み込み、そっと息を吐く。

「サトミちゃんのことだってあるわ」と彼女は言った。

「それに社長さんにだって、ずっとお世話になりっぱなしだし……」

「そうだけど、白河さん自身の気持ちは？　それじゃあ、なんだかまわりのひとたちの犠牲になって結婚するみたいだよ」

もしかしたらこのときが、ぼくがもっとも自分本位になった瞬間だったのかもしれない。ぼくは彼女に結婚などしたくないのだと言わせたかった。小野さんなんて嫌いなのだと。けれど、彼女はそのどちらも口にしなかった。

彼女はただ悲しそうに、いいの、と呟いた。

「わたしの気持ちなんて。もともと、そんなものないのかもしれない。子供の頃からずっと身体の弱いお母さんの姿を見ながら育ってきたから、いつのまにか自分を殺すことに慣れちゃったのね。ずっとそうやって生きていると、やがては本当に自分がなくなっちゃうのよ」

それは嘘だ、とぼくは叫びたかった。ならば、なぜきみはこの町に来たんだ？　それは自分が望んだからじゃないの？　この町ですごすきみはあんなにも楽しそうだったじゃないか！

でもぼくはなにも言わなかった。なぜだかわからないけど言えなかった。

「きっと、たぶんこれが最後だと思う」

だから、と彼女は言った。ほとんど吐息にしか聞こえないような小さな囁きだった。

「いいのよ」

そう言って、彼女はぼくのTシャツの裾を摑んだ。

「そのつもりで、わたしはここに来たの」

胸に割れた硝子《ガラス》で切り付けられたような鋭い痛みが走った。

彼女にそう言わせてしまったこと――。

彼女はひとつの決意を携えてこの町に来た。それはぼくに――彼女を慕うひとりの覚束ない青年に自分を差し出すこと。だからこそ彼女はずっとこう言い続けてきたのだ――吉沢くんの思うがままに。

いつだって彼女はそれを待っていた。

ぼくはなにも言えず、ただ押し黙って自分の爪先を見つめていた。すぐ隣では、大好きな女の子が可愛らしいパジャマに身を包み、震える吐息をそっと漏らしながら切ないほどに香っている。なのにぼくは1ミリも動けないでいる。

なんだかすごく悲しかった。自分が不甲斐なくて、そのことに憤ってもいた。

彼女は精一杯の勇気を持ってぼくのところにやってきた。それはほんとにすごいことだ。ぼくは彼女からたくさんの思い出をもらった。それだけだってぼくには信じられないほどなのに、彼女はもっと欲張ってもいいのよと言ってくれる。

でも、ぼくにはできない。

ぼくはきっとどうしようもなく古くさい人間なんだろう。純潔という言葉を後生大事に抱えながら生きているこの星最後の男——。

ぼくにはささやかな夢があった。それは、この広い世界の中で、こんなぼくをいいと言ってくれるたったひとりの女の子と巡り会い結ばれること。そしてふたりは結婚して夫婦になる。すごく普通だ。誰もがやっている。でも、当たり前のことを当たり前のようにできないぼくにとって、それは遠い憧れだった。

大好きな奥さんと温かい家庭をつくる。優しさといたわりに満ちたぼくらだけの小さな王国。父さんと母さんがそうしてきたように、いつかはぼくも——心の奥のどこかで、ぼくはずっとそう願いながら生きてきたような気がする。

ぼくにとって誰かと結ばれるというのは、そういうことだった。すべてが含まれる。

あれだけ、とか、これだけ、というのはない。

もし、そうでないなら、そのような未来を信じることができないのなら――彼女を抱いちゃいけない。

あのさ、とぼくは言った。ふっと彼女が身を強《こわ》ばらせるのがわかった。

「ずっと前から白河さんと見たいと思っていたものがあったんだ」

「見たいもの？」

「うん。でもなんか言い出しづらくてさ。だけど、いまなら――」

「なんなの？　それって」

うん、とぼくは言った。

「ちょっと待ってて」

ぼくは立ち上がると正面の壁まで歩いてゆき、棚に置かれた箱を手に取るとふたたび彼女のところに戻った。

「前にも見てもらった『銀河フィラメント』」

「ええ、あれ？」

「うん、あれは投影式にもなっててね――」

そう言ってぼくは箱を枕元に置くとスイッチを入れた。

その瞬間、天井いっぱいに銀河が広がった。

それは本物の夜空とは少しも似ていなかった。もっとはるかに幻想的で妖しくて、そしてなぜだか少しだけもの悲しかった。ぼくの心がそうだったからなのかもしれない。それは太古の海みたいにものすごく濃密で、全体がひとつの生きものみたいにゆっくりと息づいていた。とろりとしたスープみたいな光が、闇よりも黒いエーテルの中で音もなく対流していた。

きれい、と彼女が呟いた。

「横になろう」とぼくは言った。「そうやって見るようにつくったんだ」

「ええ……」

ぼくらは布団の上に並んで寝転んだ。肩が触れ合い、足の指と指とがぶつかり合った。手を繋いでもいい？　と訊くと、彼女は黙って頷いた。

ぼくらは手を繋いだ。上級タイプの繋ぎ方だ。

小さな部屋の天井で銀河が踊っていた。光の帯はまるで風に舞う紗《しや》のレースのようだった。星々は寄り添い、重なり合い、そしてまた離れていった。

「まるで」彼女が言った。

「宇宙にふたりだけで浮かんでいるみたいね」

ずっと夢に見てたんだ、とぼくは言った。

「これを初めてつくったときから。白河さんとふたりで、こうやって手を繋ぎながらぼくらの銀河を眺めることをさ。いつかそんな日が来たら、きっと素晴らしいだろうなって、いつもそう思ってたよ――」

「そんなこと」と彼女が言った。

「いくらでもしてあげたのに。なんでもっと早くに言ってくれなかったの？」

うん、とぼくは言った。

「でもね、こんなことを頼むんだって、ぼくにはけっこう勇気がいることだったりするんだ……」

ああ、と彼女が溜息のような声を漏らした。

「そうね。そうだったわね……」

彼女はそれきり黙り込んでしまった。ぼくもなにも言わなかった。

風が梢《こずえ》を揺らす音だけが微かに聞こえていた。

彼女が言ったように、ほんとにふたりだけで宇宙に漂っているような気がした。ここでならぼくらはずっと一緒にいられる。銀河は光の揺りかごで、ふたりは幸福な夢を見る小さな子供たちだった。

やっぱり、とぼくは言った。

「このまま終わるなんていやだ」

彼女が首を回してぼくを見た。頬に熱い吐息を感じる。

「いつかきっと会いに行くよ」とぼくは言った。

「必ず」

ええ、と彼女は言った。そうね、待ってる……。

けれどその声は消え入りそうなほどに小さく、哀しみに打ち震えていた。

ぼくはこの約束を信じたかった。ふたりはいつかきっとまた会える。これで終わるはずがない。彼女だってそう願っていたはずだ。

でも、思いだけではどうにもならないこともぼくらは知っていた。人生は厳しく、その情け容赦もない運命の前では、ぼくらのささやかな望みなんて、空に浮かべたシャボンのようにいともたやすく消し飛んでしまう。

ここで離れちゃいけないのかもしれない。胸の奥でなにかが警告していた。ここで離れたら、ふたりは永遠にはぐれてしまう。

自分本位に、と彼女は言った。

ぼくの願いは、彼女と離れずにいること、ただそれだけだった。

もし彼女にずっと寄り添うことが許されるのなら、このはかない人生を——味噌《みそ》っかすの、取るに足らないぼくのような男のつましい人生を、もし彼女が愛の光で照らしてくれるのなら、ぼくはすべてを彼女に差し出すだろう。すべての言葉を、すべての眼差しを、温もりを、ありったけの真心を彼女に捧《ささ》げるだろう。そして、やがて人生の終わりが来たなら、ぼくは彼女の手を握りしめながら、きっとこう言うだろう。

さよなら、ぼくの奥さん。きみのおかげでぼくはとっても幸せだった……。

それがぼくの望みだった。それがぼくにとって自分本位に生きるということだった。

けれど——。

繋いだ指から彼女の哀しみが伝わってくる。

彼女は本当に結婚してしまうんだろうか？　いまはまだ、そのことがなんだか信じられずにいる。こんなにすぐ近くで息づいている美しいひとが、ぼくの手の届かない遠いところへ行ってしまうなんて。

ふいに、顔のない男が彼女の白い身体をぞんざいに扱う姿が脳裏をよぎる。ぼくは思わず呻《うめ》き声を漏らしそうになる。そんなことを絶対にしないようなやり方で。彼女を行かせたくない。ぼくならさせたくない。

彼女はこんな変わり者のぼくを「へんなひと」と言いながら嬉しそうに笑ってくれた。躓き、打ちのめされたぼくを、その柔らかな膝枕で憩わせてくれた。

もう二度とこんな素晴らしいひとと出会うことはないだろう。

ぼくはかなうことのない夢を見たんだろうか？　届くはずのない彼方の星に手を伸ばすように。

なんだか銀河が滲んで見えた。

ねえ、吉沢くん、と彼女が言った。

「うん……」

「今日まで、ありがとね。すごく楽しかった……」

ぼくのすぐ耳元で囁かれる彼女の声。微笑みながら泣いているみたいな、そんな声だった。

「思い出をたくさんつくったわ。短いあいだだったけど、わたしたちは精一杯生きた」

「そうだね……」

「こうやって、吉沢くんとまた会うことができて、ほんとによかった。きっと、何度でも思い出すと思う。星の王子様みたいに不思議な姿をした、とびきりユニークな男の子のこと」

「うん……」

「その男の子はね、手を繋いだだけで頬を赤らめてしまうのよ」

「そうだね……。そのとおりだよ」

ねえ、知ってた？　と彼女が訊いた。

「なにが？」

だからこそ、と彼女は言った。

「だからこそ、わたしはわたしらしく、ありのままの自分でいることができたんだってこと」

「そうなの？」

「ええ、そうよ。吉沢くんだから、わたしはわたしでいられたの。内気で、ひとと付き合うことが苦手なわたしは、いつだって誰かを演じることでまわりと合わせようとしてきたわ。でも、それはとても苦しいことなの」

「うん、わかるよ」

わたしたちは似ているね、と彼女は言った。

「ほとんど一緒……」

「うん、そうなのかもしれないね」

「吉沢くんがいたから楽しかった。鉄塔の下で見る夕焼けも、ひとのいないがらんとした銭湯も、工房の狭い隙間で踊ったダンスも、なにもかも。それがわたしの青春のすべて。あとから人生を振り返ったとき、ああ、わたしにもあんな胸を躍らせるような楽しいひとときがあったんだな、ちゃんと精一杯生きてたんだなって、そう思えるような時間をね、吉沢くん、あなたがくれたのよ」

幸せになってね、と彼女は言った。

そんなこと、と言い掛け、ふっと横を見ると、彼女が涙を零していた。あの大きすぎる目でじっとぼくを見つめながら。

「吉沢くんはすてきな男の子よ。きっと幸せになれる。わたしはそう信じてるわ。ちゃんと食べてね。もう無茶はしないで。お願いだから……」

わかった、と言って、ぼくは笑みを浮かべた。

「ちゃんと食べるよ。無茶はしない。もしそんな気分になったら、白河さんのことを思い出すよ。そうすれば、きっと大丈夫だから……」

そうね、と言って彼女は微笑んだ。ぼくはそっと手を伸ばして、彼女の頬の涙を拭った。

わたしも、と彼女は言った。

「思い出すわ。吉沢くんのこと……」

彼女は自分の頬に置かれたぼくの手を取り、そこに口付けをした。熱い唇だった。

さよなら、わたしの初恋……。

彼女がそう呟いたような気がしたけど、ただの吐息だったのかもしれない。

☆

翌日、彼女は帰っていった。時計の搬入のためにやってきたオーナーさんがついでに彼女を駅まで送ってくれることになった。アルバイト代の支払いも、彼が一時的に立て替えてくれた。

ぼくはアパートの玄関で彼女を見送った。父さんはこの別れに間に合わなかった（ぼくとふたりで、あとから画家さんの家に最後の調整をしに行くことになっていた）。

でも、そのほうがいい。ぼくはひとりで彼女を見送りたかった。

じゃあね、と彼女は車の窓を開けて言った。泣き腫《は》らした目が赤く腫れていた。いまもまた彼女は目に涙を浮かべている。

笑ってよ、とぼくが言うと、彼女は眩しそうな目でぼくを見上げた。

「白河さんの笑顔を憶えておきたいんだ。だって、これは楽しいバカンスだったんだからさ。最後も笑顔で……」

そうね、と彼女は言った。彼女は涙が浮かんだ目でぼくを見つめながら、なんとか笑顔をつくろうとした。唇の両端を引き上げ、頬に力を込める。でも、やっぱりうまくいかなかった。彼女の右の目からぽろりとひとつぶ涙が零れた。彼女はぎゅっと瞼《まぶた》を閉じ、駄目、できない、と言った。そして声を立てて泣き始めた。

「手紙を、書くわ……」

それだけのことを、なんとか口にする。

オーナーさんが、そろそろ行くよ、と言った。ゆっくりと車が走り出す。

ぼくは早足で追い掛けながら彼女に言った。

「会いに行くから。いつかきっと会いに行くからね！」

彼女が車の窓から手を振りながらそれに応えた。

「待ってるわ。ずっと、待ってるから……」

車はどんどんと加速してゆき、やがてはぼくをひとり残して、ゆるやかにカーブする道の向こうへと消えていった。あとにはただ、青白い車の排気ガスがうっすらと漂うばかりだった。

それ以来、ぼくは彼女と会っていない。

☆

見ると、瑞木さんは微かにいびきをかいて眠っていた。幸福な夢を見ているのかもしれない。すごくくつろいだ寝顔だった。

いよいよ明日だ。明日、瑞木さんは絵里子さんがいる故郷の町に帰り着く。悲しいことにならなければいいな、とぼくは思った。こんなにもがんばったんだから。

ぼくは寝袋に深く潜り込み目を閉じると、心の中で彼女の顔を思い浮かべた。

つくり損ねた笑顔。頬が涙で赤く染まっていた。悲しい別れだった。あれからもう四年が過ぎてしまった。

待ってるわ、と彼女は言った。ずっと、待ってるから――

だからぼくは彼女に会いに行く。たとえこの命が尽きても、心はけっして立ち止まらない。もう二度と迷ったりはしない。

## 3　いま、そしてこれから

夢の中でぼくは河原を歩いていた。懐かしい風景だった。父さんと母さん、そしてぼくの三人で何度も歩いたあの道。オギの穂がぼくの背よりも高く繁《しげ》り、あるかなきかの風に静かに揺れている。

あたりには微《かす》かに霧が掛かっていた。でも、歩く先が見えないほどじゃない。ぼくが歩いているのは家に帰るためだった。この道をどこまでもゆけば、いつかは懐かしい我が家に帰り着けるはずだった。

もうどれだけ来ただろう？　曲がりくねった河原の道はまるで果てがないかのようにどこまでも続いていた。

ぼくは裸足《はだし》だった。地面には霜柱が立ち、ところどころ凍っているところもあった。すごく寒かった。空は灰色の雲で厚くおおわれ、いまにも嵐が来そうだった。だんだんと不安が募ってくる。

心許《こころもと》ない気分に急き立《せ》てられるようにして、ぼくの足の運びはどんどん速くなっていった。

氷で傷つけられた足が悲鳴を上げていた。霜柱はまるで凍った針山のようだった。

ぼくは痛みに顔を歪《ゆが》め、仔犬《こいぬ》みたいな声で低く呻《うめ》いた。

そのとき、ふいに声を掛けられた。

「優？」

顔を上げると、霧の向こうに母さんがいた。いつも着ていた黒いワンピース。母さんはいつだって黒い服ばかり着ていた。黒いスカート、黒いジーンズ、黒いシャツに黒いカットソー。そのことを言うと、「わたしは魔女なの」と母さんはいつも笑いながらそう答えるのだった。

母さん？　とぼくは呼び掛けた。それだけで——その言葉の響きだけで、ぼくはもう泣き出してしまいそうだ。

夢の中でも母さんはもうこの世のひとではない。そのことがすごく悲しくて、切なくて、どうにもたまらなくなる。

「しっかりしなさい」と母さんは言う。

「男の子でしょ？　どんなに苦しくたって、一度決めたことはやり遂げなくちゃ駄目よ」

「なんのこと？」

「生きるの、精一杯。愛のために」

目を覚ましなさい、と母さんは言った。

「早く！」


その声にびっくりして目が覚めた。

納屋の中全体が青く染まっていた。

「瑞木さん！」とぼくは叫んだ。

ん？　と言って瑞木さんが目を覚ます。

「逃げましょう！　あたりが全部青く染まってます！」

うわ、と瑞木さんが叫んだ。

「ほんとだ。やべえぞ！」

ぼくらは寝袋から飛び出すと、とりあえずリュックだけを手に取って走り出した。

「どこに行けばいい？　囲まれちまってるぞ！」

納屋の外に出たところでぼくらは立ち止まり、きょろきょろと辺りを見回した。

そこは村の外れにある大きな農家の庭先だった。まわりをぐるりと欅《けやき》や樫《かし》の古木に囲まれている。

その屋敷森の深い影の中をなにかがひらひらと漂っているのが見えた。一瞬、ぼくにはそれが夢の中で見た母さんのワンピースの裾のように思えた。

母さん？

けれど、よく見てみると、それは大きなクロアゲハだった。蝶《ちょう》はまるでぼくらを誘うかのようにゆっくりと漂いながら木々を縫ってその先の光射す場所へと向かっていく。季節外れのこんな時期になぜ蝶がいるのか一瞬不思議に思ったけど、ぼくはすぐに心を決めた。

あれ！　とぼくは指さした。

「あのクロアゲハを追いかけましょう！　きっと安全な場所に向かうんだと思います」

「おお、そうだな」

ぼくらは蝶を追って駆け出した。

屋敷森を抜けると、そこはかなり開けた場所になっていた。村の北側が一望できる。目に映る風景はどこもかしこもが青く染まっていた。水路を挟むようにして広がる田んぼも、民家の壁も、路傍の草も、四つ辻《つじ》に立つお地蔵さんも、どれもこれもみんな青い光のベールに覆われている。

もう夜は明けたんだろうか？　そう思い空を見上げてみても、地上と同じようにほの青く光っているだけで太陽はどこにも見えなかった。

まるで夢の続きを見ているようだった。現実感がなく、時間の感覚までもがおかしくなってくる。

それにこの音――微かな、ほんの微かな囁《ささや》き。どこか遠い場所から風に乗って運ばれてくるあるかなきかのさざめき。

「聞こえます？」と瑞木さんに訊《たず》ねると、ああ、と彼は答えた。

「頭がおかしくなりそうだぜ」

瑞木さんはひどく苦しそうだった。きっと食べてないからだ。彼は昨日の朝以来なにも口にしていない。旅の疲れもあってか、彼はげっそりと憔悴《しょうすい》していた。

やがてぼくらは蝶を追って村境まで来た。その先は杉山になっている。見上げると山の中腹から先はまだ光の浸食を受けていないようだった。緑色の木立が静かに揺れているのが見える。

「あと少しです！」

「ああ」

村と杉山とのあいだには小川が流れていて、そこには村人がつくった簡素な木橋が架けられてあった。蝶はその橋の上をゆらゆらと揺れるように渡っていく。

「急いで！」

ぼくが先に橋を渡った。川面までは2メートルほどの高さがあった。水はまだ流れている。微かにせせらぎの音も聞こえてくる。

橋を渡りきり数メートルほど山道を登ったところで振り返ると、瑞木さんの姿がどこにもなかった。

「瑞木さん！」

ぼくは慌てて橋まで戻った。瑞木さんは川の中に半分ほど身を浸《つ》かりながらじたばたともがいていた。

「大丈夫ですか!?」と声を掛けると、早く行け！　と彼が叫んだ。

けれどぼくはそうしなかった。

ぼくは草に覆われた急な斜面を滑るようにして下り、瑞木さんのすぐ隣に降り立った。

「バカ野郎！　なにやってんだよ！」

「そんなことより早く」

そう言ってぼくは瑞木さんに手を差し出した。一瞬、ほんの一瞬だけ彼は躊躇《ちゅうちょ》するような仕草を見せたけど、すぐにぼくの手を摑《つか》み立ち上がった。

「足をやられた」と苦しそうに言う。

「上がれますか？」

「やってみる」

ぼくは急斜面を這《は》い上ろうとする瑞木さんを下から押し上げた。たった2メートルなのにひどく手こずる。瑞木さんは見た目以上に体力を失っているようだ。

「がんばって！」

「ああ、やってるよ。死ぬ気でな」

時間がない。あとどのくらい残っているのか。気ばかりが焦って、うまく身体に力が入らない。

「ちくしょー！」と瑞木さんが叫ぶ。

「こんなところでくたばってたまるか！」

そのタイミングでぼくも一気に力を込めた。ふっと肩に掛かる重さが消え、振り仰ぐと瑞木さんが草の上に腹這いになって激しく喘《あえ》いでいるのが見えた。

今度はぼくの番だ。瑞木さんが差し出した手を摑み、綱登りの要領で斜面に足を掛け登っていく。こういうとき体重が軽いと助かる。ぼくは瑞木さんの半分も掛からずに斜面を登りきることができた。

「急ぎましょう」

ぼくは激しく息をしている瑞木さんの肩を支えながら言った。

「ああ……」

彼の顔は心なしか青ざめて見えた。ぼくもそう見えるんだろうか。

足を引き摺《ず》る瑞木さんを支えながら山道を登る。

しばらく行くうちに、いつのまにかあの音が消えていることに気付いた。あたりには静けさが戻っていた。耳がなんだか変な感じだった。

さらにもうしばらく登ると、ついには世界に色が戻ってきた。木々の葉は緑で足下の土は黒に近い茶色、見上げた空はいつものように鉛色だった。

「抜けた……」と瑞木さんが呟《つぶや》いた。

でも念のためにもう五分ほどぼくらは山を登り続けた。

視界が開けた場所から見下ろすと、山裾からかなり上がったところまで青い光が迫っているのが見えた。

「どのくらいの速さで広がっていくんだろう？」

さあな、と瑞木さんは言った。

「聞いたところじゃ、あれはかなり気紛《きまぐ》れらしい。浸食の方向や速度は場所によってまったく違うって言うぜ。いずれにせよ、おれたちは光の柱のすぐ近くで眠ってたらしいな。でもまあ、逆をいや間一髪で直撃は免れたってことにもなる。まだ運はこっちにあるってわけだ」

「そうですね」

前にも一度同じ状況に陥ったことがあった。旅に立つその朝のことだった。二度も同じ状況に陥って、そこから二度とも逃げ出すことができたぼくは、そうとうに運がいい人間なのかもしれない。

夢のことは瑞木さんには言わなかった。信じてもらえるだろうとは思ったけど、母さんのことはぼくの胸の中だけに秘めておきたかった。あたりを見回してみたけど、クロアゲハの姿はもうどこにもなかった。

ぼくらは山腹のやや平らになった場所で休むことにした。伐採された杉の切り株に腰を下ろす。瑞木さんは草の上に慎重に足を伸ばして座った。

「お前さんも無茶やるな」と彼は言った。

「なんでおれを助けた？」

なんで？　とぼくは訊ね返した。

「あの状況なら、ぼくが瑞木さんでもああしたでしょ？　こんなことに理由はないんです」

なるほどね、と彼は言った。

「なかなか面白い意見だ……」

やっぱり瑞木さんの足は折れているようだった。

押したり捻《ひね》ったりしていろいろ調べてみると、一番痛みがひどかったのは右足の足首で、よく見るとそのあたりがすでに青く腫《は》れ始めていた。そのほかにも、何か所か痛みを感じる場所があるみたいだった。

やり方もわからないので、とりあえずL字になった枯れ枝を添えて切り裂いたシャツで固定してみた。

「痛みます？」

それなりに、と瑞木さんは言ったけど、実際にはそうとうに痛むはずだった。処置をしているあいだにも、どんどんと腫れは増していく。足首がなんだかすごく気味の悪い色に染まっていた。

あまり長居をしても危険なので、ぼくらはまた歩き出すことにした。瑞木さんは二本の枝を両手で持って、ほとんど右足を使わずに山を登った。彼のリュックはぼくが持つことにした。ふたりとも寝袋をあの小屋に置いてきてしまったので、さらに荷は軽くなっていた。

山自体はたいした高さじゃなかった。さほど行かないうちに峠に出る。

瑞木さんは地図と方位磁石で向かうべき方向を探った。

「ますます運がいいな。さほどずれちゃいない。アゲハ様々だぜ」

なので、ぼくらはそのまままっすぐ進むことにした。瑞木さんにとっては下りのほうが大変みたいだった。斜面に足を取られて何度も転ぶ。濡《ぬ》れた髪や身体を泥まみれにしてよろよろと歩くその姿は、まるで湿った墓の中から這い出てきたばかりのゾンビみたいだった。

それに互いに顔を付き合わせてよく見てみたら、やっぱりぼくらの肌は少しだけ青ざめていた。なんとなくだけど、気分もまだ少し引きずっているみたいなところがあった。

「あの光の中にいるとき」とぼくは言った。

「なんだか変な気分になったんだけど……」

おれもさ、と瑞木さんは言った。

「なんか、うっとりしちまうのな。気が抜けるっちゅうか、妙に怠《だる》くて、縁側で昼寝でもしてるみたいにさ」

「そう、そんな感じ」

やばいよな、と彼は言った。

「それが手だぜ。一度つかまったら、もうどうでもよくなっちまう。逃げる気さえ失《う》せるってわけだ」

「ぼくら、頑張りましたね」

「そりゃもう」と彼は言った。

「それが愛の力ってやつよ」

一度目のときはこんな気分になることはなかった。だとすれば、こういった現象はどれだけ青い光の中に身を置くかで変わってくるものなのかもしれない。一度目よりは二度目、二度目よりは三度目。回を重ねるごとに、時間が累積していくごとに、ぼくらはどんどんと青い世界と同化していき、いずれは完全にその一部となってしまう。

くわばら、くわばら。

ようやく山を下りきると、そこは小さな集落になっていた。地図で見ると、ここからはかなり先まで平坦《へいたん》な道が続いているようだった。

ぼくは空き家となった農家の納屋で木製の台車を見つけた。平坦なアスファルト道なら、これで瑞木さんを運んでしまったほうが早そうだ。

彼に見せると、こりゃまた、と驚いた声を上げ、これって大八車って言うんだぜ、とぼくに教えてくれた。

「これで米俵を運ぶのさ。うちは農家だったからな。目にしたことはあったが、まだ残ってたとはな」

じゃあ、乗って下さい、と言うと、おうさ、と彼は言った。

歩くうちにすぐにこつは摑めた。ただ、やたらと揺れるのはどうしようもない。少し車輪が歪んでいるみたいだったし、道路もかなり荒れている。

ひぃ、と瑞木さんが荷台で悲鳴を上げた。

「足に響くなあ、こりゃあ」

「我慢して下さい。これも愛のためです」

おお、と力のない声が返ってくる。

「それを言われるとなあ。悲鳴も上げられなくなる」

それでも道中はまあまあ快適なほうだった。低山に挟まれた田舎道《いなかみち》はほとんど起伏もなく、青く凍った土地に行く手を遮られることもなかった。

空は相変わらず鉛色の雲に覆われていた。黄色いシミみたいな太陽が弱々しい光でもって荒れ果てた田畑を陰気に照らしている。遠くに鴉《からす》の声が聞こえたけど、姿を見ることはなかった。食糧難は鴉だって同じだ。彼らもずいぶんと数を減らしたんじゃないだろうか。

陽が中天に昇る頃には、瑞木さんの故郷まであと数キロのところまで来ていた。

ぼくらは廃墟《はいきょ》となったドライブインの駐車場で休みを取ることにした。

「知ってるよ、ここ」と瑞木さんは言った。

「昔な、大昔、あいつとよくここに来ていたよ」

「デートで?」

「ああ」

ぼくは小さなコンロで米を炊いた。リュックの食料もまもなく底をつく。

「お気に入りのピンボール台があってな、一時期かなり入れ込んでたのさ」

「そんなとき絵里子さんは?」

「コーラ飲みながらベンチに座っておれを見ていたよ。いま考えりゃひどいデートだよな。なにが楽しかったんだろう？　誘えば付いてはきたが、おれはいつだって勝手にひとりで遊んでいるばかりだった。おれはそういう奴なんだよ。あいつと待ち合わせしたって、すっぽかしや遅刻は毎度のことさ。自分でもひでえなと思うんだが、本気で忘れちまうのさ」

「そうなんですか？」

「ああ。いつだったかは、雪の日にあいつを待たせたまますっかり忘れちまったこともあったな。二時間だか、三時間だか、そのぐらいの時間をさ。まさかもう待っちゃいないだろうと思ったが、まあそれでも軽く確かめるつもりで車で通り掛かったら、なんと、あいつが傘さして待ち合わせの場所に立ってるじゃないか。あれにはびっくりしたな。あいつにはそういう鈍くさいところがあるんだよ。融通が利かないっていうか、読みが悪いっていうか、そのぐらい自分で判断しろっていうんだよなあ、ほんとによ……」

瑞木さんは大八車の荷台に寝そべったまま、気怠そうに空を見上げていた。泥まみれの姿は、なんだか荷台に雑に放り置かれたぼろきれかなにかのようにも見えた。

米が炊きあがったので勧めてみたけど、彼は食べようとはしなかった。

「いらんよ。おれにはもう必要ない」

なんだかその言葉が不気味な予言のようにも聞こえてぼくの胸は重くなった。瑞木さんと別れたくなかった。ぼくはまだ彼と一緒に旅を続けていたかった。

ふん、と瑞木さんがなにかを思い出したように、小さな笑い声を漏らした。

「なんです？」と訊ねると、彼は、いやな、と言った。

「あるときここで、三人のガキ共に囲まれたことがあってな」

「絵里子さんもいたときですか？」

「ああ、そうだよ。おれは見てのとおり貧相な身体つきだから、きっとチョロい相手だと思われたんだろうな。金をせしめて、おまけに女まで横取りできる。いっぱしの山賊気取りさ」

「ひどい連中ですね」

いや、と瑞木さんは言った。

「そうでもないさ。やつら、けっきょくはボコボコにのされちまったんだから。貧相なこのおれにさ」

「三人とも？」

そうだよ、と彼は言った。

「あの頃はおれもまだ若くて、うまく力をコントロールできないところがあった。いつもいらついていたし、わけのわからん衝動におれ自身が振り回されているようなところもあった」

「そうなんですか？」

「ああ。そういった人間は危険なんだ。ちょっかいなんか出しちゃいけないんだよ。リミッターが切れた人間ていうのは、とんでもない凶器にもなるんだ」

「それで……」

「ああ、おれはいささかやり過ぎた。ちょっとしたお仕置きのつもりだったんだが、それでも間近で見ていたあいつはすっかり怯《おび》えちまってな」

「可哀想に……」

「だろ？　おれはひどいやつなんだよ。そのあとでおれたちは車でホテルに直行さ。どうにも抑えきれなくてな。もうこうなったら手がつけられないんだ」

そこで瑞木さんはぼくを見て、こんな話いやか？　と訊《き》いた。ぼくは肩を竦《すく》め、小さくかぶりを振った。

「聞いときますよ。もうここまで来たら」

ああ、と瑞木さんは言った。そうだな。

「あいつは、もともとこういったことが好きじゃないんだ。きわめて抑制的なのさ。

潔癖で、快楽を堕落かなんかと考えている」

「瑞木さんとは反対ですね」

そのとおり、と彼は言った。

「おれは躁病的快楽主義者だからな。あいつはだから、こういった——なんだ？　つまりは、そう、自分が無我の境地に陥っちまうことをえらく恥ずかしがるんだな。だから、そのときもあいつは嫌がった。まだ動揺していたしな。息を荒くして迫るおれがよだれ垂らした狼《おおかみ》かなんかに見えてたんじゃないのか？」

「それじゃあ、まさか……」

ん？　と瑞木さんは言ってから、いやいや、とかぶりを振った。

「おれは無理強《じ》いはせんよ。そこまで情けない男じゃない。ひたすら拝み倒すのさ。それがおれのやり口だよ。全力で駄々をこねるんだ。そうすりゃ、いつだってあいつのほうがいずれは折れてくれるんだ」

なんだかな、とぼくは言って苦い笑みを浮かべた。

「ごちそうさまです」

「ん？　どういうことだ？」

「だって、絵里子さんはすごく瑞木さんのことが好きだったわけじゃないですか」

「そうなのか？」と彼は言った。

「これはそういう話なのか？」

「じゃあ、どういう話なんです？」

そう訊ね返すと、瑞木さんはしばらく考えていたけど、やがて、わからん、と諦めたように呟いた。

「どこで話がすり替わったんだ？　たしか喧嘩《けんか》の話だったよな？」

「すり替わってなんかいません」とぼくは言った。

「瑞木さんだってそうでしょ？　荒っぽいことをしたのは絵里子さんがそこに一緒にいたからで、大事なひとをまもるためだからこそ暴走したわけで、やっぱりそのぐらい瑞木さんだって絵里子さんのことが好きだったんだ」

ほう、と瑞木さんは感心したような声を上げた。

「すごいな、その解釈」

「そうなんですか？　間違ってます？」

「いいや。たぶん、そのとおりだよ」

「だったら……」

ふん、と瑞木さんはつまらなそうに鼻を鳴らした。

「おれだってわかってたさ。あいつは怖かったんだよ。おれが自分で自分を壊しちまうんじゃないかってな。だから、あいつにとっては、おれが普通でいることがなによりも大事だったんだ。うわべだけでもな、とにかく普通に暮らしてりゃあ、そのあいだだけでも破滅を遠ざけておくことができる――そう思って、小うるさくいろいろ言ってたんだろうよ。なんともありがたいことさ……」

なのになあ、と言って瑞木さんは大きく溜息《ためいき》を吐いた。

「おれはいったい、なにを遠回りしてたんだろうな？　時間が無限にあったわけでもなかろうに……」

☆

町に着いたのは、午後も三時を回って空がずいぶんと暗くなり始めた頃だった。

ひとっこひとりいない無人の県道を、ぼくはガラゴロと音を立てながら瑞木さんを乗せた大八車を牽《ひ》いて歩いていた。

道沿いにはところどころにラーメン店やプレハブの倉庫なんかが建っていて、ひさしぶりに大きな町が近付いていることを予感させていた。道端に捨てられたカップラーメンの容器が、ぼくにはなんだかひどく懐かしいもののように感じられた。

ロにこそ出さなかったけど、しばらく前からぼくはあることに気付いていた。

前方の空がぼんやりとだけど青く染まっている。どのあたりの上空なのかはわからないけど、あまりいい兆候じゃなかった。

町境を越え、ちらほらと民家の影が目に付くようになってきたあたりで、ぼくらは一回立ち止まった。

んん、と瑞木さんが言葉にならない声を漏らした。

「見えるか？　あの空」

「はい。見えます」

「駄目かもな」と彼は言った。不思議なほど穏やかな声だった。

「おれとあいつんちは、このずっと奥さ。まさしくあのあたりだよ。町はあっちのほうが中心なんだ」

「でも、行ってみなくちゃ――」

「もちろん行くさ。そのためにおれは帰ってきたんだ。でも、覚悟はしとかなくちゃな……」

ぼくはなにも言わずに、また梶棒《かじぼう》を持って歩き始めた。

県道を縁取るようにして農家や酒屋、それに雑貨屋なんかの建物がぽつぽつと建ち並んでいる。その裏には田畑や雑木林が広がっていて、さらにその向こうにはまたこと同じような街道が並行して走っているのが見える。

ゆるやかにうねる道をぼくらはゆっくりと進んだ。

「ああ、ここはおれの悪友の家だよ。親父《おやじ》がひどい飲んだくれなんだ」とか、「ここのばあさんごうつくでな、死んだあと床下からごっそり札束が出てきたんだぜ」とか、荷台に座りながら瑞木さんがあれこれと説明してくれる。

「懐かしいですか？」

まあな、と瑞木さんは言った。

「故郷ってやつはおれみたいな人間にはなんとも微妙でな。例の愛憎相半ばする、ってやつだよ」

さらに進み大きく右にカーブを曲がると、目の前に大きな川が現れた。

「この橋を渡った先からが本当の市街さ。だが、どうやら――」

そう言って目を細めて見つめる瑞木さんの視線の先には、うっすらと青い霧につつまれた市街地の姿があった。

「瑞木さんの家は？」

「土手沿いに行ったほうがいい。うちはもっと東なんだ」

「わかりました」

外灯もある歩道付きの立派なコンクリート橋を渡りきると、ぼくらはそこから土手道に入った。舗装はされていなかったけど、足下は踏み固められていてそんなに進みづらくはなかった。

「ああ、もうすぐだ。いよいよだな……」と瑞木さんが呟いた。

土手から見下ろす街並みは、どこもみなすっぽりと青い霧に覆われていた。古びた町だった。瓦《かわら》屋根の民家が目立つけど、学校だか町の庁舎だか、鉄筋コンクリートづくりの建物もちらほらといくつか見えた。田畑や雑木林が多く残り、灌漑《かんがい》のための水路がその隙間を縫うようにして町を巡っている。

霧は土手のすぐ下まで来ていた。

やがて、ここだよ、と瑞木さんが言ってぼくを止めた。

「あそこだよ、見えるか？」

そう言って瑞木さんが指をさした先には、ひときわ大きな敷地を持つ農家の屋敷森があった。

「あれがうちさ。あいつんちの写真館はその向こうだよ」

ついに、とぼくは言った。

「帰ってきたんですね」

「ああ、そうだな……」

瑞木さんは呻くようにしながらなんとか大八車から降り立った。右足の先が信じられないぐらい膨れあがっていた。紫色のメロンが丸々一個くっついているみたいだった。

さて、と彼は言った。

「いよいよお別れだ」

「まだです」

いいえ、とぼくは首を振った。

ん？ と瑞木さんがぼくを向いた。

「どういうことだ？」

「一緒に行きます。その足じゃとても無理ですよ」

「そんなこと――」

それに、とぼくは彼を遮って言った。

「絵里子さんに会えるかどうかわからないけど、いずれにせよ気が済んだら、また一緒に旅を続けましょう。ぼくと一緒に行きましょうよ」

瑞木さんはぼくから視線を逸《そ》らすと、なにかを考えるようにじっと宙を見つめた。泥のこびり付いた指で目尻を掻《か》き、髭《ひげ》で覆われた唇を舌で湿らせる。

よし、わかった、と彼は言った。

「そうしよう」

「ほんとに？」

あまりにも速い決断にちょっと気抜けしてしまった。

「ああ、ほんとだよ」

ぼくは頷《うなず》き、じゃあ、と言って荷台を指さした。

「乗って下さい。一気に突っ走ります」

「了解」瑞木さんが言った。

「お手柔らかに頼むぜ」

「まかせて下さい」

ぼくらは土手を削ってつくられた砂利道を下った。ここは慎重に行く。それでも車輪が大きな石に乗り上げるたびに、瑞木さんは悲鳴を上げた。

下りきるとすぐ目の前に青い霧があった。恐る恐る足を踏み入れてみる。

すぐにまたあの音が聞こえてきた。祈るような、唱《うた》うような、そうでなければ、遥《はる》か先の海から漂い来る遠鳴りのような、そんな微かなさざめき。

聞いてると身体からどんどんと力が抜けていく。

「急げ!」と瑞木さんが背中で叫んだ。

「立ち止まるな!」

「はい!」

ぼくは走った。道は瑞木さんが指示してくれる。距離にして200メートルもないはずだった。

「そこを右だ!」

「はい!」

「その先を左!」

「はい!」

田畑と古い民家が建ち並ぶ田舎道だった。区画されているわけではないので、道は蛇みたいに曲がりくねっている。道端にはやたらと柿の木があって、そのどれもがたわわに実をつけていた。あれを食べられたらなあ、とぼくは思った(実はみごとなまでに真っ青だったけど)。

体力が落ちているせいで、たいして進みもしないうちに息が切れてきた。でも止まるわけには行かない。ぼくは蒸気式のカラクリ人形みたいに、もうもうと白い息を吐きながら走り続けた。

やがて目の前にあの屋敷森が見えてきた。

「まず家に行ってくれ。そこを抜けたほうが早いんだ」

「はい」

ぼくらは畑道を突っ切り、生け垣で囲まれた屋敷の庭先に駆け込んだ。

あっ、と背後で瑞木さんが声を上げた。

「親父とお袋だ……」

開け放たれた農家の縁側に初老の夫婦が仲良く座っているのが見えた。ふたりとも湯飲みを手に空を見上げている。

「とうちゃん、かあちゃん……」と瑞木さんが呟いた。

逃げなかったんだな、と彼は言った。

「暢気《のんき》なもんだぜ。この世の終わりまでずっとああしてるんだろうよ。仲のいい夫婦だったからな」

「瑞木さんてお父さんそっくりなんですね。額の形まで」

「そうよ。おれもいずれはあんなふうに禿《は》げ上がる運命だった。でも、もうその心配もいらなくなったな」と彼は続けた。

行ってくれ、

「長居は無用だ。その先に塀が途切れたところがある。ガキの頃からずっとそこを使って行き来していたんだ」

彼の言うとおりに進むと、確かに塀の途切れたところがあった。丁度、大八車の幅ぐらいの隙間で、そこを苦労して抜けると隣家の庭先に出た。

写真館を兼ねた絵里子さんの家は田舎のこんな町には珍しい洋館だった。庭は芝で覆われていて、南側には煉瓦《れんが》で囲まれた花壇があった。花はすべて萎《しお》れていた。

「どこを探します？」

「表に回ってくれ」

建物の脇を抜けて通りに出る。写真館の入り口はこちら側にあった。

店の引き戸は閉じられたままだった。これじゃ中に入ることはできない。硝子《ガラス》越しに店内を覗《のぞ》いてもひとの姿はどこにもなかった。

薄暗い店の壁には見本用の写真がいくつも飾られていて、もの言わぬひとびとの顔がまるで鬼火のように薄闇にぼうっと浮かんでいた。耳に響く声が彼らから発せられているような気がして、ぼくはちょっと怖くなった。

「避難したんですかね？」とぼくは瑞木さんに訊ねた。

「わからん」と彼は言った。

そして、悪いがもう一か所だけ行ってくれ、とぼくに言った。

「なに、すぐそこさ。そこにいなけりゃ諦める」

「わかりました」

通りを50メートルほど行った先にあったのは小さな鎮守の森だった。木製の鳥居とお稲荷《いなり》さんの祠《ほこら》。その奥には滑り台とブランコがあって——。

そこにひとりの女性がいた。ウールのダッフルコートを着た細身の女のひとが、ぽつんとひとり寂しそうにブランコに座っている。化粧っ気のない地味な顔立ちだった。右の耳の上で光る小さな髪留めが、彼女に子供みたいな印象を与えていた。

「絵里子さんですか？」

ぼくが訊くと、ああ、とうしろから囁くような声があった。

「絵里子だ……」

ぼくはブランコまで歩いていくと、そっと大八車の梶棒を降ろした。彼は荷台から下りると、よろけるようにして彼女の前まで歩き、両手でブランコの鎖を握った。ブランコはぴくりとも動かなかった。

「バカな女だな、お前は……」

瑞木さんはそっと手を伸ばし、彼女の髪留めに触れた。髪留めはとびきり高価な宝石みたいにきらきらと青く輝いていた。

「あれほどやめろと言ったのに、またこんなもん着けてよ。ほんとにバカだよ。おれが喜ぶとでも思ったのか？　ん？　好きでもない色を好きだと言ったり、頼んでもいないのに勝手に待ったりしてよ。お前はほんとに度し難いバカだな……」

瑞木さんの声は震えていた。彼は音を立てて鼻をすった。

「もっと要領よく生きろよ。こんなちんぴらのおれなんか放っといてよ、お前なら他にもいくらだって幸せになる道があっただろうが……」

彼は一瞬押し黙り、そのあとで絞り出すような声でこう言った。

ごめんよ、許してくれな。

瑞木さんのこんな悲しそうな声を聞くのは初めてだった。いつだって自信満々で、力強くぼくを導いてくれたひとだったのに。

「がんばったんだけどな」と瑞木さんは言った。

「ほんとさ。一瞬だってお前を忘れたりはしなかった。でも、駄目だった……」

声の最後は涙で震え、やがてそれは嗚咽《おえつ》に変わっていった。

「ごめんよ、ほんとにごめんよ。お前のこんなちっぽけな望みさえも、おれはかなえてやることができなかった。許してくれ……」

彼女は一枚の写真をスカートの腿《もも》の上に置き、それを両手で大事そうに摑んでいた。そっと覗き込むと、そこには正装をした男の子と女の子が並んで座っている姿があった。きっとあの写真館で撮った遠い日のふたりなんだろう。瑞木さんは、このときでさえすでに世のすべてに憤っているかのような表情を見せている。あるいは、たんに照れていただけなのかもしれないけど。

もしかしたら、とぼくは思った。絵里子さんはこの写真を手に毎日ここに通っていたのかもしれない。

世界が終わると知ったその日から、彼女は思い出のこの場所に通い続けた。あの雪の日に彼を待って佇《たたず》み続けたように。来る日も、来る日も、融通の利かない彼女らしい一途《いちず》さでもって、ただひたすら彼の帰りを待ち侘《わ》びながら――。

瑞木さんは鎖から手を離すと、彼女の前に跪《ひざまず》いた。震える手で胸ポケットからペンダントを取り出し、絵里子さんの胸に掛けようとする。

「トルコ石だよ。お前が赤色を好きなことは知ってたが、青はおれたちの特別な色だもんな。だから、これを選んだんだ……」

けれど、瑞木さんの不器用な指で青く凝《こご》った彼女にペンダントを掛けるのはどうにも難しいらしく、彼はいろいろ試したあげく、けっきょくは諦めてそれを絵里子さんが手にしている写真の上に置いた。

「なにもかもが様《ざま》ないな。許してくれな。お前の誕生日のために買ったんだが、また遅刻しちまったよ。あげくに、こうやって胸に掛けてやることさえできないなんてな……」

彼は振り返り、ぼくを見ると、もう行ってくれ、と言った。

「ありがとな。いろいろと。ほんとに感謝しているよ。お前さんは間に合うことを祈ってる。無事たどり着いてくれな」

瑞木さんの顔は涙と鼻水でびしょびしょだった。

「でも……」

「おれはここに残る。これからはずっと絵里子のそばにいてやるんだ。もう悲しませることもない。ようやくおれも落ち着くのさ。これからは本当に自分がなすべきことだけをするんだ。こんなどうしようもないろくでなしのおれを信じて待っててくれた、この不器用な女のそばにな、おれはずっといてやりたいんだよ。思えばそれこそがおれの願いだったんだ。ずっと昔からな、ほんの小さなガキの頃から、おれはこの女にベタ惚《ぼ》れだったのさ……」

でも、とぼくは言った。

「ほんとにそれで――」

「ああほんとさ。最初からそう決めていたんだ。だから、早く行け」

それでもぼくがためらって動こうとしないと、突然彼が怒鳴り声を上げた。

「バカ野郎！　お前はおれみたいになるんじゃない！　早く行け、行っちまえ！」

ぼくはその声に驚いて思わず駆け出した。通りに出たところで振り返って見ると、瑞木さんは両手で彼女の手を握り、そっとなにかを語りかけていた。

青い光に覆われたふたりの姿は、まるで一枚の宗教画のようだった。そこでは絵里子さんは慈悲深い聖母で、瑞木さんは祈りを捧《ささ》げる傷だらけの巡礼者だった。

彼は幸せそうだった。どんな形であれ愛する女性とついに一緒になることができたんだから。

瑞木さんは涙でぐしょぐしょになった顔で微笑《ほほえ》んでいた。そして、初めて愛を告白した初《うぶ》な若者のように、ほんの少しだけはにかんでいた。

☆

旅は続く。約束のために、ぼくは歩き続ける。

瑞木さんと別れてからのぼくは、以前よりもさらにペースを上げて北を目指した。しばらくは落ち込んでいたけど（瑞木さんが大好きだったから。彼はあれでよかったんだ、幸せだったんだ、とぼくは何度も自分に言い聞かせなければならなかった）、ひたすら二本の足を交互に繰り出すうちに、徐々にまた気分は上向いていった。

誰もいない荒れ野を歩きながら、ぼくはつらつらと思い返していた。

思えば、あの小さな鎮守の森のことを、ぼくは幾度も耳にしていた。

あの森はふたりにとって特別な場所だった。

瑞木さんはあんな性格で、それはお父さん譲りだったから、ふたりのあいだにはいつも喧嘩が絶えなかった。まだ小学生の頃の瑞木さんは、お父さんにまったく歯が立たなくて、喧嘩になるたびに彼は家を飛び出し、あの鎮守の森に逃げ込んでいた。

ある冬のことさ、と彼は言った。

「えらく寒い日でな。そのときも、まあいつもどおりの展開よ。なにをしでかしたのか憶《おぼ》えてないが、おれは親父を見事に怒らせて、縁側から庭に飛び出したのさ。親父は床の間の木刀に手を掛けていたからな、これはもう逃げるが勝ちさ。裸足だったもんで、地面の冷たさがえらくこたえた。夕飯の前だったから腹も減ってたしな。さすがのおれも泣きたくなったよ」

こうなったら父親が酒に酔って眠ってしまうまでは家に帰れない。瑞木さんはあのブランコに座って、かじかむ足をさすりながら、じっと寒さに耐えていた。

「そしてこれもまあ、お定まりの展開なんだが、そんなときはいつも絵里子がこっそりやってくるのさ。おれら親子の怒鳴り声はあいつん家《ち》にも筒抜けだったからな」

あいつは握り飯を持って来てくれた、と瑞木さんは言った。

「それに水筒に入れたお茶だな。あれはほんとにありがたかった。地獄に仏とはこのことさ。おれはもう息もつかずに貪《むさぼ》り食ったね。あいつはそんなおれを黙って見てた」

握り飯を食べたことで空腹はどうにかおさまったけど、寒さは時間とともに増すばかりだった。陽はとうに落ちて、あたりはすっかり暗くなっていた。

寒いんだ、どうにかしてくれよ、と瑞木さんは言った。

実際、長い時間そこにいた瑞木さんはすっかり冷え切って、ぶるぶると震えていた。

「あの頃のおれはとんでもなく痩せていたからな。糸を縒《よ》り合わせたみたいな身体って言われてたくらいさ。寒さはこたえるんだよ」

そしたら絵里子さんは黙ってブランコに座る瑞木さんの前に立ち、赤いダッフルコートのボタンを外した。前を開くと、中に彼女は小豆《あずき》色のセーターを着ていた。その胸がすでに少し膨らみ始めていることに少年の瑞木さんは気付いた。彼女はそのまま彼をコートの胸の中に抱き、背中に腕を回して包んでくれた。

これでいい？と訊くので、彼は、ああ、これでいい、と答えた。

「十一か十二のガキだった頃の話さ。そんなことがまだなんの躊躇《ためら》いもなくできたんだな。照れも皮肉もなく、馬鹿みたいに素直によ……」

体力がついて父親と対等に渡り合うことができるようになると、瑞木さんはもう逃げなくなった。鎮守の森は遠くなり、自然とふたりのあいだも疎遠になっていった。

ふたりがまた付き合い始めたのは、彼女が高校を出て働き始めてからのことだった。

「まあ、なんとなくな。手近なところですませたっていやあ、それまでだが。とにかく、くっついては離れ、くっついては離れって、何度もそんなことを繰り返したよ。そしてけっきょくは最後もまた鎮守の森さ。そこで別れてそれっきりよ……」

そのときは珍しくふたりの仲がうまくいっていて、瑞木さんもアルバイトではあるけれど定職についていた。

「電気屋の配送だよ。ひっでぇ仕事だったが――相棒が年下のくせに先輩風ふかすのさ――なんとか我慢してやっていた」

絵里子さんの誕生日が近付いていて、ふたりは一緒に旅行に行く計画を立てた。彼女が南に行きたがったので、三日ほど島に行くことにした。乗り物やホテルの手配はすべて絵里子さんがした。彼女はすごく嬉しそうだった。

「あんなはしゃいでいるあいつを見たのは初めてだったかもしれんな。柄にもなく派手な水着なんか買ったりしてよ。親父さんからけっこう高価なカメラを借りる算段もつけてな。とにかくはりきってたよ」

そのすべてを瑞木さんはぶち壊した。

「始まりは例の相棒との大喧嘩だよ。こうるせぇ小童に、おれの堪忍袋がどんだけ小っさいのかを思い知らせてやったのさ。まあ、すっとしたね。で、なんやかんやで店をクビになって、さて、どうしようかと迷ってたところに、なんとも実入りのよさそうな儲《もう》け話が舞い込んで来たってわけさ――」

瑞木さんはあの鎮守の森に絵里子さんを呼びつけ、そこで話を切り出した。

悪いな、と彼は言った。

「旅行には行けなくなった」

ブランコに座っていた絵里子さんが驚いて顔を上げた。けれど、彼女はなにも言わなかった。瑞木さんから目を逸らし、こくりと唾《つば》を飲み込む。

「明日町を出る。どのみち、このへんが潮時だったのさ。おれにしちゃがんばったほうさ」

それでも絵里子さんはなにも言わなかった。

「そう怒るなって。いい話なんだよ。あんなちゃちな店で働くのとはわけが違う。大金稼いで、次のお前の誕生日にはバラの百万本でも贈ってやるさ。今度はちんけな宿じゃなく、ゴージャスな大名旅行と行こうぜ。肝臓みたいな形のプールがあるホテルでよ、まわりはやたらと景気のよさそうな客たちでいっぱいなのさ。お前の水着姿は、そういったところでこそ引き立つってもんだ」

彼女がすん、と鼻を鳴らした。目からひとつぶ涙がこぼれ落ちる。

そんなの、と彼女は言った。小さくかぶりを振り、もう一度、そんなの、と呟く。

「あなたはなにもわかってない……」

おいおい、と彼が絵里子さんの肩に手を置こうとすると、彼女は身を捩《よじ》って逃げようとした。

「なに拗《す》ねてんだよ」

彼女はもう泣いていることを隠そうともしなかった。こんなときの絵里子さんはすごく子供っぽくなる。

「また、あのひとと会ってるって聞いたの……」

ああ、と瑞木さんは言った。

「それな。なるほど……」

あのひととは、瑞木さんが以前付き合っていた女性のことだった。

まさしくそれさ、と彼は言った。

「あいつが今回の金づるだよ。スポンサー。あの女最近やたらと景気がいいんだ。まったくの色気抜きさ。ビジネスなんだよ。誰があんな痩せガラスに手え出すかってんだ」

もういいの、と言って彼女はかぶりを振った。

「ん？　どういうことだ」

疲れちゃった、と彼女は言った。

「もうコウちゃんの好きにしていい……」

「そうなのか？」

彼女はこくりと頷いた。

「でも、今度帰ってきたときには、もうここにはわたしいないかもよ……」

「なんだよそれ」

「もう待つの疲れたの。わたし二十七よ。結婚だってしたいし、赤ちゃんだってほしい……」

ほうほうほう、と瑞木さんは咆《ほ》えるように言った。うろたえるほど傲慢になるのが瑞木さんの悪い癖だった。

「なるほど。で？　相手はいるのかよ。どこのどいつだよ。お前を孕《はら》ませたいっていう物好きは」

これから探すの、と彼女が消え入りそうな声で言った。

好きにするがいいさ、と瑞木さんは言った。完全に逆上していた。彼女がこんなことを口にしたのは初めてだった。彼はすごく不安だった。

待ってくれなくてけっこう、と彼は言った。

「これまでだって一度も頼んだことはなかったものな。お前の人生はお前のもんだよ。好きに使ってくれ。どこぞのちんけな男と所帯持ってつましく暮らすのもけっこう。赤ん坊を1ダースも産んでな。そしたら、金糸の入った産着を贈ってやるよ。札を縫い込んだっていいや。おれはアラブの王族みたいにして暮らすんだ。お前がつまらん唐変木の靴下をせっせと洗ってる頃、おれは南の島で——」

　コウちゃん、と絵里子さんが彼を遮って言った。

「うん？」

「もういいよ。そう、わたしはつまらない女なの。ふつうに暮らすのが好きなふつうな女よ。もともとコウちゃんとは釣り合うはずもなかった……」

「ああ……」

「でも、わかって……」

「なにをだよ」

「わたしだって精一杯がんばったんだってこと……」

　ふん、と瑞木さんは鼻を鳴らした。

「どういうことだい？」

「コウちゃんの才能をわたしは誰よりも知ってる。それが認められないことが悔しくて仕方なかったの。まわりのひとたちは、なにもわかってない。でも、なにかしてあげたいと思っても、わたしじゃだめなの。それがすごくつらかった」

　なんだよそれ、と瑞木さんは言ったけど、その声にはまったく力がなかった。

　もう行って、と彼女は言った。

「コウちゃんが言ったように、待ってたのはわたしの勝手。頼まれもしないのにね」

彼女は子供みたいに手の甲で涙をごしごし拭うと、馬鹿みたいね、と呟いた。

「けど、もういいの。わたしのことは気にしないで。ただ、身体だけは気を付けてね。カッとなってもすぐに手をあげちゃだめよ。大怪我《けが》になることだってあるんだから……」

コウちゃんの人生がうまくいくことを祈ってる、そう言って絵里子さんは両手で顔を覆うと、身を折るようにして泣き伏してしまった。

それが最後さ、と瑞木さんは言った。泣き続けるあいつを放ったらかしにして、おれは逃げたんだ。わかるだろ？　おれはたったひとりの女も幸せにすることのできない、骨の髄からのろくでなしなのさ——。

遠い雲の上で、青い稲妻が竜のように走るのが見えた。少し遅れて雷鳴が轟《とどろ》く。冷気が風に乗って運ばれてきた。ぼくはヤッケのフードを被《かぶ》り、胸のチャックを一番上まで引き上げた。

たしかに、とぼくは思った。たしかにそうなのかもしれない——。

彼はよた者でちんぴらで、おまけにろくでなしだった。

でもね、瑞木さん、とぼくは心の中で呟いた。

ぼくは知ってます。あなたは、あんなにがんばったじゃないですか。彼女を傷つけたことをあんなに悔やんでたじゃないですか。

あなたは命をかけて償おうとした。きっと絵里子さんだって、それをわかっていたから待ち続けたんだと思う。

ぼくは忘れません。あなたたちふたりのあの姿。あまりにも、あまりにも不似合いなふたりだったけど（絵里子さんは無垢《むく》な野の花のようで、あなたは泥から這い出てきたサンショウウオのようだった）、でもすごく素敵だった。恋人同士っていいなあって、心の底から思いました。

あなたたちは、ぼくの憧れです――。

☆

状況はどんどん悪くなるばかりだったけど、ぼくはめげなかった。

あるいはこの空気のせいもあるかもしれない。ぼくがこんなに強い人間であるはずがなかった。ぼくは心も身体も大きく変わった。自分でも自分が信じられないくらいだ。じくじくと膿《う》んだマメが足裏全体に拡《ひろ》がって、波のように襲ってくる両腿の痙攣《けいれん》は、筋肉が千切れてしまうんじゃないかっていうぐらい痛かったけど、それでもぼくはへこたれなかった。彼女に会うためなら七つの海だって渡る——そんな雄々しい気持ちが胸の奥でふつふつと沸き立っているのを感じていた。

青く染まった土地はますますその領土を広げていた。歩ける道はどんどんと少なくなっていく。例のパラドックスじゃないけど、歩けば歩くほど目的の地がさらに遠のいていくような、そんな奇妙な感覚にぼくはしょっちゅう襲われた。

北に向かうにつれて気温も下がっているようだった。雲が切れることはなく、風景はいつだって寒々しかった。

葉を落としきった木々は繊細な工芸品のような美しいシルエットを見せていた。とくに夕暮れどき、七色に燃え上がる広大な雲の海を背景に見る木立の黒い影は、いつだって涙が込みあげてくるぐらいぼくの胸を打ち震わせた。

いま仰ぎ見る西の空は、あの頃とはずいぶんと違ってしまったけれど、それでもやっぱりぼくは彼女との日々を思い返さずにはいられなかった。

夕焼け雲にカメラを向けて、息を詰めシャッターチャンスを待っていた彼女。オレンジ色に染まったその横顔は溜息がでそうなほど美しかった。そして、悲しいくらい愛らしかった。

その頬に触れてみたいといつも願っていた。

ぼくの初恋だった。初めてっていうのは、なんだって特別なのだ。だからこの恋も特別だった。比べるものがなくたって、それぐらいぼくにだってわかる。

ぼくは眠りに就く前に、焚《た》き木の火をたよりに彼女からの手紙を読んだ。寝袋をなくしたぼくは、黒いゴミ袋と古新聞で身体を包んで夜の冷気から自分の身を守っていた。それでも寒くてたまらなかった。手紙を持つ手が震えて、すごく読みづらかった。言葉を口にするたびに、白い息が千切ったティッシュみたいに風に舞いながら運ばれていった。

吉沢くん――

手紙はいつだって、この呼びかけから始まった。

あの夢のようなバカンスからもう三か月が過ぎてしまいました。吉沢くんとお父さんは元気ですか？　わたしは元気です。

お母さんの具合もすっかり落ち着いて、いまはまた働きに出られるようにまでなっています。週に三日、三時間ほど近所の製材所で帳簿付けをやっています。もともとが働き者のお母さんは、このほうが身体にいいのだと言っています。

わたしは中古のスクーターを知人から安く譲ってもらい、それに乗って隣町のスーパーまでレジ打ちに通っています。しばらくはこの仕事を続けることになりそうです。店長さんも他のパートのひとたちもみんな優しいひとたちばかりです。

あのことは（彼女は小野さんとのことを、このように書いていた）、わたしも一生懸命に考えています。まだ答えは出ていないけれど、吉沢くんと過ごした日々の中で、わたしは自分が前の自分とは少しずつ変わっていくのを感じていました。

あなたの思うように、とお母さんは言ってくれます。あなたが幸福になることがわたしの幸せなの、とも。

だから毎日考えてます。どうすればいいのか。

身体がふたつあればいいのに、と思うけど、それは無理な望みですよね。

こうやってお母さんの体調が少しでも上向いてくると、わたしの気持ちも前向きに、楽観的になってゆきます。もしかしたら、お母さんはすっかり元気になって、わたしはわたしの人生をもっと自由に生きられるようになる日が来るかもしれない。

そんな空想の中で、わたしの心はいつだって吉沢くんのいるあの町に立ち帰ってゆきます。

思い出はすごく優しくて、なぜだか楽しかったことしか思い出せません。

一緒に鉄塔の下で夕焼けを見たこと。工房で夜遅くまで時計づくりに励んだこと。ふたりで踊ったダンス。そう、一緒に銭湯にも行きましたね。あのとき、わたしはものすごくはしゃいでいて、いま思い返すとちょっと頬が赤くなってしまいます。あんなふうに自由に振る舞えたことが、いまでは不思議でなりません。ここでの生活の中では、どうしたって自分を抑えることが求められてしまいますから。

またいつか、吉沢くんと一緒にあんなふうに銭湯に行けたら楽しいだろうな。

吉沢くんはすてきなひとです。一緒にいるとすごく楽しい。ほかの誰といるときよりも、ずっとずっと。

いまでも目を閉じれば、工房の机に向かって背を丸め、無心に作業をしている吉沢くんのうしろ姿が見えるようです。あなたは前途有望なアーティストです。だから、自信を持って下さい。

わたしはいつだって吉沢くんを応援してます。

それじゃあ、おやすみなさい。

雪乃

☆

まず米が先に底をつき、それから芋や豆も食べ尽くしてしまった。

それでも我慢して歩き続けたけど、やっぱりなにも食べないままだとどうしたって ペースは落ちてくる。それになんだか目が回るし、やたらと立ち眩《くら》みもしてくる。このままじゃ行き倒れになってしまうかもしれない。

なので食料が比較的残っていそうな海側に出ることにした。海沿いの大きな町はおおむねどこも青い光に飲み込まれていて、山間部に比べるとかなり危なそうだった。けれど、どっちにしたって、なにも食べられなければこのまま旅は終わってしまうのだ。向かうしかなかった。

山から離れて平野部に降りると、風景ががらりと変わった。やたらと見通しがよくて空までが広く感じられる。線路沿い、国道沿いの町は初めから捨てていた。とっくのとうに凍ってしまったはずだ。

地図で見てあまりひとけのなさそうな場所を探しながら進んだ。行く手を青く染まった土地が遮るときは、それを慎重に迂回《うかい》した。あの中に足を踏み入れるような危険はもう冒さない。

そうやっておおよそ海から10キロほど入ったあたりをそろそろと北上していくうちに、やがてぼくは一軒のコンビニエンスストアーに行き着いた。

あたりは広大な田園地帯で、民家の影ははるか彼方《かなた》にぽつりぽつりと見えるばかりだった。きっとトラックドライバーとか営業マンとか、そんなひとたちのための店なんだろう。

近付いてみてもとくに店が荒らされている様子はなかった。駐車場には一台の車もなく、煙草の吸い殻ひとつ落ちていない。

ぼくはドアを開け店内に入った。照明がついていないので、店の中は昼間のこの時間でもかなり暗かった。

案の定、弁当やパン、それに食材や飲み物の棚はどれもすべてきれいになくなっていた。日用品のたぐいもごっそり消えていた。雑誌は残っていたけど新聞はなかった。まあ、ざっくり言って商品の七割ぐらいが持ち去られてしまっていた。

それでも幸いなことに、まだスナック菓子が何袋かとナッツやキャンディーがわずかばかり残されていた。たぶん、前の「客たち」が、あとから来るかもしれない人間のために残してってくれたんだろう。ぼくもそれにならって、キャンディーを数袋残していくことにした（状況から考えて、このあと誰かがこの店を訪れることはあまりありそうにもなかったけど、一応念のため。それに、もともとぼくはミントキャンディーがあまり好きじゃなかった）。

レジに行くとカウンターの上に大量の硬貨が積まれてあった。お札もあったし、腕時計や指輪なんかも置かれてあった。いまやお金はなんの意味も持たなくなったけど、それでもぼくらはこうせずにはいられない。習慣なのか礼儀なのか、それがなんなのかはよくわからないけれど。もしかしたら、これこそが文明ってやつなのかもしれない。

ぼくもきっちりと商品分の代金をカウンターの上に置いて店を出た。

駐車場の車止めに腰を下ろしポテトチップの袋を開ける。ガーリックの香ばしい匂いがぷんと鼻の奥まで入り込んでくると、あやうく涙が出そうになった。

ぼくは一枚一枚大事に味わった。これでまた先に進むことができる。

ふと顔を上げると、海側のかなり遠いところに青い光がひっそりと降り注いでいるのが見えた。最近はこんな感じの小さな光の柱をよく目にする。

工程表はもう終わり近くまで来ているのかもしれない。大雑把《おおざっぱ》な囲い込みから、よりきめの細かい仕上げの作業に。

瑞木さんと歩いているときにも、あんなふうな光を何度か目にしたことがあった。あとからその場所に行ってみると、ほんの小さな区域だけが青い光に覆われていて（だいたいは広場ひとつ分ぐらいの大きさ）、そこにもやっぱり青く凍っているひとたちの姿があった。

ある田舎町では、侘びしい公園の古びたブランコに乗っている女の子の姿を目にした。

彼女は振り子の頂点で止まっていた。おかっぱの髪がふわりと浮き上がり、放り出した片方の足からはビニールのサンダルが脱げ落ちかけていた。

なんだか、そのすぐ先に穴があって、彼女はそこにぐっと顔を寄せてなにかを覗こうとしているみたいに見えた。穴の向こうにはよほど素晴らしい世界が広がっているらしく、彼女は満面の笑みを浮かべていた。歯を剝《む》き出しにして、鼻の頭に皺《しわ》を寄せて。幸福の頂点。見ているぼくらまでが、思わず嬉《うれ》しくなってしまうような、そんな姿だった。

また別の場所では、若い男女が一緒に凍っているのを見たこともあった。

ふたりはキスをしていた。咄嗟《とっさ》にそうしたのか、それともたまたまキスの最中に光を浴びてしまったのか。

「まあ、いいんじゃないかい」と瑞木さんは言った。「これもまた愛する者たちの在るべき姿さ。永遠《とわ》にふたりは結ばれんてやつだ」

まだ十代に見える、幼いとも言える面立ちをした恋人たちだった。ふたりとも背に大きなリュックサックを背負い、まるで山歩きにでも行くような格好をしている。並んで歩きながら、ふと思い立ってすっと唇を合わせたような、すごくカジュアルな感じのキスだった。

彼らを見遣《みや》りながら、おれたちゃ運がいい、と瑞木さんが言った。

「どこを目指していたのかは知らんが、こうやって道半ばで凍り付いてしまう連中もいる。けれどおれたちゃ、まだ歩き続けている。もしかしたら、空の上の誰かが、おれたちのうちのどちらかをえらく気に入ってるのかもな」

「そうなんですか？」

さあな、と瑞木さんは言った。

「それとも、あまりにもくだらなくて、相手にもする気になれないような味噌っかすコンビなのか……」

たしかにそれは感じていた。つまり、自分たちは運がいいってことだけど。これだけ世界が青い光に覆われていることを考えると、そこから逃れて、まだ息をしていることだけでもすでに奇跡に近いことなのかもしれない。それこそ、三回続けてジャックポットを引き当てるような。

けれど考えてみれば、けっきょくは誰かが最後のひとりになるわけで、それは別に選ばれたわけでもなんでもなくて、ただ成り行き上そうなっただけのことで、だとしたら、そこには特別なことなんてなにもないのかもしれない。

すべてはなるようにしかならない。つまりはそういうことなのかも。

☆

吉沢くん、お元気ですか？

先日、またお母さんの具合が悪くなって、それでちょっといろんなことが起きました。長瀬さんが――和紙問屋の社長さんです――お母さんの入院先まで来て、わたしと小野さんとの結婚を強く勧めたそうです。ふたりが結婚すれば、あなたもいわばわたしの身内ということになるんだから、そうすればもっと援助だってしやすくなる、とそんなふうに長瀬さんは言ったそうです。

お母さんは長瀬さんの申し出を断りました。まだ早すぎるというのがその理由です。

当面の返答を先延ばしにするための精一杯の言い訳でした。長瀬さんの機嫌を損ねてしまうと、この町で暮らしていくにはいろいろと不都合なこともあるので。

　母の検査の結果は思わしくなく、あいかわらずわたしたちはぎりぎりの状態が続いています。たぶんお母さんは手術することになりそうです。その費用の工面もしなくてはならないし、いまは考えなくてはならないことがいろいろあって、なかなか気持ちが落ち着きません。

　お母さん自身はこっちが気抜けするぐらい軽く構えていて、大丈夫、なんとかするから、と言ってくれていますが、それをどう受け取っていいのか、わたしにはわかりません。

　すごく不安です。

　吉沢くん、わたしを支えていて下さい。

　なんだかお母さんのいない家にひとりでいると、さびしくて涙が出そうになります。

　吉沢くんがくれた万華鏡を眺めながら、楽しかったことを思い出し、なにも恐れることはないのだと自分に言い聞かせてます。

　吉沢くんに会いたい。すべてが魔法のようにうまくいったあとで、ふたり向き合って笑いながら、そういえばあんなこともあったね、と言えればいいのに。

ひとり眠りに就くとき、わたしは吉沢くんと手を握って天井いっぱいに広がる銀河を眺めていた、あの夜のことを思い出します。このまま深い深い眠りに就いて、その夢の中であのときに戻れたなら、もう二度と目覚めなくたってかまわないのに、とそう思ったりさえもします。

ごめんね。こんな話を打ち明けられたって、吉沢くんだって困るよね。

でも、許して下さい。ほんのひとときだけ、わたしの弱さを受け止めて下さい。いま、こうやって吉沢くんに語りかけたあとで、わたしはまたしっかり者の娘に戻ります。

弱音は吐かず、前向きにお母さんを支えていきます。

お母さんの言葉を信じるのなら、まだ道はあるのかもしれません。希望は失わずにいます。

いろいろと自分のことばかり書いてしまいました。吉沢くんのほうはいかがですか？　またすてきな作品をいっぱいつくっているんでしょうね。いつか見せて下さいね。

それでは、また。おやすみなさい。

雪乃

☆

子供の声を聞いた。雨の音に混じって、糸を引くような子供の悲しげな声がどこからともなく聞こえてきた。

ぼくは裂いたゴミ袋を頭巾のように被って、濡れたアスファルトの道を歩いていた。すごく寒い。こんなに冷えるのに、なぜ雪にならないのか不思議だった。

あれ以来何軒か商店を見つけたけど、そこでもたいした食料は得られなかった。ぼくはひもじかった。そのことがよけい寒さを強く感じさせているのかもしれない。

そのまましばらく進むと、やがて道の真ん中で泣いている小さな男の子に出会った。たぶん四歳ぐらい。青い雨合羽に黄色い長靴。小さなリュックサックを背負って、胸に薄汚れた犬の（もしかしたら熊かもしれない）縫いぐるみを抱えている。

男の子は細く弱々しい声ですすり泣いていた。

彼はぼくに気付いても、なんの反応も見せなかった。どうしたの？ と訊いてもなにも答えない。落ち窪《くぼ》んだ眠たげな目を道路脇の雑木林に向けたまま、小さくしゃくり上げている。

視線を辿《たど》ると雑木林の奥に青い光が見えた。

ぼくは林の中に入ってみた。青い霧は道路から10メートルぐらいのところにまで迫っていた。そのすぐ向こうに若い女性の凍った姿があった。倒木に腰を下ろし、疲れた顔をこちらに向けている。

彼女はほんの少しだけ微笑みながら、ぼくをじっと見つめていた。もちろん、彼女が最後に見ていたのは自分の息子の姿であって、あの眼差《まなざ》しはぼくに向けられたものじゃない。でも、すごく素敵な笑顔だった。記憶の中の母さんに少しだけ似ている。母さんもよく、あんなふうに疲れた顔で静かに笑みを浮かべていた。苦しくても痛くても、けっしてつらい顔は見せない。母親ってほんと偉大だ。

あの男の子は昔のぼくなのかもしれない。母親を失い途方に暮れている。おまけに彼には父親さえいない（いくら探しても父親の姿はどこにもなかった。どうやら母子ふたりの旅だったらしい）。

ほんのちょっとの距離が母と子の運命を分けてしまった。きっと、光に近付いてはいけない、と母親からきつく言い渡されているんだろう。可哀想に、どうすることもできずに、彼は道の上に立ち尽くしたまま心を凍らせてしまっている。

道路に戻ると男の子はまだ泣いていた。

お腹空《なか》いていない？　と訊くと、初めて彼が反応を見せた。涙をこくりと飲み込み、ぼくをじっと見つめる。

ぼくはリュックからペットボトルに入っているジュースとスナック菓子（どちらもすでに半分ぐらいなくなっていた）を取り出すと、どうぞ、と言って彼に差し出した。

「食べていいよ」

ありがとう、と男の子が言った。すごいしゃがれ声だった。いったい、どれだけ泣いたんだろう？

彼はぼくからジュースを受け取ると、一口飲んでふうっと息を吐き、おいしい、と言った。

スナック菓子もほんの少しだけ食べた。すぐに咽《む》せてしまうので、残りはまたあとで食べることにした。

いくらか落ち着いたところで、ぼくは彼の手を引いてその場を離れることにした。青い霧から少しでも離れておいたほうがいい。いやがるかと思ったけど彼は黙って付いてきた。

十分ほど歩いたところにバス停小屋があったので、そこで雨宿りすることにした。

ぼくは新聞紙と枯れ枝で火を熾《おこ》し、ベンチからはがした座板をくべた。すぐに小屋の中は暖かくなった。

それからあらためて話を聞いてみたけど、たいしたことはわからなかった。

ずっと——たぶん十日以上——歩き続けてきた。パパはいない。ママとふたりきり。どこに行くのかは知らない。いつも山の中ばかり歩いてた……。

すごく口の重い子で、これだけのことを聞き出すのにもずいぶんと時間が掛かった。たいへんな旅だったはずだ。こんな小さな子供を連れてずっと山の中を歩き続けるなんて。

彼女、すごくがんばったんだな、とぼくは思った。ぼくとそんなに歳《とし》だってかわらないだろうに。きっと子供を守りたい一心で必死だったんだろう。おおむね母親って、そういうものだから。

リュックには着替えと下着、それに靴下なんかが入っていた。内側のポケットにふたりの写真が入っていて、裏を見ると『マコトと自宅の庭で』と書かれてあった。その下には、『あなたを愛してるわ。ママはいつでもいっしょよ』という走り書きもあった。なにかを予感して、急いで書き付けたのかもしれない。

彼は母親に抱っこされて、少し眠たそうにしながら首を斜めに傾《かし》げてカメラを見ていた。いまよりも少しだけ幼くて、いまよりもずっと幸せそうだった。

マコトっていうの？　と訊ねると、彼は小さく頷いた。信じられないほど首が細く、その上にフードの下の髪はくるくるに丸まっていた。鉢の開いた小さな頭がちょこんと載っかっている。

マコト、とぼくは彼に言った。

「明日からはお兄さんと一緒に行こう。しばらくは寂しくてつらいかもしれないけど我慢しようね」

いいかい？と訊ねると彼は黙って頷いた。

ぼくはマコトの顔を拭ってやった。そのあとで彼が、オシッコと言うので、小屋のすぐ外まで付き添った。彼はズボンを膝まで下げ、膨らんだ白い腹を剝き出しにすると、小さなオチンチンを雨が降り付ける道路に向かって突き出した。

シーシーいって、と言うので、シーシー、シートト、と言ってやると、マコトは気持ちよさそうにオシッコのシャワーを降らせた。

用が済むと、ぼくは彼のズボンを引き上げ、火のすぐ近くまで連れて戻った。マコトの身体はすっかり冷え切っていた。

手や背中をさすりながら歌を唄う。「ぞうさん」とか、「ちょうちょう」とか。でもあんまり嬉しそうじゃない。そのうちまた、しくしくと泣き始めてしまう。

マコト、とぼくは彼に言った。

「なんか話してよ。楽しかったこととか」

マコトは黙ったまま首を振る。

「その犬なんて名前？」

ぼくは彼が胸に抱いている縫いぐるみを指さした。

「コロ……」

「そう、コロっていうのか（やっぱり犬だった）。いい名前だね」

「うん……」

「コロがうちに来たときのこと憶えてる？」

「うん」と彼は頷いた。

たんじょうびにママが買ってくれたの、と彼は言った。

「嬉しかった？」

「うれしかった……」

「ママにどんなお顔してあげたの？　お兄さんにも見せて」

マコトは涙で濡れた目でぼくを見つめ、ほんの少しだけ笑みを浮かべた。

いいお顔だね、とぼくは言った。

「これからも、寂しくなったら、そのお顔を浮かべてみようよ。きっとママも見ているはずだから」

「そうなの？」

「うん、たぶんね」

ぼくね、ママとけっこんするの、とマコトは言った。

「やくそくしたの。ママぼくのお嫁さんになるの」

「そうなんだ。ふたりはすごく仲よしさんなんだね」

うん、と頷きマコトは腕の中の縫いぐるみをぎゅっと抱きしめた。縫いぐるみはすっかり毛が抜け落ちて、少し開いた背中のファスナーからは丸めた古新聞が見えていた。幸せな縫いぐるみだな、とぼくは思った。愛されすぎて、魂が宿り掛けてる。

身体が温まってくると、ぼくは彼に残りのスナック菓子を食べさせた。

マコトはあっというまに袋を空っぽにしてしまった。空腹なのはわかるけど、いくらなんでも急いで食べすぎだぞ、と思ったら、案の定、そのあとで彼は胃の中のものを全部吐いてしまった。まるで噴水みたいだった。

背中をさすってやると、ごめんなさい、と彼が言った。

「いいんだよ、謝らなくたって。なにも悪いことしてないんだから」

「でも、おかし……」

「うん。またどこかで見つけてあげるよ。大丈夫」

「うん……」

もう何年も昔のことだけど、ぼくもこんなふうに大好きなひとから優しくしてもらったことがあった。あのときもやっぱり雨が降っていた。あれから世界はすっかり変わってしまった。なんだかすべてが嘘《うそ》みたいだ。

ぼくらは座板のなくなったベンチの下に段ボールを敷いて、そこに自分たちの身体を押し込んだ。狭いけど、このほうが暖かい。マコトはコロをけっして離さなかった。いまではママの代わりなのかもしれない。

真夜中すぎ、トタン屋根を叩《たた》く雨音に混じって、マコトのすすり泣く声が聞こえてきた。

ママ、と彼が小さく闇に向かって呼び掛ける声が聞こえた。

「ママ……。ママ……」

マコト？と声を掛けると、ママに会いたいよう、と彼が言った。そして声を立てて泣き始めた。ぼくは彼を抱きしめ、大丈夫だよ、と囁いた。マコトの身体はぶるぶると震えていた。そのすべてがあまりにか細くて、これ以上力を込めたら壊れてしまうんじゃないかと思った。

「大丈夫。いつかまたきっと会えるよ」

いま会いたい、とマコトは言った。

「ぼく、いまママに会いたいの……」

「うん。でも、がまんしよう。ほら、ママにいいお顔を見せてあげようよ」

けれどマコトはしゃくり上げながらいやいやをして、いっそう激しく泣きじゃくった。

それからゆうに三十分以上マコトは泣き続けた。そして、泣くだけ泣くと、そのまま疲れて眠ってしまった。

ぼくはハンカチで彼の顔を拭いた。頬も鼻も真っ赤だった。マコトは親指をしゃぶりながら濁った寝息を立てていた。

寂しいだろうね、とぼくは彼にそっと囁いた。

寂しくて寂しくて、きみの小さな胸は、きっといまにも張り裂けそうなんだろうね。

わかるよ。ぼくも母さんを亡くしているから。

ぼくだけじゃないよ。男の子っていうのはいくつになったって母親の面影を追い求めるものなんだ。

この終わり行く世界の中で、きっとたくさんの男の子たちが（それは小さかったり、大きかったり、ときにはすっかり老けちゃってたりもするんだけど）、それぞれの言葉で、きっとこんなふうに呼び掛けてるはずだよ。

母さん、あなたが恋しい——ってね。

わかるかい？　寂しいのはきみだけじゃないんだ。だから、がまんしようね。男の子だろ？　強いとこ見せて、ママを安心させてあげよう——。

☆

目覚めるとマコトがいなくなっていた。リュックも縫いぐるみもない。

ぼくは慌てて身を起こしながら（ベンチの脚にしたたか頭をぶつけてしまった）心の中で舌打ちした。このことを考えておくべきだった。

あんな小さな子供だもの、我慢できるはずがなかったんだ。きっと、ママに会いたい一心で、ほかのことなんてなにも考えずに行ってしまったんだろう。

ぼくは荷物をバス停小屋に置いたまま、来た道を走って引き返した。

雨は上がっていた。朝の弱々しい光が、靄《もや》に覆われた無人の世界を静かに照らしていた。

昨日出会った場所まで戻ると、道の真ん中にマコトのリュックサックが落ちていた。もどかしくなって捨ててしまったんだろうか。なんだか息を切らして走る彼の姿が見えるような気がした。

ぼくはそっと林の中に足を踏み入れてみた。

青い霧は昨日よりも領土を広げていた。道まではあと5メートルもない。そのほの青い光の奥に彼はいた。

マコトは母親の膝の上に座っていた。コロも一緒だった。彼は濡れた目で母親の顔を見つめながら嬉しそうに微笑んでいた。すごく幸せそうだった。

「マコト……」

ぼくはがっくりと草の上に膝をついた。目に涙が溢《あふ》れる。

たった半日かそこらの付き合いだったけど、ぼくはすでにマコトを愛し始めていた。彼は懸命に生きようとしていた。スナック菓子を夢中になって頬張るその姿がいじらしかった。腕の中にすっぽりと入ってしまうほどの小さな身体、微かに汗ばんだ甘い温《ぬく》もり、トクトクと刻まれていた幼い拍動――そのすべてが愛《いと》おしかった。

ママぼくのお嫁さんになるの――
そんな彼の言葉が耳を過《よ》ぎる。
そっか、とぼくは思った。
マコトはママと約束したんだもんな。それを一生懸命果たそうとしたんだね。
大丈夫、もうふたりは絶対に離れない。永遠に一緒だよ。
ぼくは頬の涙を拭うと立ち上がった。青い霧がぼくの足下を音もなく浸していた。
そろそろここから離れないと危ない。
さよなら、マコト……
ぼくはそう呟くと、ゆっくりときびすを返し道に向かって歩き出した。
林を抜けたところで、もう一度だけ振り返ってふたりの姿を見た。
深く暗い叢林《そうりん》の奥にその母子像はあった。
青く凍った母子の塑像は、まるではるか昔からそこに置かれていたかのように見えた。

きっとふたりは永遠のときの中で、果てのないおしゃべりを繰り返すんだろう──

ふと、そんなことを思った。

ママ、きれいだね、だいすきだよ──

ぼうや、ママもあなたが大好きよ。ママはぼうやさえいれば、ほかには何もいらないの──

ママ、ママ──

さあ、ねんねして。もう疲れたでしょ？

ううん。ママ、ぼくがねてるあいだにいなくなったりしない？

だいじょうぶ、ママはいなくなったりしない。ずっとぼうやのそばにいるわ──

うん、じゃあ、少しだけねむるよ──

ええ、いい子ね。おやすみなさい──

おやすみ、ママ──

おやすみ、わたしのぼうや。すてきな夢を見てね──

☆

　あるとき、彼女がアパートに電話をしてきたことがあった。

　それまで手紙をくれたことはあっても、電話を掛けてきたことは一度もなかったから、ぼくはちょっと驚いた。

「吉沢くん？」と彼女は言った。ふたりを結ぶ電話線の果てのない長さを思わせるような、遠くて頼りない声だった。

「うん、どうしたの？　こんな夜中に」

　うん、と彼女は言った。さらになにかを言ったような気もしたけど、ぼくはそれを聞き逃した。

「え、なに？」

　万華鏡がね、と彼女は言った。

「あの万華鏡が壊れちゃったの。机の上から落ちて鏡が割れちゃった……」

　ああ、とぼくは言った。

「そうなんだ」

彼女の息が小さく震えているのがわかった。もしかしたら泣いているのかもしれない。「大丈夫だよ」とぼくは言った。

「ぼくが直してあげるから。ちゃんと保証期間のあいだだから安心して」

憶えていたの？　と彼女が少し驚いたような声で言った。

「あのときの言葉」

「うん。憶えてるよ。ぼくは嘘はつかない」

そうね、と彼女が言った。

「吉沢くんは嘘をつかない……」

あとから手紙で知ったことだけど、この夜、彼女は翌日にお母さんの手術を控えていた。体調が悪化したために、急遽《きゅうきょ》決まったことだった。

でも、彼女はそのことはなにも言わなかった。

ぼくらはとりとめのない話に終始した。話題はなんだってよかった。その日に見た夕焼けとか、沈丁花《じんちょうげ》の香りをかいだこととか、図書館で借りた鳥の図鑑のこととか、そんなどうということのないよしなしごと。

ずいぶんと長く話したあとで、彼女はようやく気持ちが落ち着いたのか、今日はありがとう、また手紙を書くから、と言って電話を切った。

手紙は、それからひと月後にぼくのもとに届いた。

その中で、ぼくは初めて手術のことを知り、費用はお母さんがどこからともなく工面してきたのだということを知った。手術は無事終わり、いまのお母さんは前よりはずいぶんとましな状態になっていると彼女は書いていた。

小野さんのことを彼女はなにも書いていなかったけど、もちろんこれで結婚話が立ち消えになるはずもなく、彼女たち母子の生活が相変わらず綱渡り状態であることに変わりはなかった。むしろお母さんの手術を機に、結婚話に勢いがついてしまう可能性だっておおいにあった。

ぼくはしばらく悩んだ末に、思い切って先生と連絡をとってみることにした。もうかなり長いこと先生とは連絡を取り合っていなかった。でも、いまこそがそのときなのかもしれない。

彼女からの手紙の消印を見れば、住所まではわからなくても、ふたりが暮らしている場所のおおよその見当は付く。それを先生に伝えるつもりだった。

これは彼女への裏切りになるんだろうか？　そうぼくは悩んだけれど、先生を含め、みんなが幸せになるんだから、と自分自身を説き伏せた。それに彼女だって手紙をぼくに寄越せば、その消印から住んでいる町がばれてしまうことぐらいはわかっていたはずだ。それを承知の上で手紙をくれたのなら、すでに彼女は暗にこの行為を許してくれていたということになる。

強引だとは思ったけれど、追い詰められていたぼくは、その考えにすがった。

ぼくといえば、いまだに食べてくのが精一杯の状態で、父さんは、当たり前と言えば当たり前だけど、日ごとに老けて覚束《おぼつか》なくなっていくばかりだった。目が弱くなり、仕事も以前ほどは集中してこなせなくなった。我が家の家計は事実上ぼくが担うようになっていた。

身動きの取れないぼくは先生に頼るしかなかったのだ。

教えてもらっていた勤務先の病院に電話を入れてみると、先生はすでにそこを辞めたあとだった。次の勤務先を訊いてみると、先生は実家の病院に戻っているということだった。

これはあまりよくない知らせだった。なんとなく嫌な予感がした（こういったときの予感はたいていよく当たる）。

ぼくは先生の実家の病院に電話を掛けた。自分の名前を名乗ってから先生と話がしたいと告げる。しばらく待つと、あと三十分ほどしたらそちらに電話を掛け直します、と言われた。

なので三十分、ずっと廊下で待ち続けた。なんだかすごく不安だった。いろんな考えが頭の中を巡っていたけど、どれもが気を滅入《めい》らせるものばかりだった。

一分の遅れもなく電話が鳴って、受話器を取ると先生の声が聞こえてきた。

「やあ、久しぶりだね」

なんだか前よりも声が老けていた。あるいはたんに疲れていただけなのかもしれないけど。

「どうしたんですか？　なんでこっちに戻ったの？」と訊くと、いろいろあってね、と先生は言った。

「母親が命の期限を切られたんだ。進行性の病気でね。かなりの高齢ではあったし、どこかで覚悟してたところもあったんだけど」

「そうなんですか。お気の毒に」

「まあでも、いまのところは、まだたいした女帝ぶりを見せているよ。というか前よりもいっそううるさくなった。あれやこれや、ぼくら子供たちに命令してるよ。やり残しがないように必死なんだろうけど」

「じゃあ、戻ったのも？」

「うん。母親の命令だよ。戻らないと病気がいっそう悪化しそうだとかなんとか言われてね。命を盾に取られちゃ、ぼくも逆らいようがない」

なんだか嫌な予感は増すばかりだったけど、それでもぼくは例の消印の話を先生にしてみることにした。実はふたりの居場所がわかりそうなんです。

そしたら先生は、知ってる、とぼくに言った。

「知ってる!? ほんとですか?」

「彼女の友人が教えてくれた。少し前にね」

「じゃあ、もう向こうに連絡は入れたんですか?」

いや、入れてない、と先生は言った。

「なんで?」

そこで先生は一瞬の沈黙を置いたあとで、ぼくにこう告げた。

「婚約したんだ」

「婚約!?」

「うん。相手はまだ二十代のお嬢様だよ。絵に描いたような政略結婚さ」

「でも、なんでまた――」

「母親が強引に推し進めたのさ。生きているうちにぼくの子供を見たいんだってさ。

向こうは医療機器メーカーの重役の娘さんでね。両家にとってもいろいろと都合がいいんだよ、この結びつきは」

　ぼくがなにも言えずにいると、先生は苦しげな声でさらに続けた。

「呆《あき》れただろ？　ぼくは負けたんだよ。彼女を裏切ったんだ。ぼくは彼女の気持ちが変わるのを待ちきれなかった。寝返ったのさ。愛がきいて呆れるよね。自分でも自分が嫌になるよ。こんなぼくがどの面《つら》下げて彼女に会いに行ける？」

　そのことを、とぼくは言った。

「向こうは知ってるの？」

「たぶんね。その友人が教えたと思う」

「そうなんですか……」

　ごめんね、と先生は言った。

「きみにはいろいろと世話になったのに、こんなふうになっちゃって。ふたりの居場所をきみにも伝えようとは思っていたんだけど、なかなか顔を会わせづらくてさ、ついずるずると引き延ばしてしまっていたんだ。でも、もうその必要もなくなったみたいだね。どうなの？　そっちはうまくいきそうかい？」

　よくわかんないです、とぼくは言った。

「彼女もやっぱり、いろいろと問題を抱えていて……」

そうなんだ、と先生は言った。

「きみたちにはがんばって欲しいな。ぼくは駄目だったけど、せめて若いきみたちには――」

たぶんこの頃だったと思う。父さんがぼくに彼女のことを訊ねたのは。

最近、あの子はどうしている？　連絡取り合っているのか？　とかそんなこと。

まあ、なんとなくね、とぼくは答えた。父さんによけいな心配を掛けたくなかったから、ぼくは彼女とのことをほとんど秘密にしてた。

それでも、きっとなにかを父さんは感じていたんだと思う。

「わたしのことはかまわなくていいんだからね」と父さんは言った。

「あの子のことが好きなら、一緒になるべきだ。彼女はとてもいい子だよ」

「うん、そうだね――」

「親が子の犠牲になることはあっても、子が親の犠牲になってはいけない。わたしはそう思うよ。お前のおじいさんだって、そのことに気付いたからこそ自ら施設に入ったんだろうからね。我々親たちは、いつだってその覚悟ができている」

うん、とぼくは言った。

「でも、そういうんじゃないから、大丈夫だよ」

「そうか?」

「うん、ありがとう」

☆

雨が降り続いていた。食料は乏しく、ぼくは飢えていた。寒さは増す一方で、陽が落ち切ってからの冷気は本気で命の危険を感じるほどだった。

空き家となった民家があればそこに入り込んで眠ることもできたけど、この北の平野では、青い光から免れた集落を目にすることはもうほとんどなくなっていた。

ひとに会うこともなく、鳥や獣の姿を見ることも希《まれ》だった。ただ、雨が地面を叩く音だけがいつも聞こえていた。

いよいよ食料がなくなってくるとぼくは道端の草を食べた。川で何時間も粘ったすえにようやく捕まえた一匹の小魚が、その日一日のすべての食べ物となることもあった。足のマメはいつも濡れているせいでじくじくと膿んでいた。たいして食べてもいないのに、何日もずっとしぶり腹が続いていた。

それでも不思議なことに気力は漲《みなぎ》り、膝が折れてしまうことは決してなかった。

ぼくは自分の強さに驚いていた。こんなに自分が強い人間だなんてちっとも知らなかった。ぼくは毎日のように新しい自分を発見していた。

これも空気のせいなんだろうか？ それとも愛ゆえ？ 出会ったひとたちみんなが、信じられないぐらい頑張っていた。真の愛に目覚めたとき、ひとはとんでもない力を発揮するものなのかもしれない。

でも、ない袖は振れない、とも言うから、たとえはたから見てそのひとが別人のように映ったとしても、やっぱりそれはそのひと自身で、だとしたら、ぼくらは愛さえあれば誰だってスーパーマンになれるってことだ。

ぼくはスーパーマンだ。これまでの自分を超えるって意味で。これがぼくの目一杯。いままでは出し惜しみしていたけど、ほんとのぼくはこれぐらい強い。

愛がぼくをこんなにも強くしている。


夜、橋の下で火を焚きながら彼女の写真を眺める。

ぼくがそっと持ち出した彼女の魂。ピンボケだったり、明るすぎたり暗すぎたりするけど(われながら思うけど、ぼくは写真を撮るのがほんとに下手だ。彼女はどんなときだって最高の被写体で、それを逃してはなるまいと、つい急ぎすぎてしまうのがいけないのかもしれない）、彼女の笑顔を見てるだけで、ぼくの疲れはどこかへと吹き飛んでしまう。明日もまた頑張ろうと思えるようになる。

それからぼくはごそごそとリュックから手紙を取り出して地面の上にそっと並べた。手紙はどれも何度も読み返したために、傷んで破れ掛けている。折り目が切れてしまっているものもある。

手紙の中で彼女はいろんなことをぼくに語ってくれる。

そのときは言えなかったことも、いまならば――手紙の中でならば、思い切って告げることができる。返事はいらないの、と彼女は書いていた（実際、返信先はどこにも書かれていなかった）。ただ読んでほしい。わたしの気持ちを。

たとえば――中学のとき、席が隣同士になれてとても嬉しかったこと。屋上での膝枕は少し恥ずかしかったけど、でも、あれ以来、千回ぐらいは思い返しているすごく幸せな出来事であったこと。

たとえば――卒業記念の集合写真を撮ったとき。あのときぼくの身だしなみを整えることを、彼女はずっと前から決めていたんだってこと（あれはわたしの精一杯の宣言だったの、と彼女は書いていた）。

そんなこんな、あれやこれや、ときには、ぼくがすっかり忘れてしまったような出来事までも、彼女は丁寧に記憶から掬《すく》い上げ、それを愛おしむような筆致で綴《つづ》っていた。

また別の手紙では彼女はこう書いていた。

吉沢くんの名前をときおり口に出して呼んでみることがあります。

寂しさや不安で眠れない夜、窓の外、木枯らしが吹き荒れる闇に向かってそっと呼び掛けてみます。ただ、それだけで心が温かくなるのを感じます――

だからぼくも呼んでみる。この人影ひとつ見えない荒野で、星もない空に向かって、そっと小さく。

他の誰でもない、ぼくがずっと好きだったひとの、そしていまもどうしようもないほど大好きなひとの名前。そのひとの名を口にするだけで、胸が燃えるように熱くなる。ただの言葉なのに。たったみっつのシラブルなのに。ほかのどんなことよりもぼくを勇気付けてくれる。愛するひとの名前は、ぼくらが思うよりもはるかに神聖な言葉で、そこにはきっと目に見えない大きななにかが宿っている。

雪乃――
早くきみに会いたい。

☆

ぼくが十年ぶりに洋幸と言葉を交わしたのは、世界に最初の青い光が降り注いだその夜のことだった。

その日、ぼくは仕事を早めに切り上げて実家の居間で父さんとTVニュースを見ていた（父さんはしばらく前にアパートから実家に作業場を移していた。そしてぼくの工房にはTVがなかった）。

TVはどのチャンネルも青い光のことで持ちきりだった（もっともうちのTVは古い白黒で、色まではわからなかったけど）。

最初に光の洗礼を受けたのは、はるか北の国の辺境にある人口五千人ほどの鄙《ひな》びた田舎町だった。

世界中が鉛色の厚い雲に覆われるよりもはるか前から、この町はすでに太陽とはすっかり疎遠になっていて、そのことが何度かニュースにも取り上げられていた（例のぼくが目にはしても、気にはとめなかったあのニュースだ)。それが異常な現象であることは誰の目にも明らかだった。雲はまったく流れなかった。まわりの空がどれだけ晴れ渡っていても、この町の上空だけはいつも巨大な傘のような厚い雲にすっぽりと覆われていたのだ。

さらには最近、その雲が奇妙な現象を見せるようになっていた。雲の中を青い稲妻が走ったり、雷鳴ともなんともつかない、低く唸《うな》るような音が聞こえてきたりする(住人の中には、大勢の歌声や奇妙な楽曲を聴いたというひとまで現れたけど、さすがにこれを真に受ける者はいなかった)。

まあ、そんなこんなで、このときすでにかなりの国のTV局がこの町に集まっていた。この町で起きることが、いずれは世界のどの町でも起きるようになるのかもしれない。だから、あの青い光の柱が立ったときは、相当なカメラがその瞬間を収めることに成功した。生中継している最中にこの光景に出くわしたTV局もいくつかあった。

世界中の人間たちの背中の毛がぞわっと逆立った瞬間だった。

TVカメラは目一杯の望遠を使って青く凍った町の様子を映し出した。

村人たちがそのままの姿で固まっていた。犬も羊も、電線に止まった鴉も、車も自転車もなにもかも。いまではお馴染《なじ》みになったあの光景だ。

さっそく規制線が敷かれ、町は立ち入り禁止になった。

規制線近くの開けた場所には、たくさんのテントが立ち並ぶようになった。報道関係者、研究者、警察、軍隊。なんだかこれから巨大なフェスティバルでも始まるみたいな賑《にぎ》わいぶりだった。そしてそこにいるひとたちも、祭りを前にした子供たちみたいにすごく興奮していた。レポーターたちは誰もが卒倒寸前の興奮ぶりで、中にはほんとに貧血を起こして倒れてしまう女性レポーターもいた。

「どうなるんだろう？」とぼくが呟くと、どうだかな、と父さんは言った。

「あまり騒ぎ過ぎんことだな。いずれにせよ、我々にはどうしようもないことだ」

「まあ、そうだけど……」

そのとき廊下の電話が鳴った。

「誰だろう？」

そう言ってぼくは立ち上がると居間を出た。廊下を歩き、下駄箱《げたばこ》の上に置かれた電話を取る。そしたら、いきなり向こうから興奮した声が聞こえてきた。

「ぼくだよ。洋幸だよ！」

「洋幸？」

「うん。優くん？」

「そうだよ。どうしたの？　すごい久しぶりだね！」

「うん。そうかな？　あんまり時間の感覚がなくてさ。なんか先週ぐらいに会ったような気がするんだけど」

「なに言ってんの。もう十年も経《た》つんだよ。どうしてたの？」

「うん、まあ、いろいろ」

「いろいろ？」

「なんか記憶が曖昧《あいまい》なんだよね。ずっと夢見てたみたいな感じでさ。そう、白河さんは元気？」

「うん、元気そうだよ。いまはもうこの町にはいないんだ」

「そうなの？」

「うん。洋幸のすぐあとに彼女も町を出て行ったんだ」

「へえ、知らなかった……」

「そりゃそうだよ。だって、ぜんぜん連絡してこなかったじゃないか」

「うん。そうだね……」

「どうしたの？　なんかおかしいよ？」

「ん？　そう？」

「そうさ」

　薬がね、と洋幸は言った。

「ちょっと……」

「薬？」

「うん。ぼくさ、ずっと病院に入ってたんだ。っていうか無理矢理入れられてたんだけど」

「病院？　どこか悪いの？」

「うん？　いいや、そうでもないよ。変なのはまわりの連中だよ。そのことを教えてやったらさ、なんだか逆にぼくが変だってことになっちゃって、それで治療を受けることになったんだ」

「それって——」

　ねえ、優くん、と彼は言った。

「うん」

「ぼくね、また夢を見たんだ」

「夢？」

「うん。前に話したことがあったよね？　世界の終わりを教えてくれるホットラインの話」

「ああ、あれ――」

「うん、あの夢をね、また見たんだよ。今度の夢の中には白河さんもいたよ。あまりの迫力でさ、久しぶりにお漏らししちゃったよ」

「ねえ、洋幸――」

「それでね、どうしても優くんに伝えときたかったんだ」

「なにを?」

「優くん、世界は終わるよ。あの夢は予知夢だったんだ。あの青い光のニュースを優くんも見たよね?」

「見たよ。いまも見ていた」

あれだけじゃないよ、と洋幸は言った。

「これから、もっといろんなところであれは降るようになる。世界中が青く染まるんだ」

「それを夢で見たの?」

「うん。だから、優くんは白河さんと一緒にいなきゃ駄目だよ。なんで離れちゃったのさ?」

「うん、彼女にもいろいろとあってさ」

「なんでもいいけど、ふたりは一緒にいなくちゃ駄目だよ。そして海を渡るんだ。そうすればきっと――」

「うん」

「ほんとはぼくも一緒に行きたかったんだけどね。でも駄目かもしれない」

「どういうこと？」

「病院を逃げ出してきたんだ。だけど、もうすぐ追いつかれる。塀から飛び降りたときに足の骨を折っちゃったみたい。前はこんなことなかったのにな。ずいぶん弱くなったよ」

「大丈夫なの？　痛くないの？」

「うん。でももうたいして歩けそうにない。だから、頼んだよ、優くん。白河さんのことを。ぼくの分まで――」

「洋幸？」

「うん。なんか楽しかったよね、あの頃はさ。思い出しちゃったよ。またあのときに戻れたらいいのにな……」

「そうだね」

「ねえ、優くん」

「うん？」

「きっとね、これはいいことなんだよ」

「これって、世界が終わること？」

「うん。なんかそんな気がするんだ。ぼくは絵を描くだろ？　優くんだって描くし、白河さんは写真を撮る。それと同じことだと思うんだ」

「どういうこと？　わからないよ」

「ぼくらは愛おしいと思うものを永遠に留《とど》める。白河さんが夕空を撮るのは、世界から光が失われやがて闇が訪れる、その直前のあの燃えるような燦《きら》めきを留めておきたいと思うからなんだ」

「じゃあ、これも――」

「うん。そうだと思うよ。きっと雲の上の誰かがそう思ったんだよ。人間が勝手に自分たちの欲のためにこの世界を台無しにしてしまう前に、なんとか留めておこうって。愛おしいと思えるような瞬間を永遠にね。絵や写真と同じさ。それとも、誰かの私設博物館？　とにかくそんなものに世界は変わるんだよ」

ほんとに、とぼくは言った。

「そう思う？」

わかんないけどね、と洋幸は言った。

「そうだったら、世界が終わることもちっとは悪くないなって、そう思えるようになるんじゃない?」

「そうだね……」

あっ、と彼が小さな声を漏らした。

「どうしたの?」

「あいつらが来た」

「そうなの? そこはどこなの?」

「海岸沿いのドライブイン。すごくいい気分だよ。久しぶりにこんな気持ちのいい空気に触れたような気がする」

「うん……」

「ねえ、優くん。ぼくはぼくなりに精一杯生きたよ。悔いはない。しようがないんだ。こんなふうに生まれちゃったんだからさ。それを受け入れるしかないよね。でも、ぼくはけっこう嬉しかったりもするんだよ。だって、ぼくはこんなにも世界の美しさを感じることができたんだもの。揚げ足取りばかりする不感症の大人たちなんかにはきっとわからないだろうけどね。でも、ぼくは知ってるよ。ねえ、優くん、世界はね、ほんとにほんとに美しいんだよ。悲しいぐらいにね。いま見えるこの風景――打ち寄せる波も、街灯の光できらきらと輝くアスファルトも、天井に張られた蜘蛛《くも》の巣だってね、ほんとに泣きたくなるぐらい美しいんだ。それに、あの優しい心がある。ぼくは白河さんが優しくしてくれたことをけっして忘れないよ。たぶん世界でそれが一番美しいものなんだ。ぼくはそんな美しい世界と一緒になる。だからちっとも怖くなんかない――」

一瞬、言葉が途切れ、すぐにまた洋幸の切迫した声が聞こえてきた。

「優くん。ぼくはぼくらしく生きるために戦ったよ。誰にもぼくを変えさせはしなかった。ぼくの魂には傷ひとつついてない。そのことを憶えておいて。ぼくの親友。きみに会えてよかった。こんな変わり者のぼくの友だちになってくれて、ほんとにありがとね！　さらば友よ！　アディオス！」

電話は切られることなく生き続けた。誰かが走り去る足音。大人たちの叫び声。車のエンジンの音。そしてあたりはふいに静かになり、あとには微かに聞こえてくる波の音だけが残された。

洋幸は行ってしまった。

もしかしたら、ずっとそう願っていたように、彼は鳥になって夜空に羽ばたいていったのかもしれない。なんとなくだけど、ぼくはそう思った。

アディオス――

ぼくはそう呟き、そっと受話器を戻した。


その日の真夜中近く、寝付けずに窓の外で揺れる庭木の影をぼんやり眺めていると、部屋のドアを叩く音が聞こえた。

「わたしだよ。もう寝たかい？」

「ううん、起きてるよ」

「そうか。入るよ」

「うん」

父さんがドアを開け部屋に入ってきた。ぼくはベッドの上に起き上がるとスタンドの灯りをつけた。

父さんは机まで歩き、椅子に腰を下ろして深い溜息を吐いた。

なに？　と訊くと、ああ、と父さんは言った。

「さっきの話な」

「うん」

「洋幸くんが電話で言っていたという、世界の終わりの話――」

「ああ、あの話――」

「ほんとにね、そうなのかもしれないよ」

「そうなの？」

時計が、と父さんは言った。

「止まったんだ……」

「時計って、あの父さんの部屋にある犀《さい》の置時計？」

「そうだよ。母さんのお父さんが結婚祝いにくれたものだ」

「うん、聞いたことがある。すごく名のある職人の作品なんだよね？ それをお祖父《じい》ちゃんは誰かから譲り受けて――」

「カードゲームの戦利品だったという話もある。あのひとはすべてのカードを憶えていられるという特技があった。それにとんでもない計算能力もね。その気になれば億万長者にだってなれたかもしれないが、わたしが知るかぎり、お前のお祖父さんがその能力を使ったのは、このときこっきりさ。それもまあ不確かな情報ではある。療養所の誰を相手に勝負をしたのか、それを見た者はいないんだ。ただ、我々がふたりで結婚の報告に行くと、ならば祝いの品を贈らんとな、と言ってどこからともなくあの時計を取り出したのさ」

「ああ、手品師みたいだね」

「ああ、風貌もね、どこかそんなところがあった」

「その時計が?」

「ああ。手入れを怠ったことは一度もなかったのに、なぜか止まってしまった。原因は明日にでも調べるが、なんだかわたしにはこれが予兆のように思えてならんのだよ」

「世界が終わること?」

「そうだ。世界のときが止まる——つまりは世界中のすべての時計が止まる、そのことのね」

「うん……」

なあ、優よ、と父さんは言った。

「いいんだよ、お前の好きなようにして。残された時間が少ないのなら、なおいっそう——」

「でも、父さんは?」

「わたしには母さんがいる。忘れたのかい?」

ぼくはかぶりを振った。

「忘れてないよ」

いまも？　と訊くと、ああ、と父さんは頷いた。

「そこにいるよ。昔と変わらぬ美しい姿のままでね」

そう言って父さんは窓際のなにもない空間を指さした。残念ながら、このときもぼくにはなにも見えなかった。

「ついいまし方観《み》たTVでは、また新たにふたつの町が青く凍ったと言っていた。さっそく避難を始めたひとびとの映像も映し出されていたよ。それも悪くはないがね、わたしはとうていそんな気にはなれんよ」

「うん……」

ここで、と父さんは言った。

「この家でわたしは生まれ青春を送ったんだ。そして母さんと所帯を持ち、お前を育てた。ここがわたしの世界のすべてなんだよ。よそは知らないし、知りたいとも思わない。一本の樹で一生を終える生きもののように、わたしもこの家で人生を終えるのさ」

だがお前は違うだろ？　と父さんは言った。

「お前の人生はこれからだ。そのことをよく考えておくれ。わたしが望んでいるのはお前が幸せになることだ。たとえ世界に終わりが来るとしても愛が消えてしまうわけじゃない。これは断言してもいい。愛の記憶は永遠に残る。だから、その思いに悔いを残してはいけないよ」

☆

降り続いた雨のために川がひどく増水していた。橋は下流に5キロほど行ったところにあったけど、そこはすでに川岸のすぐ近くまで青い光が迫っていた。そこを迂回してさらに下流まで行ってみるという手も考えてはみたけど、そこまでもが青く染まっていたら、あまりにも時間のロスが大きすぎる。

結局はこのまままっすぐ進むしかないのかもしれない。

川岸に係留されている小舟に乗って、この濁流を渡り切る。

いまこうして見ても、それだってけっこう危うい賭けのように思える。小舟は群れをなして海を目指す竜の背のような流れに翻弄され、いまにも転覆しそうだ。それにぼくは金槌《かなづち》だ。小舟が転覆したらぼくは溺れてしまう。川幅は50メートルはあるだろうか。水深だってかなりありそうだ。見てるだけで怖くなる。

ただ、ここからならはっきりと見通すことができるけど、川の向こう側はまだ無事だった。このまままっすぐ進むことができたなら、時間は大幅に短縮される。たぶん最初から考えは決まっていた。もう残された時間はない。すでに充分すぎるほど遅れてしまっているのだから。

ぼくは行くことにした。川を渡る。

ぼくは空になった大ぶりのペットボトルをヤッケの内側にふたつ入れ、裾から出て行かないように布紐《ぬのひも》でしっかりと縛った。それでも不安だったので、ビニール袋をいくつか膨らまして、それも懐に押し込んだ。これだけあれば浮力はじゅうぶんだ。いくらぼくが金槌でも沈みっぱなしってことにはならないはずだ。

ぼくはそっと小舟に乗り込むと、櫂《かい》をしっかりと握りしめてからもやい綱を解いた。いきなり舟が流れ出す。こうやって水面間近で見ると、濁流はほんとに怖い。なにか本能的な恐怖と密接に繋《つな》がっているような気がする。世界に残る洪水伝説の全人類的トラウマなんだろうか。

ボートのオールと違って櫂は扱いづらい。ほんとなら立って使うものなのかもしれない。でも、立ち上がることなんてとてもできそうにない。ほとんど舟底に這いつくばるようにして、ぼくは腕だけを舟べりから上に出して櫂を操った。水飛沫《しぶき》がすごくて、すぐにぼくはびしょ濡れになった。さらに、はっきりとはわからないけど、どうやら浸水もしているようだ。ぼくが乗ったことで舟が沈み、どこかの隙間から水が入り込んで来たみたいだ。これじゃあ、カチカチ山の泥舟と大差ない。急がないと、向こう岸まで辿り着く前に沈んでしまう。嫌な予感がしたけど、それにかまっているひまはなかった。ぼくは死に物狂いになって櫂を漕《こ》いだ。

たぶん、それがいけなかったんだと思う。つまり、パニックを起こし冷静さを失ったってことが。とにかく、ぼくはこういったことにはまったく不慣れな人間だった（とはいえ、世界の終わりに場慣れしている人間なんて、どこにもいやしないのだけれど）。なにを思ったか——いや、なにを思ったかは憶えている。ぼくは焦るあまり、櫂を漕ぐ手にもっと力を込めようと思って身体を起こしたのだった。その瞬間、舟はあっけなく転覆した。まだ川の真ん中あたりで、水はびっくりするほど冷たかった。

ぼくはがむしゃらに腕を回し、濁流に飲まれまいとした。ペットボトルのお陰でたしかに沈みはしなかったけど、何度も顔が水に浸かり、そのたびに口の中に泥の味が広がった。

水の冷たさに意識が遠のいていく。溺れる前に凍死してしまいそうだ。筋肉がかちこちに凝って腕がうまく動かせない。すごい勢いで下流に流されていく。あまり行きすぎると、今度は対岸が青く染まっている可能性も出てくる。なんにしても時間との勝負だった。

　ぼくは寒さに歯をがちがちと鳴らしながら必死に泳ぎ続けた。

　永遠にも思える時間だったけど、実際にはほんの数分の出来事だったんだと思う。とにかく、気付くとぼくは対岸に泳ぎ着いていた。

　なんとか草の生えた土手に這い上がり、そこでぼくは自分の安全を確認してから、ゆっくりと気を失った。


　気付くと日が暮れ落ちていた。ぼくは静かに立ち上がり、眼下の平原を見下ろした。広大な薄暮の中うっすらと見える風景はなんだかこの世のものではないみたいだった。広大なススキが原を白い霧がうっすらと覆っている。幾千もの穂が風に揺れ、それはまるで黄泉《よみ》の国の住人たちが一斉にぼくを迎えに来たようで、一瞬背筋に冷たいものが走った。

　まだ死んでないよな。そう思いながら自分の頬に触れてみる。すごく冷たい。つねってみると、はるか1キロぐらい先のどこかでなにかがちくりと痛むのを感じた。

　全身ずぶ濡れのまま気を失ってよく凍死しなかったものだ。自分のタフさにむしろ呆れてしまう。これじゃあまるで不死身の男だ。世界の終わりに奇跡の大安売りがなされたのかもしれない。

土手の上から確認すると、50メートルほど行ったところに古いバスが捨て置かれているのが見えた。とりあえず、あそこを今夜のねぐらにしよう。

ススキが原を縫うようにして細い道が走っている。そこをがくがくと震える足で這うように進む。おおよその見当をつけたところでススキの中に分け入っていくと、ほどなくバスに辿り着いた。窓ガラスはほとんど破れ、座席のクッションもぼろぼろだったけど、それでも屋根があるだけましだった。

以前誰かがねぐらにしていたのか、床には一斗缶が置かれてあって、焚き火をしたあとが残っていた。そのまわりに枯れ木がいくつか落ちていたので、それを燃やして暖を取ることにした。

リュックを下ろし中のゴミ袋を取り出す。荷物は全部この中に入っている。ぎゅっと口を縛っておいたから、水はまったく入っていなかった。そこから新聞紙とライターを取り出して一斗缶の底で種火を熾した。そこに枯れ枝をくべて火を大きくしていく。やがて炎が安定したところで、ぼくはヤッケと上着、さらにはぐっしょりと濡れたシャツやズボン、下着もすべて脱いで、乾いたタオルで身体を拭いた。

夜の冷気は身に凍《し》みたけど、あの川の冷たさに比べればどうってことない。乾いた服を身につけると、ようやく人心地が付いた気分になった。

穴だらけのシートに腰を下ろし、非常用にとっておいた最後のチョコレートに齧《かじ》り付く。思ったほど美味《おい》しく感じられなかったので不安になる。どこか身体に変調を来《きた》しているのかもしれない。

ぼくはありったけの枯れ枝を一斗缶に放り込むと、床の上に新聞紙を敷いた。これが今夜のベッドだ。予備のゴミ袋の底を破き、それを頭から被ってポンチョのように着込むと、リュックを枕にして新聞紙の上に横になった。

なんだか目が回る。バスの床に寝ているせいなのかもしれない。まだバスが生きていて、ゆっくりとぼくをどこかへ運んでいくような、そんな錯覚にとらわれる。吐き気もするし、どことなく熱っぽい感覚もある。

とにかく、いまは眠ることだ。目覚めたときには、きっといまよりもずっと状況はよくなっているはずだ。奇跡の大安売りはまだ続いている。在庫一掃のたたき売り――。

ぼくは目を閉じた。そして彼女の名を呟く間もなく、気を失うように眠りに落ちた。

☆

目覚めてみると、状況はさらに悪くなっていた。どうやらバーゲンセールは終わってしまったみたいだ。

ぼくはそうとうな高熱に襲われたようだ。ものすごい悪寒と強烈な吐き気。頭痛。川の泥水を大量に飲んだのがいけなかったのかもしれない。

その日の午前いっぱい、ぼくはバスの中でずっと横になって過ごした。

家から持ち出した解熱剤を飲んでみる。そしたら空腹の状態で服用したのがまずかったのか、今度は猛烈な胃痛に襲われた。麻酔なしで開腹手術されたようなひどい痛み（もちろん、そんな経験はないけど、たぶん）。とにかく想像を絶する痛みだった。ぼくは呻きながらバスの床の上を転げ回った。じっとしていると気がどうにかなってしまいそうだった。

そのうち胃を搾《しぼ》られるような強烈な吐き気が襲ってきて、ぼくは床の上に四つん這いになって吐いた。喉の奥に焼けるような痛みが広がる。

涙の浮いた目で床の上に広がる嘔吐《おうと》物を見た瞬間、ぼくは自分の死を覚悟した。赤茶色の粘液。吐血だ！

そのままの姿勢でぶるぶると震えながら、決定的な瞬間が来るのを待った。さらなる吐血とか、遠のいていく意識とか、走馬灯のように流れる過去の映像とか。

でも、なにも起こらない。そこでもう一度よく見てみると、どうやらそれは昨夜食べたチョコレートらしいということがわかった。それに、吐いてしまったら胃がすっきりと楽になって、気分がいくらかよくなっていることにも気付いた。

何度か経験があるけど、きっと熱が上がり切ってしまったんだと思う。そうなると悪寒は去り、ただ熱感だけが残される。とりあえず、最悪の時期は乗り切ったようだった。

☆

もしかしたら熱は四十度近くあったかもしれない。そのせいで意識がときどき混濁して、自分がどこにいてなにをしているのかわからなくなることがあった。記憶は断片的で、しかもそれは夢や幻覚と区別するのが難しいものばかりだった。

気がついたらぼくは歩いていた。ちゃんとリュックも背負っているし、手には覚束ない足下を補うための枯れ枝の杖《つえ》も握っている。でも、いつ出発したのかはまったく憶えていなかった。

雲を透かして見る黄色い太陽はまだ中天にあって、弱々しい光を地上に注いでいた。振り返ってもバスの影はどこにも見えなかった。見渡す限りのススキが原が続いている。

ぼくはコンパスをリュックから取り出し自分が北に向かっていることを確認した。どうやら記憶はなくても、きちんと考えてはいるらしい。

これだけ熱が高いと少し歩いただけですぐに息が上がってしまう。それでも、ぼくは歩くことを止《や》めなかった。それは心の深いところから湧いてくる本能的な衝動だった。生まれた場所を目指す回遊魚みたいなものだ。ひたすら北へ。愛するひとのもとへ。ほんとは歩けるような状態ではなかったはずだ。でも、なぜかぼくは歩いていた。

ぼくはやっぱりスーパーマンだ。体力の嵩上《かさあ》げがなされたという意味で（だとすれば、ハルクやスパイダーマンのほうが例としては正しいのかもしれないけど）。

そこそこの男が鋼鉄の肉体を手に入れるのもそうなら、失神寸前の病人が、寒風吹きすさぶ荒れ野を休みなく何時間も歩き続けるのだってそうとうな嵩上げだと思う。ぼくは虚弱児界のスーパーヒーローだった。

熱のせいなのかなんなのか、ぼくはずっと誰かの気配を近くに感じていた。誰かがぼくを見守ってくれている。

ときには、それがはっきりと姿を現すこともあった。

ふと横を見ると、父さんがいたり、ギャラリーのオーナーさんがいたり、またあるときにはそれが小学校の先生だったりすることもあった（すごく優しいおじいさん先生で、ぼくはこの先生が大好きだった）。

ゆらゆらと揺れる陽炎《かげろう》のような道連れたち。

ひとりですごく寂しかったから、彼らがいてくれることはとても有り難かった。

ぼくは懐かしいひとたちとともに旅をしていた。

また別のときには、これは夢や幻覚ではなくて、たぶんほんとのことだと思うけど（あまり自信がない）、夕暮れ近く、七色に染まった雲の下を一隻の飛行船がゆっくりと海を目指して飛んで行くのを見たこともあった。

なんだかすごく美しい光景だった。夕闇の中、音もなく、小さな光を点滅させながら、飛行船は力強く海を目指していた。どこから来て、どこへ行くのかはわからない。

それは海を往《ゆ》く巨大な鯨《くじら》の鏡像みたいだった。あの膨らんだお腹にはピノキオを探し求めるゼペットじいさんがいるのかもしれない。愛する者のためなら、ぼくらは海だって渡る。

飛行船は、まるで天に向かって放たれた矢のように、遠い東の空に向かって揺るぎなく進んでいく。消えゆく人間たちが灯《とも》した最後の篝火《かがりび》。

もつれる足を懸命に繰り出しながら、ぼくは船を追いかけた。

がんばれ！　とぼくは叫んだ。

「がんばって生き延びろよ！　その灯を消すんじゃないぞ！」

何度も転びながら、そのたびにぼくは起き上がり、また追いかけた。

どうにも気持ちの昂《たか》ぶりを抑えることができなかった。涙が溢れてくる。ぼくは彼女のことを思い、母さんのことを思い、終わり行く世界のことを思った。残してきた父さんを思い、旅で出会ったひとたちのことを思った。

がんばれ！　負けるなよ！　がんばれ！

ぼくは遠離《とおざか》る飛行船に手を振りながら、いつまでもそう叫び続けた。

この歓喜の発作とでも呼ぶべき感情の爆発は、それからも何度となく襲ってきた。なにを見ても涙が込みあげてくる。洋幸が言うように、世界はほんとに美しかった。風に揺れるススキの穂も、水たまりに映る鉛色の空も、葉の先に宿る雫《しずく》も、吹きさぶ風の音も、雨の匂いも、誰かが誰かを思うその心も。

ぼくは空に向かって母さんに呼び掛けた。

「母さん、ぼくは生きてるよ！　生きていることが嬉しくてしかたないんだ。だって、ぼくは恋をしているんだから。母さん、ぼくを産んでくれてありがとう！」

　高熱のせいで脳の基板が一部焼き切れたのかもしれない。それを修復するように別の回路が繋がり、それがまたどこかと繋がって、ぼくはなんとも奇妙な状態へと陥っていった。

　夢と現実の区別がますますあやしくなって、自分が起きているのか眠っているのかさえもわからなくなる。あまりにも鮮明な夢と追想に現実がどんどんと色褪《あ》せていくのを感じた。

　夢や追想にはいつもあの歓喜が寄り添って、ぼくの心を切なく掻き乱した。

　ぼくは枯れ野を歩きながら、同時に父さんや母さんと一緒に懐かしい河原の道を歩いてた。甘く切ない郷愁。この疼《うず》くような痛みはどこから来るんだろう？

　ぼくは母さんの手を握りしめながら、もう一方の手でススキの花序を揺らしている。綿毛がふわりと舞い上がり、どこかへと旅立っていく。母さんの手は温かく、女のひとなのにすごく筋張っていて、甲には青い血管がうっすらと浮かんでいる。母さんは黒いスカートを穿《は》いている。魔女のスカート。ゆらゆらと揺れるスカートの襞《ひだ》からはナフタリンの匂いが仄《ほの》かに立ち上っている。

　母さんは楽しそうに歌を唄っている。母さんの声がぼくは好きだった。聞いているだけで、すごく幸せな気分になる。ぼくも一緒に唄う。父さんもそれに加わって、ぼくらはとても賑やかだ。

母さんは歩きながら枇杷《びわ》の皮を剝いてぼくに渡してくれる。口に含んだ瞬間に広がる水気ととろけるような甘さ。そのなにもかもすべてが懐かしく、ぼくはまた涙を零《こぼ》してしまう。

また、別のときには眠れぬぼくのために母さんが子守唄を唄ってくれている。

ねんねん、ころりよ、おころりよ。ぼうやはよい子だ、ねんねしな――

母さんは肘枕でぼくに添い寝しながら、もう一方の手でぼくの胸をそっと叩く。ぼくはすっかり安心しきって、母さんに自分のすべてを委ねている。なんの憂いもない。

ほんの数年後に、母さんがいなくなってしまうことを、このときのぼくはまだ知らない。ぼくは母さんが大好きで、ただそれだけで、もうぼくの世界はいっぱいになってしまう。

どこからか彼女の声が聞こえてる。彼女はどこか憤ったような声で、ひとはせめて子供のときぐらいは絶対に無条件で幸せでなくちゃいけないのよ、と言っている。

たしかにそうだ。ぼくは愛されていた。ぼくは絶対に無条件で幸せな子供だった。

わたしは王で、母さんは妃、そしてお前は愛くるしい王子だった、と父さんが言う。すべての子供たちが王子なんだ。愛の王国ではね。ある意味、我々はみんな銀の匙《さじ》をくわえて生まれてくるのさ――

☆

いつのまにか町の入り口にいた。何度も地図を見ていたから道はすっかり憶えている。このまま進んで、町境の川に架かる橋を渡れば、すぐに役場の庁舎が見えてくるはずだった。けれど、いま見えるのはぼんやりとした青い影だけだ。町はすっぽりと青い霧に覆われていた。

うん、とぼくは呟いた。

「そうなんだ……」

これが旅の結末だった。ぼくは間に合わなかった。地面に膝を突いて崩れ落ちることもできただろうけど、ぼくはそうしなかった。ぼくにはやることが残っていた。彼女のもとへ。そう約束したのだ。もしかしたら、彼女は町がこうなる前に避難したかもしれない。それなら、それでいい。ぼくは彼女の幸福を祈ろう。どっちにしたって、もう彼女を追うだけの体力も気力もぼくには残っていなかった。とにかく、旅を終わらせる。そのためだけに歩こう。

ぼくは橋を渡り、青い霧の中に足を踏み入れた。

またあの音が聞こえてきた。微かなざわめき、子供たちの笑い声、風に乗って運ばれてくる遠い歌声――。

なぜだかわからないけど、甘く切ない郷愁が胸に込みあげてくる。ぼくは、ついに帰ってきたのだと感じる。

痛む足を引き摺りながら、ぼくは誰もいない通りをゆっくりと歩いていく。役場の古びた庁舎があり、木造の集会所があり、白壁の古い土蔵がある。

いつか見た夢に似ているな、とぼくは思う。胸の奥に潜むもうひとつの世界。ぼくらはそこから来て、またそこへ帰ってゆく。

葉を落とした木立の蒼《あお》い影。小川に架かる石橋。山茶花《さざんか》の生け垣。辻にひっそりと佇む地蔵菩薩《ぼさつ》。この国のどこにでもある山里の風景がそこに広がっている。

青い霧が音もなく流れ、ぼくをそっと運んでいく。

誰かが笑いながらぼくを追い越し、道の向こうへと駆けていく。はっきりとは見えない気配のようなものだけど、ぼくはたしかにそれを感じる。たぶん、あれは女の子だ。それとも童子返りした老女なんだろうか。

誰かが誰かを迎えにきた声が聞こえる。

――ちゃん、遊びましょ。

――ちゃん、遊びましょ。

そうか、とぼくは思う。旅の初めの頃、ひとりの男が言っていた言葉を思い出す。あれは、まるで遠い昔に交わした約束のようだった――。

ひとびとは、いつだってこんなふうに言葉を交わし合いながら別れていく。さよなら、またいつか会おう。さよなら、またいつかどこかで――。

ここそが、その約束が果たされる場所だった。この青い黄昏《たそがれ》の中で、ぼくらはふたたび出会う。夢と現《うつつ》が重なるところ。そこでぼくらは、また――。

町の外れは大きな杉の林になっていた。

まっすぐな土の道が櫛《くし》でつけた分け目のように杉の木立をふたつに分けている。

ぼくは中に足を踏み入れた。辺りは薄暗く、ぼくはずっと昔に父さんと行った胎内巡りのことを思い出す。糸杉に似た匂いがしたけれど、すぐにそれは消えてしまう。

林の中はさざめきと気配に満ちている。

青い霧の奥でなにかの影が揺れるのが見える。影はひとつじゃない。たくさんいる。

子供たちが隠れん坊をしているのかもしれないな、とぼくは思う。それとも鬼ごっこ？

すぐ耳元で誰かが囁く。驚いて振り向くけれど、そこにはただ青い霧が漂うだけで、ひとの姿はどこにも見えない。

立ち止まったらとらわれてしまう。そんなふうにぼくは感じる。

ぼくは枯れ枝の杖を投げ捨て、道の先に見える光に向かって走り出す。まだ旅は終わっていない。たとえこの心臓が止まっても、この足を止めるわけにはいかない。

やがて、林の出口が近付いてくる。あたりが急に明るくなる。

ぼくはふいに、そこが旅の終点であることに気付く。

間違いない。彼女が手紙で書いてくれたそのままの風景が眼前に広がっている。

小さな貯水池。壊れかけた木製のサイロ。銀杏《いちょう》の大木――。

林を抜けると急に視界が開け、空が見える。黄色く滲《にじ》んだ太陽が地上に落とす弱々しい光でさえ、闇を抜けたぼくには眩《まぶ》しいほどだ。

ぼくは不思議に思い、いま来た道を振り返る。薄暗い土の道がどこまでも続いている。そのどこかで——青い霧が途切れていた。

彼女の家は古い木造の平屋建てだった。壁のあちこちがトタンで補強されている。手製の表札があって、そこにはマジックペンで「白河」と書かれてあった。

玄関の引き戸に錠はされてなかった。ぼくは震える手でそっと戸を開き、小さな三和土《たたき》に足を踏み入れた。なにかの匂い——古い家に堆積する時間そのものが発酵したような匂いがした。

中はしんと静まりかえっている。

白河さん、と呼び掛けてみる。けれど、声が嗄《か》れてほとんど自分の耳にさえも届かない。唾を飲み込み、もう一度呼んでみる。やはり、返事はない。

ぼくは穴だらけの靴を脱いで廊下に上がった。家の中は薄暗く、外と同じぐらい冷えていた。

廊下の右に襖《ふすま》があった。開けてみると、そこは四畳半の寝室で、壁に寄せるようにしてひと組の布団が敷かれてあった。布団はからっぽだった。まるで主が羽化したあとの蛹《さなぎ》みたいだな、とぼくは思った。掛け布団が丁度そんな感じに乱れていたのだ。枕元に水差しとコップ。薬の袋。たぶん、ここはお母さんの部屋だったんだろう。でも、いまはもう誰もいない。ただ冷たい空気だけが暗い部屋に重く漂っている。ぼくは襖をそっと閉め、部屋をあとにした。

廊下の左手は水回りとささやかな台所になっていた。そして正面の突き当たりにもうひとつ部屋があった。なんの飾り気もない木製のドア。たぶん、あそこが彼女の部屋だ。

ぼくは壁に手を掛けゆっくりと歩いた。一歩、また一歩。

不安で気がどうかなりそうだった。とっくに覚悟はできていたけど、それでもやっぱり——。

そのときふと、なにかの音を聞いたような気がした。

耳を澄ましてみる。ドアの向こうからなにか聞こえてる。ひとの声だ。

この声をぼくは知っている。幼い頃からずっと耳にしてきた、母さんが好きだったあの歌——。

一瞬、このドアがあの夜に——彼女と一緒にダンスを踊ったあの幸福な夜に繋がっているんじゃないかと、ぼくはそう思ってしまう。

ドアノブに手を掛け、そっと回してみる。カチャリと音がしてドアが開いた。

ふいに声が大きくなる。間違いない。あの歌だ。

部屋は暗く、すぐには中がどうなっているのかわからない。

白河さん？　と囁くように呼び掛けてみる。けれど、またも返事はない。

ようやく目が慣れてくると、やっぱりそこが彼女の部屋であることがわかる。窓に引かれた臙脂《えんじ》色のカーテン。白いチェスト。花模様のファンシーケース。木製の机の上に置かれている小さなオーディオデッキ。音楽はそこから聞こえてくる。微かにノイズの入った、懐かしいポップス。

部屋の奥にベッドがある。

ぼくはゆっくりとそこに向かう。自分の息が震えているのがわかる。

近付くにつれて徐々に闇の中にひとりの女性の姿が浮かび上がってくる。彼女はベッドの上で毛布にくるまり、壁を背に自分の膝を抱えるようにして座っている。膝の上に頭を載せ、わずかに首を傾け、そして目を閉じている。

白河さん？　と震える声で呼び掛ける。彼女は動かない。

もう一度。

「白河さん？」

同じだ。なんの反応もない。

彼女はあの万華鏡を大事そうに抱えている。それを見た途端、ぼくの目に涙が込みあげてくる。

ぼくらの約束。

（保証期間は一生だよ）

たしかに、ぼくは彼女にそう言った。そして彼女はそれを信じた。

何者でもないぼくらは、さして多くを望まない。たいていはこの二本の腕で抱えきれてしまう――わずかばかりの温もりと（それは冷めたコーヒーよりも少しだけ温かい）、ほんの数言の優しい言葉（大丈夫だよ。よかったね。もうおやすみ――）、馴染んだ肌の匂い、陽気なハミング、そして無邪気な笑顔。

ひどくありきたりで、少しも珍しくない。どこにだってある。当人以外には、ほとんど無価値なものばかりだ。

なのに、そんなつましい、ほんのささやかな夢さえもがかなわずに終わるのだとしたら――。

ぼくはベッドに上がり彼女を抱きしめた。

「ごめん……」

そう言って、彼女の頬に額を押し当てる。すごく冷たかった。

ぼくの涙が彼女の肌を濡らす。

「ごめんね、白河さん。こんな寂しい部屋にひとりきりにさせて……」

「吉沢くん？」

その声に驚いて顔を上げる。彼女が目を開いてぼくを見ている。

「白河さん――生きてるの？」

彼女が笑った。

ええ、と頷く。

「もちろん生きてるわよ。あわてん坊さんね……」

ぼくはぽろぽろと涙をこぼしながら彼女を抱きしめた。

「よかった……」

「ごめんね、こんなに遅くなって。ほんとに、ごめん……」

ううん、と彼女は言った。すごく小さくて弱々しい声だった。

「吉沢くんはちゃんと来てくれた。そうでしょ？　それがすべてよ……」

ぼくは込みあげてくる愛おしさで胸が痛くなった。

彼女はぼくを待っててくれた。誰もいないこの町で、寒さと孤独に耐えながら、薄暗い部屋の中、たったひとりで。

ありがとう、と彼女は言った。

「会いに来てくれて。そのことがとても嬉しいの……」

☆

ぼくらはベッドの中で抱き合っていた。

不思議だけど、ただそれだけで、ぼくはもうすっかり具合がよくなったように感じた。

だから、彼女にそう言ってみた。そしたら、彼女は、願ったから、と言った。

「吉沢くんを治す力を下さいって、そう願ったから……」

つまりはそういうことだ。ぼくらのささやかな願い。愛するひとを損なうまい、失うまいと心から祈ること。この世界の終わりでは、その思いがきちんと受け入れられていく。

ぼくも願った。

彼女はひどく衰弱していた。もうまる三日なにも食べていない。それに暖を取るための燃料もなくなっていた。彼女の身体はすっかり冷え切っていた。

ぼくらは互いの熱を差し出すことで相手を癒そうとした。

「吉沢くんの身体あったかいね」と彼女は言った。

「まるで火を抱いているみたいよ」

「白河さんの身体はまるで氷みたいだよ」

「じゃあ、ちょうどいいわね、わたしたち」

「うん。それぞれが必要とするものをぼくらは与え合うんだ」

よかったわ、と彼女が言った。

「わたしの身体が冷たくて。吉沢くんの熱を冷ますことができるから」

「うん、ぼくも熱があってよかったよ。白河さんの湯たんぽになれるから」

ああ、と彼女が言った。

「懐かしいな、その言葉」

そのあとで小さく咳《せき》をする。

いつから？　と訊くと、もうずっと、と彼女は言った。

「一週間ぐらい」

ぼくはまた少し不安になる。これ以上悪くならなければいいけど。

ねえ、と彼女が言った。

「この服を着てきたのね。お祖父ちゃんの燕尾服《えんびふく》……」

そう言って、ヤッケの胸から覗く上着の襟に触れる。

「うん、これが一番暖かいからね。おかげで凍り付かずにここまで辿り着くことができたよ」

へんなひと、と彼女が言って笑った。

「あなたはわたしの風変わりな王子様……」

「それは褒めてるの？」

ええ、そうよ、と彼女は言った。

「これは最高の褒め言葉なのよ……」

お母さんは、と訊ねると、彼女は、大丈夫よ、と言った。

「お母さんは先生と一緒だから……」

先生？　と驚いてぼくは彼女に訊ねた。

「え？　だって――」

「来てくれたの。あの電話の五日後に」

「ほんと？」

ええ、と彼女は言う。ほんとよ。

先生は来た。自分の愛を貫くために。

世界が終わると悟ったとき、先生は長い人生の中でようやく初めて自分自身の気持ちを大事にしようと思った。母親にそのことを告げると、彼女は、そんな話は聞きたくない、と言って先生を部屋から追い出してしまった。

でも、もう後戻りはできなかった。ずっと親の言いなりになって生きてきたのだから、最後の最後ぐらいは自分のためにこの人生を使いたい。

きっとお袋はわかってるはずさ、と兄たちは言ってくれた。あれは、あのひとの照れだよ。あとは、まかせておきな。

そうであってほしいと先生は思った。最後の別れをせずに家を出るのがつらかった。

ぼくが家を出た翌日、先生も北に向けて車で出発した。重い医療バッグを持っていたし、彼女のお母さんのことも考えると、どうあっても車が必要だった。

先生は青く凍った町をフルアクセルで突っ切るという無謀を何度も冒しながら（先生らしくない無茶ぶりだった。母親に逆らったことで彼の中のなにかがはじけてしまったのかもしれない）、ぼくよりも十日近くも早くこの町に辿り着いたのだった。ふたりの前に姿を見せた先生の顔は驚くほど青ざめていた。

先生は病床に横たわる彼女のお母さんの枕元に跪くと、目に涙を浮かべながらこう言った。

「ぼくを許して。どうか、お願いだから一緒にいさせて。残された時間をきみと一緒に過ごしたいんだ」

ええ、とお母さんは言った。

「わたしもそう願っていたわ。ずっと、ずっと、あなたが恋しかった……」

このとき、お母さんの容体はかなり危険な状態にあった。先生の持ってきた薬でいくらか持ち直しはしたけど、依然として予断は許さなかった。先生はお母さんを病院に連れて行くと言った。知り合いの病院がここから西に50キロほど行ったところにある。そこなら医療設備も問題なく整っている。

「でも、そこが凍っていたら?」

彼女がそう訊くと、先生は力強く請け負った。

「大丈夫。そうしたら、また別の病院を探す。あてはあるんだ。ぼくにまかせて」

ということで、もと夫婦はまたひとつになり、新たな場所を目指すことになった。

当然彼女も誘われた。

「一緒に行こう。ここにいるのは危険だよ。もう、すぐそこまで青い霧が迫ってる」

けれど、彼女はかぶりを振った。

「わたしはここに残ります。わたしにも、迎えに来てくれるひとがいるんです」

誰？　と先生が訊ねると、彼女は誇らしげにこう答えた。

「恋人が、わたしの恋人が迎えに来てくれるんです」

ぼくがじっと見つめると、彼女は、いいでしょ？　と言った。そんなふうに、誰かにあなたのことを言いたかったの。

いいよ、とぼくは言った。ありがとう。嬉しいよ。

先生は、その「恋人」がぼくなのだと知ってとても悦《よろこ》んだ。先生は旅立ちのとき、ぼくの家にも寄ろうとしたらしい。けれど、あのあたり一帯が青く染まっているのを見て、ぼくはもう凍ってしまったのだとすっかり思い込んでいたのだ。自分よりも先に旅立ったのだと知って、先生は大きな安堵《あんど》の溜息を吐いた。

いやあ、よかった、と先生は言った。彼なら間違いない。これで安心して旅立つことができるよ。いや、ほんとによかった。

出発のとき、彼女は家の前でふたりを見送った。

先生は彼女に言った。

「ぼくにまかせて。お母さんのことは命に替えても守るよ。もうけっして離れない」

不器用に手を差し出す先生に彼女は自分の身体をぶつけた。大きな背に腕を回し、
ありがとう、お父さん、と囁く。

初めて彼女が先生を、お父さん、と呼んだ瞬間だった。

だって、先生は先生なんだもん、と彼女はいつも言っていた。でも、このとき、ついに彼は彼女の父親になったのだ。

先生は彼女を抱き返し、耳元で強く囁いた。泣いているのか声が震えていた。

「ぼくらは家族だ。離れていても心は一緒だよ」

彼女はそっと身体を離すと、行ってらっしゃい、と自分の父親に言った。

「お母さんをよろしく」

そして車は去っていった。

彼女は家に戻った。いずれやってくるはずの恋人を迎えるために。

ありがとう、とぼくは言った。

「待っててくれて」

「信じてたから」と彼女は言った。

「吉沢くんは嘘をつかない……」

「うん、そうだね」

それにこれが、と言って彼女はあの赤い石を懐から取り出してぼくに見せた。

「この石がある限り、わたしたちはまた一緒になれると思ってた」

そうだね、と言ってぼくもヤッケのポケットから青い石を取り出した。ふたつの石がかちりと音を立ててぶつかり合う。

「洋幸が、ぼくらをもう一度一緒にさせてくれたんだ……」

ぼくは洋幸との電話のことを彼女に話して聞かせた。

「じゃあ、ヒロくん、いまは――」

わからない、とぼくは言った。

「でも、洋幸のことだから、きっとまだ無事でいるような気もするんだ。なんとなくだけど」

「そうね。ならいいわね……」

大好きだよ、とぼくは彼女に言った。

「ずっときみにキスしたかった。生きて会えたら、それを言おうって思ってたんだ」

「わたしも吉沢くんが大好きよ。出会ったときから、ずっと好きだった……」

「そうなの？」

「そうよ、知らなかったの？」

「うん……」

「あなたは、どうしようもなく勘の悪いお馬鹿さんね」

「うん……」

　ぼくらはキスをした。

どうしようもなく勘が悪くて、どうしようもなく奥手なぼくらの、これが生まれて初めてのキスだった。

　会いに行く、とぼくは言い、待っているわ、と彼女は言った。世界の終わりに、そうやってぼくらはようやく自分の気持ちを隠さず伝えられるようになった。

　ぼくらは遅すぎた恋人たちだった。でも、それだっていいじゃないか、とぼくは思った。あまりにも多くのものを取りこぼしてしまったけど、だからこそ得られる悦びだってある。

　この遅すぎたキスだってそうだ。この一度のキスにぼくらは十年分の思いを込める。そんなキスなかなかできるもんじゃない。

ほんととろけてしまいそうだ。彼女の唇はゼリーみたいに柔らかく、その吐息は天使の匂いがした。

この夜、ぼくらは結ばれた。

彼女の身体を思ってためらったのだけど、彼女自身がそれを強く望んだ。

大丈夫よ、と彼女は言った。大丈夫。吉沢くんのおかげで元気になったから。世界が終わってしまうその前に、あなたと結ばれたいの。だから、お願い。

ぼくは持っていた小さなコンロで湯を沸かした。それで互いの身体を拭い合う。

彼女はぼくの首筋を拭い、耳たぶを拭い、頬を拭った。お返しにぼくも彼女の背中を拭ってあげた。コンロの炎に照らされた彼女の剝き出しの背中は、痛々しいほどに痩せてしまっていた。くっきりと突き出た肩胛骨《けんこうこつ》は、まるでひな鳥の生えかけの翼みたいだった。

こんなふうに、と彼女が言った。

「吉沢くんに、触れて欲しかった……」

「ぼくもだよ。ぼくも、こんなふうに白河さんに触れてみたかった」

ようやくね、と彼女は言った。

「長く掛かったけれど、わたしたち、ようやく――」

ベッドの中で彼女の細い身体を抱きしめながら、ぼくは十四の自分たちを思い返していた。初めて隣同士になったとき、彼女は、よろしくね？　とぼくに言った。そしてぼくは、うん、よろしく、と彼女に答えたのだった。あのとき彼女は小豆色のセルフレームの眼鏡を掛けていた。すごく可愛かった。あの場所からすべてが始まったのだ。

彼女がぼくの手首に人差し指を置いて脈を測ったときのことも憶えている。病院の先生がやるような、すごく自然な仕草だった。そのあとでぼくも彼女の脈に触れてみた。トク、トクと彼女の脈が指の先に感じられた。ぼくらが初めて触れ合った瞬間だった。

そしていまも、ぼくは彼女の拍動を胸に感じている。力強い拍動だった。きっとぼくもそうなんだろう。昂ぶりは隠しようもない。

彼女が咳をする。

大丈夫？　と訊くと、平気よ、と彼女は言った。それより、吉沢くんにうつらない？

ぜんぜん、とぼくは言った。

「大丈夫だよ。ぼくはスーパーマンだから」

「そうなの？」

「うん」

そうね、と彼女は言った。

「吉沢くんは、わたしのスーパーマン……」

ずいぶんと頼りないヒーローだけど、それでもぼくらは、誰もが愛するひとを守りたいと願ってる。弱虫な戦士には強い拳も必殺の武器もないけれど、北風をさえぎる風除《よ》けになることぐらいならできる。冷たい肌を温める湯たんぽになることぐらいならできる。

それがぼくらだ。それがぼくらの強さだ。

いつだってそう、と彼女は言った。

「わたしがつらいとき、困っているとき、いつだって吉沢くんがやってきて、わたしを救ってくれた。すごいね。あなたは誰？」

「名もなき男だよ。ただ、きみが好きなだけさ」

彼女はその言葉になんだか感動したようだった。涙を流しながら、ありがとう、と言う。「吉沢くんに会えて、ほんとによかった……」

ぼくは彼女の恥じらいを、そして精一杯の大胆さを愛した。内気さに打ち勝ち、自分のすべてをあるがままに差し出そうとするその勇気を愛した。

ぼくの腕の中で彼女は美しかった。その細い腕でぼくにしがみつきながら、雪のように白い喉をのぞかせる。彼女の胸は驚くほど柔らかかった。腰は細く、けれどぼくを締めつける腿は大地のように力強かった。

あの彼女が、とぼくは思った。酔ったぼくをバス停小屋で介抱してくれたあの彼女が、工房で一緒にダンスを踊ったあの彼女が、銭湯で壁越しにぼくに話しかけていたあの彼女が、いまこの腕の中でぼくの名を呼んでいる。

その瞬間、彼女は、優くん、と声を漏らした。小さな悲鳴のような声だった。

この星でもっとも美しいもの、とぼくは思った。

それがいまぼくの腕の中にある。

☆

次の日、ぼくらは昼になっていくらか気温が上がったら出発することにした。ほんとうはもっとゆっくりと休養したいけど、迫っている青い霧が気になったし、食料も見つけなくちゃいけない。

どこへ行く？　と彼女に訊くと、どこへでも、と彼女は答えた。

「吉沢くんが一緒なら、わたしはどこへでも行くわ……」

どこへ向かったとしても、残された時間はたいして変わらないのかもしれない。それでもまだ希望を捨てる気にはなれなかった。ぼくらは若く、そして胸のうちには溢れるほどの愛があった。悲観的になんかなれるはずがない。

ぼくは彼女に言った。

「洋幸が電話で言ったんだ。海を渡れって」

「海って、海峡のこと？」

「なのかな。ここから海岸までは？」

「10キロぐらい」

「そんなに遠くはないんだね」

「ええ」

「お母さんの病院に向かうことだってできるけど……」

ううん、と彼女はかぶりを振った。

「お母さんには先生が――お父さんがいるわ。わたしたちはわたしたちの道を――」

わかった、とぼくは言った。

「じゃあ、海峡に向かおう」


その日の午前中を使って、ぼくは彼女の万華鏡を修理した。リュックの中から二枚の板に挟んで運んできた鏡を取り出すと、彼女が驚いたような声を上げた。

「それをわざわざ持ってきてくれたの？」

「ん？　そうだよ。これがないと修理できない」

「たいへんだったでしょ？」

「うーん、そうでもないよ。そんなにかさばらないし。だいいち職人はそんなことといちいち愚痴ったりしないんだ」

「そっか……」と彼女は言った。

「さすがね」

がんばって、と言って彼女はぼくの頬にキスしてくれた。まだなんとなくぎこちなかったけど、それだってたいした進歩だ。彼女は思うままにふるまうことを学び始めていた。

一時間ほどで修理は終わった。

「直ったよ」

そう言って彼女に万華鏡を手渡す。

さっそく彼女は万華鏡を覗き込んで、ほんとだ、と嬉しそうな声を上げた。

「きれいに戻ってる。ありがとう！」

「うん」

彼女が万華鏡を手にベッドで横になっているあいだ、ぼくは家のまわりを調べてみた。何軒かの空き家に入ってみたけど、やっぱり食べられそうなものはなにも残ってなかった。壊れかけたサイロも覗いてみたけど、ここも見事に空っぽだった。

貯水池のふちにしゃがみ込んで水の中をじっと眺めても、ただむく犬の毛みたいな緑色の藻がゆらゆらと揺れているばかりだった。この藻は食べられるんだろうか？　と一瞬思ったけど、泥水を飲んで腹を壊したことを思い出し、ぼくはすぐにその考えを押しやった。

お手上げだ。早く食料を手に入れないと、彼女がまいってしまう。

帰り掛けに杉林をのぞいてみると、50メートルほど行った先に青い霧が漂っているのが見えた。確実に昨日よりは近付いている。早く出発したほうがいい。

雨が降る気配はなかった。気温もいくらかは上がって、ハイキング日和《びより》とまではいかないまでも、歩くにはまあそこそこの天気になっていた。

　ぼくらは正午ちょうどに出発した。彼女の体調を考えると海岸まで三時間ぐらいは掛かるはずだった。今夜はそこで野宿になる。彼女の話では、ここから海まで人家はほとんどなく、だから道中が青い霧に阻まれる可能性は低かった。同時に食料を手に入れられる可能性も低くなるわけだけど。

　彼女は幾重にも服を着込んだものだから、ものすごく着ぶくれしていた。フードを二重に被り、毛糸のマフラーで口元を覆う。手袋をして、防寒シューズを履き、背中に小さなリュックを背負っている。中にはあの万華鏡が収まっていた。

「すごい格好だね」とぼくが笑うと、これでも寒いわ、と彼女は言った。ずっと家に籠もりきりだったから、外気に慣れてないのだ。ぼくはこの旅でずいぶんと鍛えられたみたいだ。このぐらいの天気だとむしろ暖かくさえ感じられてしまう。

　ぼくは彼女の手を取った。

「さあ、行こうか」

「ええ」

　歩きながら、彼女は何度も振り返って遠離る我が家を見た。そこは母子ふたりで、互いに助け合いながら懸命に生きた場所だった。

「もう、戻ることはないのかしら……」

どうかな、とぼくは言った。

「もしかしたら、いつか戻れる日が来るかもしれないよ」

「そうね。そうしたら、お母さんにも会ってもらいたいわ。すごく楽しみにしてたから」

「うん。会ってみたい。先生が言ってたけど、白河さんとお母さんよく似てるんだって？」

そうなの？　と彼女は言った。

「ん？　そうじゃないの？」

「わからない。あんまり意識したことなかったから」

「まあ、そんなもんだよね」

「うん。吉沢くんとお父さんだってそうだったもんね」

そう言って彼女が笑った。

「たしかに」

ぼくらは歩きながらいろんな思い出話をした。

思い出は手の届かない遠くにあって、そのためにいっそうきらきらと輝いて見えた。

ぼくは旅の途中で出会ったひとたちのことを彼女に話した。

瑞木さんはね、すごく面白いひとなんだよ。自分のことをちんぴらだって言うんだ。おかしいよね。絵里子さんていうすごく素敵な彼女がいてさ、最後はそのひとと一緒になることができたんだ。すごく幸せそうだったよ――。

古い茅葺《かやぶ》き屋根の家で暮らす老夫婦にも会ったよ。子供のときからずっと一緒なんだ。何十年もずっとほとんどふたりだけで生きてきたんだ。すごいよね。おじいさんは子供の頃、おばあさんの子守だったんだって。なんだか昔話みたいだよね。むかしむかし、あるところに、小さな女の子と子守の少年がいました――。

彼女が立ち止まった。

「どうしたの？」

ううん、と彼女はかぶりを振った。

「なんでもない。大丈夫よ。ちょっと目眩《めまい》がしただけ……」

「そう？　無理しなくていいからね」

「うん、わかってる……」

そう言って彼女はまた歩き出したけど、十歩も行かないうちにしゃがみこんでしまった。

なんとなくそんな予感はしていた。もとより、こんな旅をできるほど彼女には体力が残っていなかったのだ。気を張って歩いていたけど、ほんとはずっとつらかったのかもしれない。

ぼくは背中のリュックを胸に回し、彼女に背を向けて腰を落とした。

「さあ、負《お》ぶってあげるよ」

「駄目よ。自分で歩く。吉沢くんだって大変なんだから」

ぜんぜん、とぼくは言った。

「平気だよ。昨夜、白河さんからパワーをいっぱいもらったから。いまは信じられないぐらい元気なんだ」

ほんとに？　と彼女が訊いた。ほんとだったので、ほんとだよ、とぼくは答えた。

いいの？　と訊くので、早く、とぼくは急かした。

じゃあ、と言って彼女がぼくの首に腕を回した。ぼくは彼女のお尻の下で手を組むと、そのまま一気に立ち上がった。彼女はびっくりするほど軽かった。

「白河さん、軽いね」とぼくは言った。

「これなら、走ってだって行けるよ」

そして、ぼくは実際に走ってみせた。背中で彼女が悲鳴を上げる。

「やめて、そんな無理しないで！」

ぜーんぜん、とぼくは言った。

「無理じゃないよ。なんか嬉しいんだ。こうやって白河さんを負ぶって歩けるのがさ」

「そうなの？」

「うん。なんかね。しみじみと」

へんなひと、と言って彼女が小さく笑った。

そうやってまたぼくらは旅を続けた。

目に映る景色にほとんど変化はなかった。荒れ野を貫く一本のアスファルト道路。人家は見えず、ただ荒涼とした大地を背の低い植物たちが覆っている。ところどころに灌木《かんぼく》が寄り添うようにして立ち、吹きすさぶ風に細い枝を揺らしている。空は薄暗く、鳥の鳴く声さえ聞こえない。

もしかしたら、もうぼくらが世界の最後のふたりなのかもしれない。そんなことを思った。最後の温もり。最後の言葉。

「こんなふうにね」とぼくは言った。

「奥さんを背負って旅をしている男のひとにも会ったよ」

「そう？」

「うん。そのひとすごいんだ。そうやって奥さんを背負いながら小さな娘の手を引いて、しかも、腰に繋いだ紐でカートを引っ張って歩いてるんだよ」

すごい、と彼女が言った。

「だよね？　そのひとも痩せててさ、どこにそんな力があるんだろう？　ってそのときは思ったんだけど――」

「思ったけど、なに？」

「うん。いまならわかるよ。好きなひとのためなら、ぼくらはいくらだって強くなれる。嬉しくて仕方ないんだよ。ぼくらは、こうやって大好きなひとのためになにかをしてあげることで、それ以上のなにかを受け取っているんだ。だとしたら底なしのパワーだよね。愛の力学で動くエンジンがあったら、きっとすごいだろうな」

そうね、と彼女が囁くように言った。

「わかるわ、その気持ち……」

そうやって四時間も歩くと、やがて海の匂いがしてきた。

もうすぐだよ、とぼくは彼女に言った。彼女は、うん、と小さく答えた。意識がはっきりしないみたいだった。さっきから何度も咳を繰り返している。

道がアスファルトから剝き出しの土になり、そのまましばらく行くといずれはそれも砂へと変わった。背の高い草を掻き分けるようにして砂地を歩き、ぼくは斜面をどんどんと降りていった。

波の音が聞こえてくる。

海だよ、とぼくは言った。彼女が頷く気配だけが伝わってきた。言葉はなかった。

小さな砂浜の海岸だった。流木がいくつも打ち上げられていた。東の岩場近くに漁師小屋のようなものがあって、そのすぐ隣に舟が引き上げられてあった。ぼくはそこに向かった。

海は思っていたよりも穏やかだった。この季節の海が実際はどんなものなのかは知らないけど、きっとこんなもんじゃないはずだ。これも世界の終わりとなにか関係があるのかもしれない。

小屋に入ると、ぼくは自分のヤッケを床の上に敷き、そこに彼女を横たえた。ドラム缶を半分に切ったストーブがあったので、そこで火を熾し小屋の中を暖めた。それ以外はなにもない殺風景な眺めだった。

「大丈夫?」と訊くと、大丈夫よ、と彼女は答えた。

「ぼくはちょっと食べるものを探してくるからね。ここで休んで待ってて」

うん、と彼女は言った。

「早く帰ってきてね……」

「わかった」

彼女を残し小屋を出たぼくは、海岸線に沿ってしばらく歩いてみた。漁師小屋があるってことは、近くに人家もあるはずだった。

案の定十分も歩くと、小さな集落に行き当たった。漁師小屋とさほど変わりのない、簡素な平屋建ての民家が数軒寄り添うようにして建っている。

一軒ずつ中を探ってみたけど、どこもほとんどひとが暮らしていた気配すらなかった。この騒ぎの前にすでに空き家になっていたのかもしれない。

落胆しながら最後の一軒に入ると、ここだけはいくらか家具らしきものがまだ残っていた。卓袱台《ちゃぶだい》、食器棚。それに畳の間に場違いなスチール製のロッカー。扉を開けると、中に薄汚れたジャンパーが一枚ぶら下がっていた。これも防寒に使えるからもらって帰ることにする。手に取り、ポケットを探ると指になにかがぶつかった。

取り出してみると、それは薄荷《はっか》ののど飴《あめ》だった。たったひとつの収穫だったけど、これでもなにもないよりはましだ。

ぼくは集落をあとにして、急いで漁師小屋へ戻った。

彼女は眠っていた。疲れてしまったんだろう。ぼくは彼女の腰にさっきのジャンパーをそっと掛けた。小屋は火のお陰でかなり暖かくなっていたけど、それでも。

もう一度外に出て、今度は舟を調べてみた。

舟は公園のボートを縦に長くしたような形で、尻に船外機が付いていた。でも、すっかり錆《さ》びてしまっていてとても動きそうになかった。長いこと使われてなかったのかもしれない。

舟自体には目立つような孔《あな》はどこにも見あたらなかった。これなら行けるかもしれない。

ぼくは流木や枯れ枝を拾って小屋に戻った。一番太い流木をドラム缶の火にくべ、彼女の隣に座る。

疲れを感じていたけど、眠れそうにはなかった。

彼女が小さく咳をした。心配だ。ぼくの大事な命。どうか消えないで。

ぼくをひとり残していかないで。どうか、お願いだから、どうか――。

真夜中に彼女が目を覚ました。

吉沢くん？ と不安そうにぼくを探す。

「ここにいるよ」

ぼくは最後の流木をドラム缶にくべると、彼女のそばに戻った。

「具合はどう？」

「うん、平気よ。ありがとう」

「寒くない？」

「大丈夫よ」

彼女は身体を起こし、ぼくの隣に座った。ぼくは彼女の肩を抱き、もう一方の手であの薄荷飴を見せた。

「ほら、近所の家で見つけたんだ。舐《な》めなよ。元気が出るよ」

「吉沢くんは？」

「うん。もう舐めたよ。ふたつあったんだ」

「嘘でしょ？」

「ううん。ほんとだよ。ほら、早く」

そう言ってぼくは包み紙を開き、飴を指につまんで彼女の口元に運んだ。

彼女はなにかを考えるようにしばらく動かずにいたけど、やがてその飴を口に含んだ。

　おいしい、と彼女は言った。

「そう、よかったね」

「うん……」

　そうやって三十秒ぐらい味わったあとで彼女は、今度は吉沢くんの番よ、と言って、唇に挟んだ飴をぼくに差し出した。

　ぼくが、いいよ、と言うと、んんん、と言いながら彼女が首を振った。黙って見ていると、じっとそうしたまま動かないので、仕方なく口移しでその飴をもらった。

「どう？　おいしい？」

　うん、とぼくは言った。

「すごくおいしいね」

　ほんとにおいしかった。そして今度はぼくが彼女に口移しで飴を渡した。

　そうやって、ふたり交互に飴を舐めながら、ぼくらは最後の食料を大事に分け合った。小さくなった飴を渡すときのぼくらは、まるでキスをしているみたいだった。彼女の唇は砂糖菓子のように甘かった。

ぼくらは抱き合いながら闇の中でゆらゆらと揺れる炎を見つめていた。

わたしのお父さんね、と彼女が囁くように言った。

「うん？」

「本当のお父さん、わたしが生まれるよりも前に死んでしまったんだって……」

「そうなの？」

「ええ。お母さんが話してくれたの。お父さんはお母さんの患者さんだったのよ」

ああ、とぼくは言った。

「そうだったんだ……」

「行き倒れの若者。記憶をなくして、自分の名前すらもわからない……」

「うん」

「なにかにすごく怯えていて、でも、お母さんにだけはなぜか懐いて、ずっと離れようとしなかったんだって……」

「そうなんだ……」

「そうなの。不安の発作に襲われると、お母さんが抱きしめて彼の心を守ったのよ。壊れてしまわないように。闇にとらわれてしまわないように。そんなことを繰り返すうちに、ふたりは……」

「でも、それはやっぱりしてはいけないことでしょ？　だからお母さんはこのことを誰にも内緒にしていたの」

「うん……」

そうだね、とぼくは言った。

「でも、それもやっぱり愛だよね」

ええ、と彼女は言った。

「そうね。わたしもそう思う。だから、教えてもらったときは嬉しかった……」

そのあとは？　とぼくは彼女に訊ねた。

「そのひとどうなったの？」

「彼は屋上から転落して亡くなったの……」

「ああ……」

「鳥といつも仲良くしていたから、もしかしたら手を伸ばしすぎて、それで柵を越えてしまったんじゃないかって……」

なんだか、とぼくは言った。

「ぼくらのまわりは、そんなひとたちばかりだね」

「そうね。お母さんは、そのひとのことを、まるで空から落ちてきた天使のようだったって言ってたわ。すごく純粋で、とても感じやすいひとだったたって……」

「うん。それがきみのお父さんなんだ……」

「ええ、そうよ……」

吉沢くんは？　とそのあとで彼女が訊いた。

「お父さんとは、どんなふうにお別れしたの？」

うん、とぼくは言った。

「それはね――」

☆

旅立ちの前の晩、ぼくはなかなか寝付けずにいた。

あれこれと悩んでいるうちに、ぼくの眠気はうんざりしてどこかへ出掛けてしまったみたいだった。

夜中の二時頃にトイレに立つと居間の灯りがついていることに気付いた。そっと覗くと、父さんが背を丸めて炬燵《こたつ》に入っている姿が見えた。旅のために用意したぼくのリュックが炬燵の上に置かれてあった。父さんはそのリュックに触れながら、なにかを呟いていた。

なんだかすごく悲しい眺めだった。父さんがすごく小さく見えた。髪は白く、肩は細く、首筋なんかまるで羽根を毟《むし》られた鶏みたいだった。いつのまにか父さんはすっかり縮んでしまっていた。

ぼくは父さんをひとり残してこの家を出て行く。そのことがどうにもたまらなかった。

母さんが死んでから、父さんは男手ひとつでぼくをここまで育ててくれた。ひとりでふたり分父さんはがんばった。ひと嫌いなのに、ちゃんと授業参観にも来てくれたし（父さんはひとりだけ他の親たちとは一世紀ぐらいずれた服装をしていた。でもぼくにはそれがとても誇らしく感じられた）、運動会のときには手製のメガホンを持参して、先生に注意されるぐらいの大音量でぼくを応援してくれた（それでもぼくはビリケツだったけど）。いじめられてドブに落とされたときは、黙ってぼくの服を洗ってくれた。

ぼくが泣いていると、お前はいい子だね、と言いながら、父さんは太く短い指で涙を拭ってくれた。わたしなら、きっとお前を友だちに選ぶだろうよ、と父さんは言った。落とした子たちではなく、落とされたお前をね。わたしたちは、きっと一生の親友になっただろうね――。

父さんはぼくの弱さや拙《つたな》さを認めてくれた。ぼくの要領の悪さを褒めてもくれた（お前のお陰で、とくするひとがいっぱいいるんだ。それは素晴らしいことなんだよ）。父さんがそんなふうにぼくを愛してくれなかったら、きっとぼくは自分を憎むような人間になっていただろう。ぼくが、こんな自分に生まれてきてよかったと思えるのは父さんのお陰だ。

いまぼくは、そんな父さんを置き去りにして遠い場所へ旅立とうとしている。父さんはそれを願ってくれてはいるけど、それでもやっぱりぼくは……。

声を掛けようかと思ったけど、なんだかそれも気恥ずかしくて、そのまま自分の部屋に戻った。それからは夢も見ずにぐっすり眠った。

父さんに呼ばれて目を覚ました。

「優、優、起きなさい」

肩を揺さぶられ、眠い目を擦《こす》りながら身体を起こすと、部屋の中が青く染まっていた。

「うわっ！」

驚いて布団の上に立ち上がる。

「慌てなくていい」と父さんが言った。

「でも」

「大丈夫、時間はまだある。慌てずに出発の準備をしなさい」

そんなこと言われたって落ち着けるはずもなかった。ぼくは思いきり動顛《どうてん》して力任せにパジャマを引き剝《は》がした。ボタンがはじけて部屋中に飛び散った。

「ぼくらどうなっちゃってるの？」

ズボンに足を通しながらそう訊ねる。慌ててるときに限ってなかなかうまく通らない。ぼくはけんけんしながら部屋のあちこちに身体をぶつけた。

「すぐ近くに柱が立ったらしい」と父さんは言った。

「そのあとで、青い光がここまで広がったんだ」

「ぼくら動いてるけど？」

「そういうものらしい。天からの光を直接浴びさえしなければ、そうとうな時間の猶予が我々には与えられるんだ」

「TVがそう言ってたの？」

いいや、と父さんは言った。

「母さんが教えてくれた」

「ほんとに？」

「ああ、ほんとだよ。いま、わたしはいままでにないほど、母さんの存在を近くに感じているんだ」

そして父さんは、ぼくにリュックを手渡すとこう言った。

「まずは東に向かうんだ。そうすれば、ほどなく霧は晴れてくるはずだ」

「それも母さんが？」

ああ、と父さんは頷いた。

「そうだよ。それも母さんが教えてくれたんだ」

ぼくは父さんと一緒に玄関に向かった。

ぼくが靴を履いているあいだに父さんが固くなった玄関の引き戸を開けてくれた。すでに硬化というか凍結というか、そんなものがかなり進んでいるらしく、身体ひとつ分の隙間を開けるのにも父さんはずいぶんと苦労した。

ふたりで外に出ると、ぼくは玄関脇に立て掛けてあった自転車にまたがった。ハンドルに手を掛け、右足の爪先《つまさき》でペダルを引き上げる。足首がごきりと変な音を立てた。ペダルはほとんど回らなかった。ぼくは思わず呻き声を上げた。

「駄目か？」と父さんが訊いた。

たしかにここしばらく使ってなかったけど、でもそれだけじゃないはずだ。さっきの引き戸と同じだ。この青い光の中では無生物のほうがよほど早くに凍り付いてしまうらしい。

「うん、回らない」

よしわかった、と父さんは言った。

「いいかい、ここでは触れたところからこの凝りはうつっていくらしい。だから、行けるところまではわたしがお前を背負っていく。地面に足をつけなければ、その分凝りも遅くなるだろうからね。自転車はまたどこかで調達すればいい」

「でも……」

「話し合ってる暇はない。とにかくすぐに出なければ――」

そう言って父さんはぼくに背を向け、わずかに腰を落とした。

「さあ、急ぎなさい」

その切迫した声に急き立てられるようにして、ぼくはおずおずと父さんの背に自分の身体を預けた。

ふん、と父さんはなんだか嬉しそうな声を出した。

「お前は軽いな。楽なもんだ」

父さんはぼくを背負って走り出した。もちろんたいした速さではなかったけど、それでもぼくは父さんの心臓が心配だった。父さんはすでに老人になりかけていた。

「大丈夫? 無理しないで」

「大丈夫だよ。昔は、こうやってお前を背負って何度も病院まで走ったものさ」

「うん、憶えてるよ……」

「お前は熱ばかり出してたね。しかもきまって真夜中に熱が上がるもんだから、病院の先生に起きてもらうのが大変だった」

「ドアを叩いて先生を呼んでたね」

「ああ、わたしは気が気ではなかったんだ。お前までもが母さんのようにいってしまうんじゃないかって、そう思うとね……」

父さんの足の運びはどんどんと遅くなっていった。そのうち歩いているのとあんまり変わらなくなった。ひどいがに股で、もともとが走るようにはできていないのだ。父さんは足りない空気を補うかのように、数歩ごとに深い息を繰り返した。

「重くない? 苦しくない?」

「いいや、なんともないよ。親は子を背負うことに慣れているからね。ずいぶんと久しぶりだが、身体はちゃんと憶えていたよ」

「そうなの？」

「ああ、そうさ……」

塀の上で黒猫が前足を上げたまま凍っていた。この辺りは直接光の柱が降ったのかもしれない。たぶん住人たちは眠ったまま凍ってしまったんだろう。町には人影ひとつなかった。

父さんの首に汗が浮かんでいた。髪が乱れ、薄くなったところから赤く上気した地肌が見えた。

「父さん、もう……」

なんの、と父さんは言った。

「まだまだ行けるぞ」

父さんはしばらくのあいだ黙ったまま歩き続けた。肩で息をしながら一歩一歩進んでいく。けっして速くはない、けれど揺るぎのない歩みだった。

ぼくらは亀だ。のろまで愚鈍で、どうにも要領の悪い亀だ。でも、ぼくらはぼくらなりに精一杯歩き続ける。愛するひとの命を明日へと繋いでいくために——。

父さん、とぼくは呼び掛けた。

「なんだい？」

「父さんも一緒に行かない？　ぼくと一緒にさ、このまま……」

　父さんはゆっくりとかぶりを振った。

　もう充分にわたしはもらった、と父さんは言った。

「お前や母さんから素晴らしい時間をわたしはたくさんもらった。これ以上欲を出したら罰《ばち》が当たるよ」

「でも……」

「いいんだよ。これは悲しい別れではない。わたしはいまとても幸せなんだ。可愛い息子が愛するひとのもとへと向かおうとしているんだからね……」

　父さんは荒い息を吐きながら、うんうんと何度も頷いた。

　あの幼かったお前が、と父さんは言った。

「どうにも覚束ないよちよち歩きで、わたしのうしろをいつも追い掛けていたあのお前がだよ。汗ばんだ小さな手でわたしの指を握りしめ、けっして離そうとしなかったお前が、ついに旅立とうとしてるんだ。めでたいことさ。わたしは微笑みながら見送るよ……」

「父さん……」

　目に涙が浮かんで世界がぼやけた。鼻の奥が風邪を引いたみたいに痛くなった。

いまでも憶えているよ、と父さんは言った。

「生まれたときのお前は真っ白い顔をしていてね、少しも赤ん坊らしくなかった。まわりからは長く生きられないかもしれない、とまで言われたんだ。わたしはショックのあまり口もきけないほどだった……」

「うん……」

「でもね、ベッドの中からわたしを無邪気に見つめ返すお前を見たとき、ふと思ったんだよ。この子はわたしを頼りにしてる。なんの疑いもなく自分の命をわたしに預け、もうそれだけで幸福を約束されたような顔をしているじゃないか。その信頼を裏切ってはいけない。なんとしてもこの命を守りぬこう。この子を幸せにしよう、とね」

「父さん……」

「わたしにとって愛とはそういうことさ。生きて欲しいと心の底から願うんだ。母さんを失ったとき、わたしが強く在れたのは、お前がいたからだよ。わたしには優がいる。なんの、挫《くじ》けてなるものか、とね。そう歯を食いしばって、わたしは前に進み続けたんだ……」

このひとがいたから、とぼくは思った。このひとがいたからぼくがいるんだ。父さんと母さんが命をかけて守ってくれたから、いまのぼくがある。

涙が止めどなく溢れて頬を伝った。熱い雫は父さんの首にも落ちてシャツの襟を濡らした。

「どうやらその役目も、ようやく終わりが来たようだ……」

父さんは深く息を吐き、静かにかぶりを振った。

「過ぎてしまえば、あっというまだった……」

ありがとうな、と父さんは言った。

「わたしたちの息子に生まれてきてくれて。お前のお陰で楽しい人生を送ることができた。わたしたちはいい友だちだったね。少し外れた者同士、同じものを見ては笑い、同じものを見ては感動し合った……」

ほんとに、ほんとに楽しかったよ……。

父さんの足取りはさらに重くなっていった。それでも立ち止まろうとしない。父さんは履いていたサンダルを脱ぎ捨て、裸足でアスファルトの上を歩いた。

「父さん、もう……」

「いや、もう少し。もう少しだけ背負わせておくれ……」

父さんの息が信じられないほどに荒くて、ぼくはすごく不安になった。なんだかひと息ごとに父さんの命が口から溢れていくみたいだった。

「父さん、大丈夫?」

「ああ、大丈夫だ……」

やがて霧の向こうに朝の光が見えてきた。ぼくが向かう場所だった。

自分を照らす光に気付いた父さんは顔を上げ、そして言った。

「まもなく霧を抜ける。だが、わたしが歩けるのはあともうわずかだ。そこからはお前ひとりで行きなさい……」

「父さん、やっぱり一緒に――」

いいや、と父さんはかぶりを振った。

「わたしはここに残る。わたしが行っても足手まといになるだけだ。だがね、いいかい? 我々は願えばいつだって会えるんだよ……」

「そうなの?」

そうさ、と父さんは言った。

「わたしはね、こんなふうに思うんだよ。この宇宙のどこかには、我々が過ごしてきた日々がそっくり残されていて、強く願いさえすればふたたびそこを訪れることができるんだとね……」

優、憶えているかい? と父さんは言った。

「もし、その中でいつを選ぶかと問われれば、わたしはきっと家族三人で河原を歩いたあの日に帰ることを願うだろうよ。わたしたちは若く、母さんにはまだ病いの影はどこにもなかった。幼いお前の手を引きながら、彼女はあの朗らかな声でこう歌っていたね……」

春の日はうらら　ホルディィリディィア　ホルディィリア
白雲は流れ――

父さんは、そこで声がつまって唄えなくなった。
だからぼくが先を唄った。ぼくの声もやっぱり涙で震えていた。

――白雲は流れ　ホルディィリディィア　ホルディィリア

うん、うん、と父さんが頷いた。
「お前の手を引いた母さんはとても幸せそうだったね。だからわたしも幸せだった。こんなわたしにはもったいないくらいにね。陽の光はまるでわたしたちを祝福するかのように輝いていた。このときが永遠に続けばいいのにと、わたしは心からそう願ったよ……」

たしかにそうなのかもしれない。ぼくにもほんの少しだけど見えたような気がした。音もない風景の中を夢のように歩いていく家族の姿が……。

綿毛が風に舞い、川面には波光が燦めいていた。なんの憂いもなく、哀しみはまだ遠い予感でしかない。家族は追い掛け合い、じゃれ合い、歌を唄いながら踊った。若い、まだ娘のような母親の黒いスカートがふわりと花のように広がって地面に丸い影をつくった。母親は幼い息子と額を押し付け合い、小さく首を揺らしながら笑った。それから彼女は夫を振り返り、ゆっくりと二度瞬《まばた》きを繰り返した。

母親は息子に枇杷を与え、自分でもひとつ食べた。子供が疲れてうとうとし始めると、父親が彼を背負い家までの道を歩いた。父親の背は温かく、息子は微睡《まどろ》みの中で日溜まりで遊ぶ夢を見た。

父さん、とぼくは言った。

「ぼくら、幸せだったんだね。とっても、とってもさ……」

そうだね、と父さんは言った。

「あの場所でわたしと母さんは待っている。そこでふたたびわたしたちは出会うだろう。だから、寂しがることはないんだよ……」

「うん……」

それからしばらく歩いたところで、父さんはついに立ち止まった。

すまんな、と父さんは言った。

「これ以上はもう進めそうにない……」

ううん、とぼくは言った。

「ありがとう。もうじゅうぶんだよ……」

ぼくは父さんの背から下りた。ここからは自分の足で歩いていく。

父さんは荒い息を吐きながらぼくを見上げ、ふっと頬を緩めた。

「お前はほんとに泣き虫だねえ。赤ん坊の頃からそうだった……」

ほら、と言ってズボンのポケットからハンカチを出してぼくに渡してくれる。これも古くなったシャツからの再生品だった。

「涙を拭きなさい。あんな素敵な女性に会いに行くんだから、もっとしゃんとしなくちゃ駄目だよ。いいね？」

「うん……」

でも、父さんだって涙で顔がぐちゃぐちゃだった。汗と鼻水も混じってすごいことになってる。母さんが死んだときにだって涙を見せたことはなかったのに。

ぼくは、父さんもだよ、と言ってハンカチを返した。

父さんはそれで顔をごしごしと擦ると、これでいいかい？　とぼくに訊いた。あんまりきれいになってなかったけど、まあ、なんとか、とぼくは答えた。

ぼくらは互いの顔を見ながら笑い合った。

さあ、行きなさい、と父さんは言った。

「あの子によろしく伝えておくれ。感謝していると。これでもう思い残すことはなにもない……」

「父さん……」

「わたしはここで見送るよ。母さんは、こんななんのとりえもないわたしからずっと離れずにいてくれたんだ。だから今度は、わたしが彼女と離れずにいる番だ……」

さあ、お行き……。

そっと肩を押され、ぼくは歩き出した。

涙が止まらなかった。父さんはずっと手を振ってくれていた。

見慣れた風景が遠離っていく。ここはぼくが生まれ育った場所だった。幸福な日々をぼくはここで過ごした。ぼくは誰よりも幸せな子供だった。

徐々に霧の中に父さんの姿が消えていく。

父さん！　と呼んでみても、もう返事は聞こえない。

最後にもう一度だけ、ぼくは立ち止まって霧の向こうに佇む父さんを見つめた。父さんはまだ手を振っていた。

ぼくはその隣に母さんの姿を見たような気がした。ふたり寄り添いながら息子の旅立ちを見送っている。なんとなくだけど、そんな気がした。

ぼくは手を振り、彼らに向かって叫んだ。

「父さん、母さん、いままでありがとう！　行ってきます！」

そしてぼくは涙を拭うと全力で駆け出した。

☆

彼女は泣いていた。それは優しい涙で、だからぼくはよりいっそう幸せな気分になった。

ぼくは彼女に言った。

「あの夜ね、父さんはこっそりリュックの中に封筒を忍ばせていたんだ。気付いたのは旅に出てしばらく経ってからのことだったんだけど」

「ええ……」

「封筒の中には一万円札に五千円札、それに千円札も何枚か入っていたよ。きっと我が家の全財産を父さんはぼくに持たせてくれたんだろうね」

ぼくはリュックから封筒を取り出すと、ほらこれ、と言って彼女に見せた。封筒は新聞のチラシを貼り合わせてつくってあった。我が家にはこんな封筒がたくさんあった。

「それに、中にはね、こんなものも入っていたんだ」

そう言って封筒を斜めにして軽く振ると、チリンと音を立てて指輪がふたつぼくの手の上に転がり落ちた。なんの飾り気もない銀の指輪だった。大きいのと小さいの。

「これって……」と彼女が言った。

「父さんがぼくらの再会のために用意してくれたんだ。ぼくの両親の結婚指輪だよ」

封筒には手紙も入っていた。父さんの字は悲しいほど下手くそだった（ぼくら親子は、そろって文字を書くのが驚くほど下手だった）。真夜中にひとり、ちびた鉛筆でもって、これを書いている父さんの姿を思うと、なんだかすごく切なかった。

手紙はぼくではなく、彼女に宛《あ》てられたものだった。だからぼくは彼女に手紙を渡した。いろいろ迷いがあってなかなか渡すことができなかったんだけど、いまがそのときなのだと思った。

『前略　白河雪乃様

これは、息子に愛するひとができたら渡そうと決めていた指輪です。妻が亡くなる前にわたしに託したものです。あなたの指に嵌《は》めていただけることを願い、わたしの指輪とともにリュックに忍ばせます。

息子をどうかよろしくお願いします。

ひとには頼りなく映るかもしれませんが、わたしにとっては世界一の息子です。どうぞ、あの子のそばにいてやって下さい。息子はあなたを心から愛しています。その愛を、どうか受け入れてやって下さい。お願いします。

追伸　心づくしの料理をありがとう。肩を揉《も》んでくれてありがとう。あなたのような娘がいたら、また別の喜びもあったのだろうと思いました。眩しいほどのその笑みをどうかいつまでも絶やさずにいて下さい。

吉沢拓郎　』

彼女は小さく声に出しながら読んでいたけど、途中から先を続けられなくなった。

彼女は手紙から顔を上げ、涙で濡れた目でぼくを見ると、もう一度お父さんに会いたい、と言った。もう一度、肩をもんであげたかった……。

結婚してくれるかい？　とぼくは彼女に訊いた。

「この指輪をはめてもらいたいんだ。ぼくにとって誰かと結ばれるっていうのは、つまりはそういうことだから……」

彼女はぎゅっと目を閉じ、目尻からぽろぽろと涙を零しながら、ありがとう、と言った。

「とても嬉しいわ。夢みたいよ……」

ぼくらはふたりきりで結婚の儀式を執り行った。

ふたりは炎の前で向かい合いながら、うろ憶えの誓いの言葉を口にした。健やかなるときも、病めるときも、という例のやつだ。憶えていないところは自分の気持ちをそのまま口にすることにした。なんだかそのほうがすごく正しいことのように思えた。

そのあとでぼくらは互いの薬指に結婚指輪をはめ合った。彼女はぴったりだったけど、ぼくの指に父さんの指輪は大きすぎた。ほら、と言って回してみせると、彼女がくすりと笑った。

ぼくは彼女のベールのような前髪をそっと掻き上げ、その唇にキスをした。

「これでもう、ぼくら夫婦になったのかな?」

「ええ、そうよ。もう、わたしたちはちゃんとした夫婦よ」

「なんだか不思議だな。こんな世界の終わりにさ、ぼくらふたりぽっちで……」

「そうね。でも、きっとわたしたちは祝福されてると思うわ。ふたりを愛してくれた、たくさんのひとたちから……」

「うん、そうだね……」

やがて彼女はぼくの腕の中で寝息を立て始めた。なんだか傷付いた小鳥をそっと両手の中に守っているような気がした。彼女の吐息は熱を帯びて、小さく震えていた。

ぼくは彼女の黒い髪に鼻を埋めながら、ふたりを照らす炎を見つめた。

ぼくの奥さん。ぼくの命――。

いつか気付くと、ぼくは心の中でこんなふうに両親に語り掛けていた。

父さん、母さん――

ぼくもあなたたちのように人生でたったひとりのひとと出会い、そしてついに結ばれました。そのひとが隣にいてくれさえすれば、ほかにはもうなにもいらない、生きて、ただそこにいてくれさえすればいい――そんなふうに思える大切なひとです。

父さん、これが愛なんだね？　すごく素敵だよ。そしてたまらなく悲しいね。

ぼくはこのひとと生きていくよ。あと、どれくらいの時間がぼくらに残されているのかわからないけど、限られたときの中で、ぼくらは深く深く愛し合うんだ。これっぽっちも出し惜しみなんかせずにね。一秒だって疎《おろそ》かにはしない。だって、もうぼくらは知ってしまったんだから。ときは無限にあるわけじゃないってことをさ。

すごくすごく遠回りしてきたけど、いまぼくは幸せだよ。

最期のその瞬間でさえ、きっとぼくは微笑んでいると思うな。悔いはない。ほんとだよ。

だって、父さんと母さんが与えてくれたこの命を、ぼくは精一杯輝かすことができたんだからさ。そんな自分を誇らしく思いながら、ぼくは長い眠りに就いていくんだ。

別れのとき、ぼくはきっと彼女にこんなふうに言うんだろうな。

さよなら、ぼくの奥さん。

ずっとそばにいてくれてありがとう。

ぼくを好きになってくれてありがとう。

いっぱい優しくしてくれてありがとう！

きみのおかげでぼくは、とってもとっても幸せだったよ！ってね。

父さん、母さん、かつてあなたたちがそうしたように——ねえ、そうだろ？


翌朝早く、ぼくらは出発した。

浜辺には粉雪が舞っていた。なぜなのかはわからない。でも、すごくきれいな眺めだった。なんだか空気までもが優しくなったような気がした。

ぼくらはそれぞれの石をそっと砂浜に並べて置いた。赤と青の石はまるで初めからそこにあったように北の浜辺にしっくりと落ち着いて見えた。

それからぼくらは手を繋いで舟まで歩いた。

船外機は動かなかったけど、舟底に櫂が置いてあったのでそれを漕いで海を往くことにした。

靄がうっすらと海面を覆っていた。

晴れていれば、と彼女が言った。

「対岸が見えるはずなんだけど――」

水際まで舟を引っ張り、舳先《へさき》が波に浸かったところで彼女が乗り込んだ。船縁に手を掛けそのまま押していくと、何度目かの波で船底が陸を離れた。ぼくは舟に乗り込みながら、また水か、と思った。この旅はなぜだかやたらと水に縁がある。

舟は静かに水面を滑った。穏やかな海だった。潮の流れのようなものも感じない。なにもかもが動きを止めていく。いずれは風さえもが吹くことを止め、世界はすっかり黙りこくってしまうんだろう。

彼女は舟の真ん中あたりにぼくと向き合うようにして座っていた。波飛沫を受けないように頭からポンチョを被っていたので、まるで雪ん子みたいに見える。

寒くない？　と訊くと、寒くない、と彼女は答えた。でも、顔が青ざめていたから、ほんとは少し寒かったのかもしれない。彼女が小さく咳をする。

怖くない？　と訊くと、怖くない、と彼女は答えた。

「あなたと一緒だから、もう、なにも怖くないの。不思議なほど心は穏やかよ……」

「うん。ぼくもだ」

ちゃぷり、ちゃぷりと櫂が水を掻く音だけが聞こえてくる。もう陸も見えない。まわりはすべて靄に覆われ、ぼくらはまるで夢の中を漂う子供のようだ。

ぼくらはどこに向かっているんだろう。希望の地？　この終わりゆく世界にそんな場所が残されているんだろうか？

彼女がまた咳《せ》き込んだ。

「大丈夫？」と訊くと、彼女がこくりと頷いた。

「もう少しの我慢だよ。向こうに着けば、なにか食べるものを手に入れられるかもしれない」

うん、と彼女が小さく呟く。

大丈夫だよ、とぼくは力を込めて言った。

「きっとうまくいくよ。きっと――」

ううん、と彼女がかぶりを振った。

「いいのよ。もう、これでじゅうぶん……」

彼女はあのよく光る濡れた目でぼくを見つめながら、囁くような声で言った。

「わたしの夢はかなったの。あなたと一緒ならば、どこにいたって、そこがわたしの天国。だからもういいの。このまま、永遠にどこにも行き着かなくたって、それでも、わたしは……」

ぼくは櫂を漕ぐ手を止め、彼女を見つめ返した。

そうなのかもしれない。この我欲と諍《いさか》いに満ちた惑星で、もし天国と呼べるような場所があるのだとしたら、それはきっと——。

みんな知っていたんだ。だからこそ求めずにはいられなかった。

誰も傷つけずに生きてゆきたい。それが遠い夢であったり、ただの思い上がりであったとしても、それでも願いを止めることはできない。物が溢れすぎたこの世界は、あまりに見通しが悪く、ぼくらはつい真実を見失いがちになる。

でも、こんなぼくらにだって気付くことぐらいはできる。ほんの小さな一押し、それさえあれば。

一滴の雫が水面に波紋を生むように、ほんのひとつの言葉がひとびとの心を優しい色に染めていく。

そのとき、この星は美しいもので覆い尽くされる。ぼくらは憎むことを止め、相手を許し、そして自分を許すようになる。

ねえ、洋幸、とぼくは心の中で呼び掛けた。

そしたら、きみはきっとこう言うんだろうね。世界は優しくなったよ、って。

そしてぼくはこう答えるんだろうな。

そうだね。世界は優しくなった。誰かが誰かを思いやる言葉でいっぱいだ。ぼくらはここに生まれてくるはずだった。ここはぼくらがいてもいい場所、ぼくらがいたいと願って、向こうもいて欲しいと願っている、そんな場所なんだね——。

なにかの気配に、彼女がそっと振り向いた。

靄の向こうから近付いてくるものがある。とても大きい。

それは音もなく近付いてくる。

やがて靄を透かしてその輪郭がおぼろに見えるようになる。

船だった。連絡船か、あるいは旅の客船か。

船は青く凍っていた。まるで青い氷山のようだった。船そのものだけでなく、まわりの海も一緒に凍っていた。青い霧を纏《まと》い、それは幽霊船のようにゆっくりとぼくらの舟とすれ違っていった。

甲板に立つひとびとの姿が見えた。みんな幸福そうな顔をしていた。

肩を抱き合う夫婦がいた。赤ん坊を抱く母親が、手を握り合う若い恋人たちがいた。

船はひとつではなかった。気付くと、ぼくらは大小様々ないくつもの船に囲まれていた。

みんな青く凍っている。

白い靄と青い霧が混じり合う中、愛が芳《かぐわ》しい香りのようにぼくらを包んでいた。

ぼくらのような小さな舟に乗った家族がいた。夫婦は肩を寄せ合い、小さなふたりの子供を胸に抱いていた。子供たちはなんの疑いもなく信じていた。両親の胸の中にいればなにも怖いものなどない。幸福は約束されている。絶対無条件の幸福が――。我が子の幸せを願わない親などいない。この世界の終わりでは、そんな当たり前のことが、ごく当たり前のように信じられていた。

漁船があり、小舟があり、乗り合いバスのような小さな連絡船があった。

それぞれにそれぞれの愛があった。年老いた父親の肩を抱く中年の息子。母の手を握りしめながら海を見つめている若い娘。そっくりな顔をした、マシューとマリラみたいな老兄妹――。

ぼくはそんなひとびとの中に懐かしい姿を見たような気がした。

虫の声を聞く少女と子守の少年がいた。

病いの苦しみから解放された妻と愛をふたたび取り戻した夫がいた。ふたりのあいだには、にこやかに微笑む幼い娘の姿もあった。

そうなんだ、とぼくは思った。ここはいつか交わした約束が果たされる場所……。

よそに目を移せば、そこには母親の腰にしがみつく小さな男の子の姿も見えた。あの縫いぐるみも一緒だった。その丸めた古新聞の奥では、宿ったばかりの魂がひっそりと愛を香らせていた――そう、もちろんものにだって愛はある。

遠い船の乗客たちの中に、ぼくは瑞木さんと絵里子さんの姿を見た。彼らは頬を寄せ合うようにしてなにかを囁き合っていた。

これでいい？

ああ、これでいい。これがいいんだ……

なんの照れも皮肉もなく、ようやくふたりはまたそんなふうに言葉を交わし合えるようになったのかもしれない。

絵里子さんの胸には涙の雫の形をした青い石があった。まるで彼女の心みたいだ、とぼくは思った。ふたりはとても幸せそうだった。

彼らはみんなここが旅路の果てであることを知っていた。この先はない。

誰もがすべてを受け入れ、あらゆる境界が消え失せたこの世界で、出会えたことの悦びをひっそりと噛《か》みしめている。

もうなにも望まない――もとより、大切なものはすべて、この両の腕の中に在ったのだから。

遠い日のぼくらのような子供たちもいた。ふたりの少年と、それに挟まれた髪の長い少女。彼女の髪は風に舞い上がったそのままの形で凍っていた。

彼らは未来を見つめていた。いまよりもきっと素晴らしい世の中がやってくる。そのことを微塵《みじん》も疑わず、輝いた瞳で遠い先を見つめていた。

ぼくは櫂を置き、彼女のそばに向かった。天国がすぐそこにあるのを感じた。

舳先に向き直った彼女の隣に腰を下ろし、その肩を抱く。

「こんなにも優しい終わりかたがあるのね」と彼女は言った。

「そうだね。優しいね。これはぼくらの最後の記念写真なんだ」

ぼくは思った。

この星はいま、長い眠りに就こうとしているのかもしれない。その深い眠りの中で星は夢を紡ぐ。

父さんは言っていた。

愛の記憶は残る。それだけは確かだ、と。

夢が記憶を種につくられるのなら、星の夢はきっと愛に満ちたものになるだろう。この世界には愛を語る言葉しかなくなり、憎しみはいずれ光から遠く隔たれた草のように枯れていくだろう。

ぼくらはみんな愛の言葉になる。ぼくら自身がこの星の夢になる。

目を閉じれば、あの歌声が聞こえてくる。遠い日に河原の道でぼくらは唄った。ぼくらはあまりに幸福で、そのことに気付いてさえいなかった。そんな日々がたしかにあったのだ。

ずっと昔に母さんと交わした言葉が耳に蘇《よみがえ》る。

その頃、母さんはずいぶんと具合が悪くて、少しでも楽になるよう、ぼくはいつもその手をさすってあげていた。母さんの手はむくんでしまって、うまく開くことができなくなっていた。

優、と母さんが言った。

そんな悲しい顔はしないの。ほら、いつものいいお顔は?

それはどこかの二枚目俳優が映画の中で浮かべていた、とびきりすかした笑顔で、

TVで見たぼくがそれを真似《まね》したら父さんと母さんがすごく悦んだものだから、それからというもの、おちゃらけ屋のぼくはひっきりなしにその表情を浮かべては両親を笑わせていた。母さんが笑ってくれるのが嬉しかった。そのためだったらぼくはなんだってする。

だからぼくは笑った。とびきりすかした笑顔。母さんがくすりと笑う。

それから母さんはぼくの髪をなでながらこう言った。

ねえ、優。ママね、ちょっと遠いところにお出掛けするかもしれないの。でも、寂しがったりしないで。もしそんな気持ちになりそうなときは、そのいいお顔をママに見せてちょうだいね。そこにはいなくても、ママはちゃんと見てるから。いい？　できるわね？

うん、とぼくは言った。できるよママ。

それ以来、ぼくは寂しくなると笑みを浮かべるようになった。いじわるされても、馬鹿にされても、ぼくはいつだって笑みを絶やさなかった。どんなにつらいときだって、涙を零しながら、それでもぼくは笑っていた。

なんだか、そのたびに母さんの声が聞こえるような気がした。

優、えらいわね。ちゃんといいお顔ができたのね。ママとっても嬉しいわ……

愛しいひとの笑顔のためならぼくは――。

ふと顔を上げると、水鳥の群れがぼくらの舟を追い越して北の空に向かって飛んで行くのが見えた。

いつの間にかぼくらは靄を抜け出ようとしていた。

空を厚く覆う雲に切れ間が見えた。そこから目映《まばゆ》いばかりの光が地上に降り注いでいた。

いつか彼女が教えてくれた。あれこそが本当の薄明光線だった。天使の梯子《はしご》。

美しい、ほんとに泣きたくなるほど美しい夕焼けが空いっぱいに広がっていた。

彼女が涙で濡れた目でぼくを見た。なんだかすごく感動してるみたいだった。黒髪が風に舞い、頬がほんのり赤く染まっていた。

ぼくが頷くと、彼女はにっこり微笑んだ。それはもうほんとに、とろけてしまいそうになるくらい素敵な笑顔だった。

いつだって求めていた。

ぼくは彼女に笑ってほしかった。彼女が幸せならば、ぼくも幸せだった。

すごいや、とぼくは思った。ぼくはほんとに夕焼け男だったんだ。

ねえ、と彼女が言った。

「きっと明日は晴れるわ」

「そうなの?」

ええ、と彼女はぼくを優しく見つめながら言った。

「だって、あんなにきれいな夕焼けなんだもん……」

ぼくは頷いた。鼻をすすりながら、必要以上に大きく、なんども、なんども。

# 解説

彩瀬まる

にごりが少ない、と感じる小説がある。ときどき、出会う。

にごりとは人間社会の、解決の難しい泥くさい問題のことだ。貧困や暴力、環境の格差、機能しない家庭、理不尽な職場、不遇の死。恐怖、嫉妬、無理解、拒絶。様々な問題を前に、生身の人間が高潔なふるまいを保つことはとてもとても難しい。どうしてもなんらかのみじめさを背負わざるをえなくなる。そういった生活の疲れ、社会性を多く書き込めば、確かに物語は現実味が増す。盛り上がるシーンだって作りやすい。しかし現実の混沌《こんとん》を引き受ければ引き受けるほど、物語の内部は善《よ》くも悪くもにごっていく。物語全体が重くなり、新しい概念へ向かう推進力が失われる。

にごりが少ない小説は、割とたくさん読んできた。特に、抽象的なメッセージをなるべく分かりやすく伝えようとする作品に多い。

だけどこれほど意識的に、徹底してにごりを排除した小説には初めて会った気がする。

物語はものすごく突飛な始まり方をする。世界が終わるのだという。理由は、宇宙人の侵略でも核戦争でも気候変動でも疫病でもなく、空から降り注ぐ青い光によって。青い光の直射を受けた地域では生物であれ無生物であれ、その瞬間で凍りついたように時を止める。カチカチに固まって、動かなくなる。直射さえ避けたら多少は逃げる猶予が生まれるが、長く光を浴び続ければ同様に体は固まっていく。

一度降った青い光はずっとそこに留《とど》まり、徐々に範囲を拡大する。世界中のあちらこちらで青い光は観測され、日ごとに件数を増やしている。つまり、どうあってもいずれ世界は青い世界に閉ざされて、そこで生きるものもすべて停止して、終わる。

冒険活劇なら青い光を降らせている悪の存在を打倒したり、地球に見切りをつけて宇宙に旅立ったりするのだろうが、この物語の登場人物たちは違う。世界が終わり、自分の存在が終わることも受け入れて、何をするかというと、遠くに住む愛する人のもとへ一目散に駆け出すのだ。

これはどういうことだろう。どうしてこんなに大がかりな設定を作って、それなのに彼らが行うのは「愛する人に会いに行く」なんて、当たり前のことだけなのだろう。疑問はそれだけではない。なぜ著者は戦争であったり病であったり、もっと派手で動的なものではなく、こんなに静かで格闘の余地のない世界の終わりを選んだのだろう。終末をテーマとする作品では食料や安全な場所を巡る争いがよく登場し、それが物語の山場として使われることが多いのに、なぜこの物語にはそういったシーンが一切描かれないのだろう。死は恐ろしいものだし、多くは苦痛を伴うものだ。それなのになぜこの物語は、ただその瞬間のまま停止する、という無痛の死を選択したのだろう。人間の罪業、生存闘争、死への恐怖。それだけで一冊の本が書けてしまうくらい普遍的で、悪く言えばありがちなテーマには目もくれず、登場人物たちは山野を駆け、川を渡り、愛する人のもとへ走り続ける。彼らがそういったことで葛藤したり、立ち止まったりすることはない。それはこの物語が、そういった分かりやすいにごりは不要である、と明確な拒否を打ち出しているからだ。

この物語は、実は様々なものを拒んでいる。主人公の「ぼく」は徹底して暴力や争いを拒む。いじめられても、殴り返すことは絶対にない。

ぼくらは誰かを殴るための拳を持って生まれてはこなかった。この手は、大事なひとの背中をさすったり、美味《おい》しいものを食べたり、美しいものをつくったりするためにある。（本文より）

主人公はここで、ぼくは、ではなく、ぼくらは、と言っている。人間とは本来そういうものである、と説くこの美しい一文が、物語の背骨となっている。

ぼくは他のみんなとは色々なことがずれている。運動が苦手で、服装が変わっていて、人で混みあっているところが嫌いだ。とても臆病で、慎重な性格をしている。なにしろ好きな女の子に接近することさえ、自分がただそう望むからという理由だけでは実行出来ず、なんらかの「有り難い不可抗力」を必要としているのだからそうとうな繊細さだ。物語はこのぼくと、ぼくが愛した一人の女の子の関係性を軸に展開する。

優しくない、ということを彼らは強く拒否する。優しくないとはつまり、テレビの向こうの大人の世界に代表される、欲望にまみれ、争いの頻発する、余裕のない混乱した世界の在り方だ。彼らは優しくあろうとする。他者を尊重し、親切であろうと努める。それはとてもまっとうで美しいことに感じられるが、同時にそれは、自分本位にふるまえない、という制約と表裏一体の関係となっている。ぼくは自分の望みだけでは少女に触れられず、少女もいくらぼくを愛していても、他者に配慮して丸ごとすべての自分を差し出すことができない。二人はこうして、別れという大きな間違いを犯す。

そんな彼らに、青い光が降り注ぐ。唐突に人生の残り時間が少ないことを突き付けられ、駆け出したぼくは、彼女と共に居たいという望み以外は不要だったのだと気づく。物語はあらゆる通俗から遠ざかり、ひたすらに愛情の純度を高めていく。予想を超えるスケールの大きなエンディングは、どうか読者それぞれの目で確かめて欲しい。優しさをテーマの一つとする話ではあるけれど、けっして優しい話ではない。（なにしろ、彼らの間違いの遠因が彼らの優しさに由来するのだから、痛烈だ）むしろ、恐ろしく厳しい話だ。物語はなんども、時間は無限ではない、と念を押す。間近に迫る死は、余計なことをしている暇はないぞ、と人々を急《せ》き立てる。間違いはすぐに清算しなければならない。臆病さを振り捨てて今すぐ駆け出さなければならない。だって、世界が終わるのだ。

　作中に登場する青い光に絡めとられて停止した人々は、とても幸せそうだ。誰もが愛する人々と抱き合い、安心して、絶対無条件の幸福を享受したまま永遠に凍りついている。なぜだろう。なぜこういう死が描かれているのだろう。

　それは、この物語が「交わした約束は必ず果たされる」という約束事のもとに動いているだからだ。終わりを間近にして、世界中の人々が一斉に愛する人のもとへ、それ以外の余分な望みを持たずに駆け出して、満たされながら凝固した。だからこそ、この世界の終わりはとても優しい。

最後に一つ、とても興味深く感じたことがある。もしかしたら、この青い光に覆われて世界が終わる、という設定そのものが、遠慮がちな少年が愛する少女へ胸の内を告白し、彼女を求める許可をこの世のなにかから得るための、とても大がかりな「有り難い不可抗力」だったのではないだろうか。

そのくらい一人の少年にとって愛する少女は不可侵であり、神秘の塊だったのだ。ぼくが際立って不器用だったわけではなく、誰しも初めての愛に出会った時は、世界の一つや二つ砕けないと踏み切れないほどの尊さと犯しがたさを感じたのではないだろうか。こんな甘酸っぱく豊かな感覚は、滅多に想起されるものではない。本作が近年稀《まれ》に見る、極めて純度の高い恋愛小説であることの証明だろう。

本を閉じた後、私たちはこの物語がけっして現実からかけ離れた夢物語ではないことを思い知る。明日、私やあなたが生きている保証なんてどこにもないのだ。今この瞬間にすべてが停止したってかまわない、そう言い切れる境地に辿《たど》り着くまで、勇気をもって走らなければならない。交わした約束を果たさなければならない。

いつか必ず誰の頭上にも、青い光は降り注ぐ。

（あやせまる／作家）

本書のプロフィール

本書は、二〇一三年八月に単行本として小学館より刊行された同名の作品を、文庫化したものです。

小学館文庫

# こんなにも優《やさ》しい、世界《せかい》の終《お》わりかた

著者　市川拓司《いちかわたくじ》

二〇一六年五月十二日　初版第一刷発行
二〇二〇年十一月二日　第二刷発行

発行人　飯田昌宏
発行所　株式会社　小学館
〒一〇一-八〇〇一
東京都千代田区一ツ橋二-三-一
電話　編集〇三-三二三〇-五一三四
　　　販売〇三-五二八一-三五五五
印刷所 ―――― 中央精版印刷株式会社


ISBN978-4-09-406290-8